小さな魔女と野良犬騎士　7

麻倉英理也

JN053144

ヒーロー文庫

CONTENTS

a little witch &
a stray dog knight

Illustration
西出ケンゴロー

小さな魔女と野良犬騎士 7

イラスト／西出ケンゴロー
装丁・本文デザイン／5GAS DESIGN STUDIO
校正／吉田桂子（東京出版サービスセンター）
DTP／伊大知桂子（主婦の友社）

この物語は、小説投稿サイト「小説家になろう」で
発表された同名作品に、書籍化にあたって
大幅に加筆修正を加えたフィクションです。
実在の人物・団体等とは関係ありません。

プロローグ　その愛、流れ着く場所

愛の話をしよう。

彼女の口にする愛は無償のモノで、見返りを求めずただ与えるのみ。たとえ結果として自らが痛みを伴うことになったとしても、苦しみから生み出され注がれた愛が、見知らぬ誰かの喜びとなるのなら、彼女は頬に湛《たた》えた笑みを絶やすことは決してないだろう。

愛の定義は様々だ。愛の鞭《むち》という言葉が存在するように、他者から受ける愛は時として本人の意にそぐわない場合もある。肉親や親しい者達の苦言に、痛む耳を押さえ聞かない振りをした経験を持つ人々が、少なからずいるだろう。

砂糖菓子のように甘い愛は蕩《とろ》けるほどの笑顔を、当人に与えるだろうが、与え過ぎても虫歯を引き起こしてしまう。

貴方《あなた》の為と押しつけ過ぎても、痛みと重みに耐え切れず潰れてしまうこともある。

それらは彼女の提唱する無償の愛とは相容《あいい》れない。

彼女が謳《うた》う愛は完璧で完全なモノ。

幸せだけでは停滞を生み、不幸せだけでは痛みに沈む。

ならば彼女が与える最大にして最高の愛は、幸も不幸も全てを乗り越えた先にある至高の存在だと定義する。

人が人として感じ取り注げる愛では、人はその高みに至ることは不可能である。故に彼女の存在が世界に産み落とされた。その愛の形を理解できない人間は大勢いたとしても、その愛を一身に受けた者達ならば理解することは可能だ、注がれた者達ならば真の意味での愛を知ることができる。

この世界に真実の愛が存在するのなら、彼女が与える無償の愛こそが相応《ふさわ》しい。真実も無限も内包する深淵すら飲み込むその愛が、愛を失い飢える者達に再び愛の指針を示すことができる。

彼女が出会ったのは愛に傷付いた一人の少女だ。

少女は愛に報われなかった。そもそも愛のなんたるかを理解していなかったのが原因ではあるが、生い立ちや育った環境が無償の愛とはほど遠いモノだったことに、彼女の根源に持つ愛が歪《ゆが》んでしまったのは否めないのだろう。

少女を拾った時、愛無き娘は虫の息で命の灯は今にも消え去りそうだった。彼女は愛を語り注ぎはすれど、人を救い導く存在ではあり得ない。少女を見つけたのも偶然で、気まぐれに動かした視線にたまたま、青白い顔で倒れているのを見つけただけである。

事故や事件ではあり得ないのは、ここが人の理《ことわり》が及ぶ場所ではないから。

ならば少女は自らの運命に敗れ去り、けれども未練がましく生にしがみ付く哀れな惑い人に他ならない。哀れと思いつつも救う理由も助ける意味も持たない彼女は、今際《いまわ》に授ける最後の愛として彼岸へと送り出すつもりだったが、少女が色素を失った唇で紡いだ言葉に、触れかけた指先を止めた。

「……──」

零《こぼ》れたのは人の名前だった。

流れ着いた名も知らぬ少女が口にする名前は、恐らく少女自身のモノではないだろう。何故《なぜ》ならばその名を聞いた瞬間、正確にはその名を発する少女の言の葉を耳にした瞬間、彼女の胸には満開の花が咲き誇るような多幸感が広がった。

愛と呼ぶには歪み切っているかもしれない、恋と呼ぶには儚《はかな》すぎるかもしれない。けれども少女が呼んだ誰かの名前は、紛れもなく愛に溢《あふ》れていた。

この場所に偶然、流れ着くなんてあり得ない。ならばこれは必然なのだろうと彼女は考えを改め、触れかけた指先で頬を優しく撫でた。その瞬間、青白く砕け散りそうだった少女の頬に赤味が戻り、苦しげだった呼吸から異音が取り除かれ穏やかなものへと変化する。

彼女は愛が芽吹いたことに微笑《ほほえ》んだ。

数刻もすれば少女は息を吹き返し、問題なく身体を起こすことができるだろう。後のことは彼女の可愛い生徒達に任せればよい。愛に溢れ愛に挑み愛を得てきた生徒達だ、きっと少女を良き方向に導いてくれるだろう。

たとえ待ち受けるのは地獄の責め苦であっても、彼女の愛に微笑《ほほえ》みかけられた少女ならば、必ずや乗り越えてくれるはずだから。

第五十四章　小さな騎士と大傘の魔女

かざはな亭の看板娘カトレアの朝は早い。

未だお嬢様気質が抜けない母親に代わり、家事の一切を引き受けているカトレアは家族の誰よりも早く目を覚まし、まだ日が昇り切らない内から働き始める。

軽く身支度を整えてから、まずは炊事洗濯の為に使う水を共有の井戸から汲《く》み、朝食の準備をする為に釜土に火を入れ、湯を沸かしている間に長屋の入り口付近を軽く掃き掃除。同じように早朝から働き始めている、同じ長屋のおばさん連中と挨拶を交わしながら、一通りの掃除が終わる頃には大鍋に張った湯が沸騰している。

そこから本格的に朝食の用意を始め、半分まで行程が進んでようやく家族が起き始めるので、布団を片付けるよう言いつけてから、長男や父親の手を借りて（母親は丁寧に妹達の髪を梳《す》いている）、食卓に簡素な食事を並べる。

薄いスープや硬いパンも、腹持ちが良くないことを除けば食べ慣れればそれほど悪いモノでもない。

最近では母親も薄い紅茶以外の文句は少なくなったので、怒ることなく朝食も穏やかな気持ちで食べることができる。

食事が終われば両親は仕事に出掛け、弟と双子の姉妹に食べ終えた食器の洗い物を頼んでから、カトレアは朝の日課を締めくくる為に長屋を後にする。

「まったく。毎朝毎朝、いい加減にして貰いたいモンだわ」

面倒臭げな文句とは裏腹に、カトレアの表情に笑みは絶えず足取りは軽い。

偶然、顔を覗《のぞ》かせた近所の連中に、何かを察したような生温かい視線を向けられながら、カトレアは小走りに能天気通りへ出ると、勤め先であるかざはな亭の隣に建つ小奇麗な二階建ての家を訪ねる。

太陽祭が終わって暦の上では秋に季節は移り変わっているが、まだまだ残暑が厳しく日が昇れば肌に熱を感じるくらいで、僅《わず》かな距離を少し走っただけでもじんわりと背中が汗で湿るのがわかった。

「……濡れタオルで身体は拭いたから、大丈夫よね？」

ドアの前で一度立ち止まってから、カトレアは自身の匂いをくんくんと確認する。別に家主とは今更、汗臭さ一つで何かが変化する間柄ではないだろうが、気になってしまうのは乙女心の繊細さなのだろう。

特に匂いは感じないことを確認してから、気合いを入れるように深呼吸をする。

「アルト。お邪魔するわよ」

ノックと共に声をかけてから、施錠されていないドアを開く。

「アルトってば、まだ寝てるの？」

もう一度、名前を呼びながらカトレアは家の中へと足を踏み入れた。

ここの家主、アルトが住み始めてから一ヵ月以上は経つだろうが、一階の広いリビングには飾り気のない景色が広がる。家具らしい家具は皆無で、置いてあるのは大きなソファーと木製のテーブルだけ。

申し訳程度に置かれた竹細工の籠の中には、洗濯物と思わしき衣類が乱雑に詰め込まれていた。元々の私物が少ないことは一目でわかるが、食べっぱなしの食器がテーブルに並んでいたり、空の酒瓶がそこら辺に転がっていたりと、怠惰を形にしたような状態にカトレアは眉間に皺《しわ》を寄せた。

「ったく。昨日の今日でどうして直《す》ぐ散らかすのよ」

実際は部屋が殺風景な所為《せい》で、酒瓶や使用済み食器が目立つだけなのだが、几帳面なカトレアには許せない怠慢だった。家を訪ねて早々にカトレアはテーブルの近くに寄ると、まずは転がる酒瓶を集め始める。

「せめて一ヵ所にまとめておきなさいよ、もう」

直ぐには捨てに行けないので、とりあえず空いた酒瓶は壁際に集めてから、次にテーブルに戻ると今度は空いた食器を片付ける。昨夜はミートソースのパスタでも食べたのか、一晩放置された所為《せい》で皿がソースでかぴかぴだ。これは暫《しばら》く水に浸けておかなければ、汚れが落ちてくれないだろう。

「ロザリンに料理だけじゃなくって、後片付けも教えてあげなくちゃね」

独り言を呟《つぶや》きながらも、何処《どこ》か楽しげな様子で手際よく食器を片付ける。重ねた食器を台所の水場に持っていき、浸けている間に汚れているテーブルでも拭こうと考えるカトレアの視線に、不意にソファーの上で丸くなっている毛布の塊が入ってきた。

カトレアは鼻から抜くように嘆息する。

「奥に寝室があるんだから、そこで寝ればいいのに」

一ヵ月前に暫《しばら》く寝たきりになるほどの大怪我《けが》をしたのだから、もっと自分の身体を労って欲しいと思いつつ、食器を置いて立ち上がりソファーへ近づく。毛布に包まって寝ているらしく、僅《わず》かだが呼吸をするように上下していたので、カトレアは側《そば》に膝を下ろして座ると、少しだけ乱暴な手つきで丸くなった毛布を揺らす。

「アルト、起きなさいって。もう朝よ」

揺すりながら声をかけると、反応するように毛布の中身がビクッと動いた。もぞもぞと蠢《うごめ》いてから毛布を引っ張るかのように、塊がちょっと小さくなり動かなくなったかと思うと、安らかな寝息を立てるよう再び上下し始めた。

カトレアは面倒臭そうに顔を顰《しか》めるが、それでも根気よくアルトを起こそうとする。

「ちょっと、起きろ、起きなさいってば。今日はシエロに呼ばれて水晶宮に行くんでしょ。休息日で道が混むから、早めに朝ご飯を食べて……」

言いながらもう一度揺すろうとするが、毛布は伸ばす手から逃れるように、器用な動きでソファーの端に寄って、また寝息を立てる。その怠惰を極めたような行動に、手を伸ばした体勢のままカトレアはにっこり笑うと額に青筋を浮かべた。

「……こっの」

今度は逃がすまいと両手で確《しっか》りと毛布を掴《つか》んだ。

「起きろってのーーねぼすけアルト!!」

力尽くで強引に毛布をひっ剥がした。寝起きの悪い人間を叩き起こすのは慣れっこなのと、腕力には自信があることから、引っ張った毛布は勢いよく剥がされ、中で丸まっていた人物の姿がソファーの上で露わとなる。

瞬間、思考が停止するかのようにカトレアの動きが硬直した。

「んだよ、騒々しいな……こっちは二日酔いだっつうの」

恨みがましい声は、カトレアが想定していたよりもずっと愛嬌《あいきょう》のある声色だった。

気怠《けだる》げな様子でソファーの上で寝そべった身体をくの字に曲げて伸びをしたのは、太陽祭での騒動で傷痕が増えた筋肉質の身体ではなく、傷どころかシミ一つないが決して白過ぎない健康的な肌色で、想定よりも二回りは小柄で細い身体。

思考の処理能力が追い付かず固まるカトレアの視線が映すのは、見間違いをする余地なく幼い半裸の少女だった。

十代前半の細くて薄い身体つきの少女は、男物のパンツを穿《は》いているだけで、後は無造作に伸びた灰色の髪の毛が申し訳程度に肌を隠しているだけ。絶句するカトレアを余所《よそ》に、少女はのっそりと上半身を起こすと、露わになっている肌を隠すどころか恥じらう様子もなく大きな欠伸《あくび》を一つする。

「ふわっ、ねむい………からだかゆ」

寝汗の所為《せい》で痒《かゆ》みがあるのか、寝ぼけた様子で少女はバリバリと恥ずかしげもなく脇腹や腹を掻《か》き毟《むし》る。見た目の可憐さから、性的なことよりも、子猫の毛づくろいを眺めるような可愛らしさが先立っていた。だが、カトレアの関心はそこではない。

ハッと我を取り戻したカトレアは、呑気《のんき》に欠伸を繰り返す少女に詰め寄る。

「ちょ、ちょっと⁉」

「あん？　んだよ、血相変えて」

「血相も血圧も変わります！　アンタ、誰よっ！」

「……はぁ？」

何を言っているのだと少女は訝《いぶか》しげに目を細めた。

「誰も何も見りゃわかんだろ。夏の暑さが今頃頭に来たのか？」

「こ、この一言が多い憎まれ口……想像したくないけど、容易に想像できちゃう」

一番、想像したくない事実を想像してしまい、カトレアの表情が一気に青ざめる。一方の少女は露わになった肌を未だ隠すことをせず、ソファーの上で胡坐《あぐら》をかきながら、ボサボサの頭を乱暴に掻く。そんな仕草までそっくりだ。

ゴクッと唾を飲み干してから、本当は言いたくない言葉を発する。

「あ、アンタまさか……アルトの、子供？」

言った瞬間、空気が凍り付いた。

数秒の間を置いてから、少女は気の毒そうな表情でカトレアを見上げる。

「……お前、本当に頭が暑さでやられちまったんだな」

可哀想にと肩を落とすが、カトレアが顔を近づけて更に詰め寄る。

「そ、そんなことより母親は誰なのよっ！　シリウス？　ラヴィアンローズ？　それともそれとも……ロザリンだったら犯罪なんだからっ！」

「話になんねぇな……おい。悪い冗談だったら笑えねぇからそろそろ……」

いい加減、面倒臭くなって唾を飛ばし近づけてくる顔を、押し返そうと手を伸ばした少女は、何かに気が付いたかのよう固まる。視界に入ったのは自分の手と腕。寝ぼけているのかと瞼《まぶた》を乱暴に擦《こす》ってから、少女は改めて自身の手の平を目の前で開いたり閉じたりする。

不思議そうな表情をしながら、確かめるように左右の二の腕を握ってから、手首、指先までを丹念に弄《いじ》る。寝起きで血圧が低い所為《せい》か少しひんやりとした肌は、間違えるわけもなく自身の感触を伝えてくれた。何かを察したのか軽く目尻をひくひく反応させてから、胡坐《あぐら》をかいていた足を崩して細い足と太腿、自分の腰に手を這わせてから、最後に意を決して自分の胸を鷲掴《わしづか》みにした。

「や、柔らかい」

手の平に感じるのは慎ましやかだが、張りのある膨らみだった。

ここまでの奇妙な反応を見れば、少女の正体が自分の想い人の子供という信じがたい事実以外の可能性を見出してしまう。突拍子もない想像だが、冷静に考えればアルトにこの年頃の娘がいる可能性は低いだろう。

自分でも半信半疑ながら、カトレアは想像を言葉にして発する。

「まさか。まさかのまさか、だけど。あんた……アルト、なの？」

「アルトちゃん。に、なっちまったようだ」

謎の少女ことアルトは、胸を何度も揉みながら引き攣《つ》った笑いを見せた。

理解し難い状況に思考が追い付かず、無言のまま見つめ合っていた二人は、気まずさから乾いた笑い声を上げるが、何処《どこ》か胃がキリキリする緊張感が満ちる。何故《なぜ》こんな状態になっているのか？

本人すらもわからない謎の状態を、疑問と共に明確な言葉にしてしまうと、取り返しのつかない事態になりそうで恐ろしかった。

が、薄ら寒い笑いが長く続くことはなく、唐突に途切れると気まずい沈黙が流れる。

真剣に話し合うべきか、冗談交じりに茶化すか。最初の舵《かじ》取りをどうするか判断が纏《まと》まらず、どちらが口火を切るべきか迷っている内に、沈黙を破ったのは二階から階段を降りてきた三人目の人物だった。

「二人で、なに、してるの？」

問いかけたのは可愛らしい声色……ではなく、落ち着きのある大人びた声だった。

二人がギョッとして同時に階段の方へ視線を向けると、全裸にマントだけを羽織って寝ぼけ眼を擦《こす》る女性の姿があった。

短めの黒髪は右目を覆い隠している代わりに、マントで隠し切れないふくよかな胸が露わになっている。身長もカトレアより高い、二十歳を超えていると思わしき女性は、寝ぼけているのか半目のまま頭をゆらゆらと揺らしながら、今にも転びそうな危なっかしい足取りで二人の元へと近づいてくる。

視線を向けたアルトとカトレアは、再びあり得ない光景に思考と身体を硬直させた。

本来なら誰だお前と叫び、カトレアが乙女心からくる嫉妬心に拳を硬く握り締めるのだろうが、直前の出来事が出来事だけに信じがたい予測が脳裏を過《よぎ》る。全く馬鹿らしいと笑い飛ばしたいところだが、前例が正面にある、あるいは前例の当事者になってしまった以上、疑う余地は限りなく低くなってしまった。

故に恐る恐るだが、カトレアは掠《かす》れる声で問い掛けた。

「もしかしての、もしかしてだけれど……ロザリン？」

「うん……う？」

頷《うなず》いてからようやく、ソファーで唖然《あぜん》としている少女の姿に気が付いたのか、ロザリンは怪訝《けげん》な顔をしてから、前髪をたくし上げて右目の魔眼を発動させる。

魔眼が視《み》る少女の見覚えがある魔力反応に、ロザリンは眉間の皺《しわ》を深くした。

「……アル、女の子になる趣味が、あったんだ」

「──ねぇよ!?」

洒落《しゃれ》にならない勘違いを正すよう、アルトは否定の声を上げソファーの上に立つ。

「えっ、でも……姿形は、女の子なのに、中身はアル。不思議すぎる」

「不思議なのはテメェも同じだッ！　いつの間にかそんなに育ちやがって」

「そだ、つ？」

意味がわからない様子で首を傾げるが、寝ぼけていた頭の中がハッキリし始めたからか、自分の身に起っている異変に気が付く。いつもよりも高い視線をゆっくり足元に向けてみると、見慣れない物体が視界を遮っていた。

「……あれ？」

何だこれはと両手で鷲掴《わしづか》み、反発力のある感触にロザリンの指が沈み込んだ。

一拍の間を置いてロザリンの表情にゆっくりと驚愕が広がり、限界まで見開いた目をソファーの上で仁王立ちするアルトに向けた。

「巨乳になってる⁉」

「まず最初に驚くのはそれかよ……全部だ全部、全部でっかくなってんだよ」

アルトに言われてロザリンは再び、自分の身体に視線を這わせた。マント一枚だけを羽織った裸体が、自分の物であることを確認するよう、手の平で身体のラインを調べるように滑らせ、片足を持ち上げ足の裏まで魔眼で視《み》る。

結果、導きだされた答えは。

「私、大人に、なってる⁉」

見ればわかる事実にロザリンは改めて驚いた。

「どうり、で、下着が、破けてると、思った」

だから裸なのかと納得する二人に、ロザリンは困惑顔を向けた。

「どう、なってるの？」

「俺が知るかよ。俺も、朝起きたらこんな風になってやがったんだ」

夜襲をかけられるならともかく、女にされる覚えなんて心当たりは皆無。二人は昨日は普段と変わり映えのしない一日を過ごして、アルトは酒を飲んでから、ロザリンは魔術の簡単な実験をしてから眠りについた。少なくとも意識できる範囲で、原因になることも不可思議な異変も感じ取れなかった。

「お前の何かしらの魔術が、失敗か暴走したとかは考えられねぇのか？」

「それはない」

ロザリンはキッパリと答えた。

「実験には、細心の注意を、払っている。それに、性別や、年齢にまで作用する魔術なんて、二階の工房もどきじゃ、どんな異変が起こっても、不可能」

「……だとすると呪いの類？　俺だけならともかく、なんだってロザリンまで」

「魔眼に、呪いの反応は、感知できない。もしも、呪いだとしても、私が、途中で気が付かない、わけがない」

大した自信ではあるが、魔女であるロザリンが言うのなら間違いはないだろう。

「だったら、こりゃいったい……」

「どういう、ことなんだろう」

二人して腕を組み、う〜んと唸《うな》り声を漏らす。

「二人とも……頭を悩ますのはわかるけれどさ」

一足遅く我を取り戻したカトレアが、頭痛を感じるこめかみを押さえながら割って入る。

「とりあえず、服をちゃんと着なさい！」

一喝されたアルトとロザリンは、改めて自分の露わな恰好《かっこう》を確認してから、毛布やマントで裸体を隠しながら、それぞれ着替えをする為に引っ込んで行った。

とりあえず着替えをしたモノの、事態は全く解明されてはいない。実は残暑の寝苦しさからくる夢だったというオチもなく、全身から溢《あふ》れ出すのは寝汗ではなく、徐々に現実を体感してきたことによる脂汗。

リビングに戻って三人で顔を突き合わせても、ロザリンの魔眼ですら解析できない状態を、他の二人に解き明かせるわけがない。時間は早朝から朝へと移り変わり、能天気通りにもぽつぽつと人の出が増えてきたが、家で眉間に皺《しわ》を寄せる女子三人は唸《うな》り声を重ねるばかり。

途中、悩みながらも手持ち無沙汰になったカトレアが、特に理由なくアルトの長い灰色髪を、二つ結びの三つ編みにしたりしていたが、どんなに思考を巡らせたところで答えに行き着くはずはないと結論づけた。

ならば、あまり気が進まないとしても、頼れる場所は一つしかない。

「なるほど。これは中々、面白いことになっているね」

出迎えたアルト達の惨状を目の当たりにしたシエロは、苦笑と共に第一声を零《こぼ》す。

ここは王都の中枢、リュシオン湖の真ん中に鎮座する水晶宮。国を守護する十二の騎士団、その騎士団長の一席を担うシエロの執務室だ。もとより太陽祭中に起こった騒動の事後処理の為に会う予定があったので、友人とはいえ日々任務に追われる団長と、上手《うま》い具合に早く顔を合わせることができた。

カトレアはかざはな亭での仕事があるので残念ながら同行はしていないが、そこは察しの良いシエロ、予《あらかじ》め状況を説明する文を連絡用の鳥に括《くく》りつけ、関係各所に飛ばしてあったので、途中で怪しまれることなくここまで通して貰えた。

それでも驚きを隠せないシエロは、糸目の奥の瞳を戸惑いに揺らしながら、マジマジとアルト達を見詰める。

「……なんだよテメェ。言いたいことがあるなら、ハッキリと言いやがれ」

不機嫌そうに鼻を鳴らすアルトの恰好《かっこう》は、普段の白いロングコート姿ではなく、カトレアが用意してくれた白のワンピース。カトレアが長屋で貰ったが自分が着るにはサイズが小さく、妹には大き過ぎて使う機会がなかった服で、飾り気のないシンプルなデザインだが、三つ編み姿のアルトとは妙に相性がよく、一見すれば純朴な田舎娘に思えるだろう。後ろに背負っている愛剣の存在がなければだ。

「大丈夫、アル、可愛い、よ」

「お前には聞いてねぇ。ってか、頭を撫でるな頭をッ！」

怒鳴りながらポンポンと頭頂部を叩く手を払い退《の》ける。隣に立って頭を撫でていたロザリンも、普段のマントでは窮屈なのでアルト愛用のコートを羽織り、下も同じくシャツとズボンを借りている。以前だったらアンバランスな大きな傘も、背が伸びた大人の状態なら魔女らしさをより際立たせた。

普段とは違う様相の親友に睨《にら》まれ、シエロは苦笑を続けながら頬を掻《か》く。

「いや、流石《さすが》に驚くなと言う方が無理だよ。事前に話を聞いていなければ、いくらなんでも鵜呑《うの》みにはできなかったさ」

促されて応接用の椅子に二人は腰を下ろす。

シエロの執務室は飾らない本人の性格もあるが、諜報や内偵が主な任務の第七特務騎士団の特性柄、他の騎士団とは違いこぢんまりとした部屋をしている。機密情報が詰め込まれた場所故に、一部の騎士団員、貴族以外には場所を公表されていないからだ。秘密の場所が派手だったり広かったりしたら、無駄に人目を惹《ひ》いてしまうだろう。

地味なのはシエロの好みだが、彼が用意してくれた紅茶は中々に絶品だった。

「さて。事後処理の話どころではなくなってしまったわけだけど、二人共、どれくらい状況を把握しているんだい？」

「さっぱりだ」

音を立ててお茶を啜《すす》りアルトは肩を竦《すく》めた。

「未だに悪い夢を見てるって、希望的観測を捨てられてねぇよ」

「魔眼でも、何にも、視《み》えない」

「精霊眼でもかい？」

少し驚いた様子のシエロにロザリンは「うん」と頷《うなず》いた。

「なるほど。それは想定していたより厄介だね」

「想定？」

妙な言い回しに眉根を顰《ひそ》めると、同じタイミングで部屋の扉がノックされた。

どうぞと声をかけてシエロが招き入れたのは、おどおどと腰の低い態度で頭を何度も下げる、黒衣に嘴《くちばし》付きのマスクを被った小柄な人物。男か女かもわからないが、特徴的過ぎる姿は一度見たら忘れる筈《はず》もないだろう。

第八騎士団団長のワイズマンだ。

彼、または彼女はよろよろとした足取りで三人のテーブルに近づくと、被っている三角帽子が落ちるかと思うほど深々お辞儀をする。

「お久しぶりですぅ、アルト殿、ロザリン殿」

仮面に隠れ表情はわからないが、ワイズマンの声色は何処《どこ》か嬉《うれ》しげだった。

「ひさし、ぶり」

「おう。相変わらず夜道では出会いたくねぇ恰好《かっこう》だな」

「お二人共、無事息災……というわけでは、なさそうですねぇ」

「ああ、御覧の通りだ」

ふて腐れるような表情でお茶を啜《すす》る粗野な少女の姿に、ワイズマンは苦笑でもするようにカタカタ肩を揺らしてから、シエロの隣へと移動。椅子には座らずに持ってきた革の鞄《かばん》を置くと、話もそこそこに中身を漁《あさ》り始めた。

「面識は既にあるから二人も知っているだろうけど、第八騎士団は魔術や呪術に関連する案件を主に扱う組織だ。魔眼で視《み》通せない以上、少なくとも王都内で頼れるのは、ワイズマン以外に適任はいないだろうね」

「なるほど。餅は餅屋ってわけか」

「感謝してよ。色々と忙しい最中、御足労頂いたんだから」

「……むっ」

遠回しに礼を言えと促され、アルトとロザリンはテーブルの上に色々と怪しげな物を並べ始めたワイズマンに向かって、同時に頭を下げた。

手を止めたワイズマンは、照れるかのように嘴《くちばし》の先を掴《つか》み仮面を上下させる。

「感謝などと。お二人には色々とご迷惑や、ご協力を頂きましたから。小生の得意分野は錬金術ですので、何処《どこ》までお力添えができるかはわかりませんが……まぁ、今回は随分と異例中の異例。小生のような未熟者でも、道筋くらいは立てられると思いますよぉ」

「いれい？」

首を捻《ひね》るロザリンに釣られ、アルトも小首を横に傾けた。

「面白い反応だな。シエロもそうだが、アンタら随分と状況に順応してるじゃねぇか」

無駄な説明が省けるのは助かるが、魔術や錬金術が日常に存在する世の中でも、一夜にして本人が与《あずか》り知らないところで、性転換したり急成長したりするのは、普通にあり得ない出来事だ。人為的なモノなら目的がわからないし、自然現象でこのような怪奇現象が起こるなんて、喜劇の脚本家でも思い付かないだろう。

しかし、時として世の中は、思いもしない出来事が巻き起こる場合がある。

「知っていたわけではありませんが、予兆があったのですよぉ……このような言い方は非常に恐縮なのですが、これは一種の自然現象のようなのです」

「……それは、びっくり」

真っ先に脳裏から消した可能性を突きつけられ、ロザリンも戸惑いの声を漏らす。

アルトも一瞬、言葉を失ってから、「おいおい」と目を三角にしてテーブルに身を乗り出した。

「っていうとなにか、俺達の身に起こったことは天災ってわけか？　地震とか雷とか火事とか親父の類ってわけか、おい」

「最後は、ちょっと、違う気がする、けど」

ロザリンにツッコミを受けるが、そんな些細《ささい》なことはどうでもいいと、無視して正面の二人を睨《にら》みつける。一応、表面上は落ち着きを取り戻してはいるが、正直、元の姿に戻れるならさっさと戻りたいのがアルトの本音。心の奥底ではもしかして、一生この姿のままなのでは？　という不安と共に、今は存在しないモノが「ヒュン」とする錯覚に陥るくらいには、落ち着きのない焦燥感に苛《さいな》まれている。

「まぁまぁ、落ち着いてくださいぃ。ちゃあんと説明しますからぁ」

苛立《いらだ》つアルトを目の前にしても、ワイズマンはのんびりとした口調で言いながら、鞄《かばん》の中から取り出した物をテーブルの上に並べ始める。

最初に装飾のない金属性の盃《さかずき》を二つ、花の装飾が施された同じサイズの盃をもう二つ。それらが対角線になるよう正方形に並べてから、厚手の布で巻かれたボトルを手に取り、口の部分だけ布を解いて専用の器具を使いコルクを抜いた。中に入っている透明な液体をそれぞれの盃に、半分程度まで気泡が浮かばないよう慎重に注ぐ。

その丁寧な作業にアルト達の口数は自然と減り、室内には水を注ぐ音が響く。

ロザリンはひくひくと鼻の穴を動かす。

「匂いは、しない。これって、お水？」

「はい、そうですよぉ」

四つ全部に注ぎ終えると、ちょうど空になったボトルを再び丁寧に布に包み直す。

「盃に注がれたお水はリュシオン湖の底、寝所からの影響を強く受けた純粋水ですぅ」

「そうなのか？　別段、魔力も感じねぇけど」

「まぁ、影響を受けているというだけで、性質自体は普通の水ですからぁ。普通に飲んでも問題ありませんよぉ」

軽く言いながらワイズマンは鞄から今度はカードの束を取り出して、慣れた手付きで適当に切った後、上から順番に五枚のカードをテーブルの上に並べる。一枚をちょうど盃同士が対角線で交差する真ん中に置いて、他の四枚を盃の対角線に入らない位置に、中心となるカードを挟むよう一枚分の隙間《すきま》を空けて上下左右に並べていく。カードは全て裏返しになっていて、アルト達からは同じシンプルな柄しか確認できない。準備をしている間に、邪魔にならないようにか、シエロはソファーから立ち上がり後ろへと下がった。

「今らか何が始まるってんだよ。占いなら間に合ってるぞ」

「これって、魔術の儀式？　こんな風なの、見たこと、ない」

「ええ、ええ、それはもう当然でしょう、珍しい儀式なんですよぉ」

訝《いぶか》しげに眉を八の字にするアルトと、興味深げな表情で覗《のぞ》き込むロザリン。対照的な二人に素顔が見えていたら、朗らかに微笑《ほほえ》んでいたかもしれない様子で、ワイズマンは余ったカードを邪魔にならない場所に置きながら楽しげに返答する。

「こちらは我々、第八騎士団にのみ口伝されている魔術でして……まぁ、口伝と大仰に言いましても、禁術だったり、門外不出だったりするようなモノではないんですが、一応は由緒ある儀式の一つなんですよぉ」

説明しながら細かくカードや盃の位置を微調整しているが、口伝の魔術と言うには道具も簡素で呪文の詠唱もない。カードに使われている厚みのある紙は、多少は値が張るだろうが、それでも騎士の位にある人間なら高い買い物でもないだろう。

「カードをひっくり返しますから、よぉく見ていてくださいねぇ」

言われた通り二人は、ワイズマンが手を伸ばしたカードを注視する。

ちゃんと二人がカードを見ていることを確認してから、ワイズマンはまず最初に自身に一番近い位置のカードを捲《めく》る。無地の白紙だ。アルトが眉を顰《ひそ》めてから「こりゃ、なんの暗示だ？」と嫌味を発するより早く、白紙のカードにぼんやりと模様が浮かび始めた。

「魔力が、カードに反応、してる」

魔眼で確認したロザリンは、驚くように軽く目を見開く。

表面に陽炎《かげろう》が立ち込めるよう揺らめくと、揺らぎが濃い青色に色付いて絵柄となって形を作っていく。真ん中に髑髏《どくろ》、その下には骨でバッテン印が記されている。明らかに好意的な暗示ではないが、線が歪《ゆが》んでいたり目らしき部分が滲《にじ》んでいて、髑髏が泣いているように見えていたりと妙にコミカルだった。

続けてアルト達側から見て左のカードを捲ると、やはり白紙で同じように数秒待ってから絵柄が浮かび上がる。これもまた、歪《いびつ》な髑髏マークだ。

右、そして正面のカードを順に捲り、真ん中を除いた全てのカードがオープンになったが、いずれも同じ髑髏マーク。いや、厳密にいえば滲み具合が不規則だったり、円を描こうとしている部分が歪だったりと、寸分狂わず精密な絵柄というわけではなかった。例えるならば幼子が連続して、同じ構図の画を描いているような不正確さだ。

「……なんだこの子供の落書きわあああああッ⁉」

思ったままの感想を述べた瞬間、背筋に氷が放り込まれたかのような冷気が走り、不意を突かれたアルトは驚きながら跳び上がり、両手を背中に伸ばして冷気の元となる物を探すが、氷はおろかそれらしき物体が服の中から落ちてくることはなかった。

突発的な寒さに震えながら、アルトは周囲を見回す。

「な、なんだぁ今のは？」

「今、凄《すご》い魔力が、どこからか飛んできた」

ロザリンも発信源まではわからなかったらしく、同じようキョロキョロしていた。

「この術式は水神様のお力を、ダイレクトにお借りしての魔術ですから、失礼なことを言うとお仕置きされてしまいますよぉ」

「個性的で唯一無二、素晴らしい絵柄じゃないかい」

表情がわからないワイズマンの後ろで、代わりにシエロが苦笑しながらフォローする。

「つまり、この魔術って、水神様との、交信術なの？」

「厳密には違いますが、まぁそう認識して頂いて構いませんよぉ」

「交信術ね。その割には随分と……その、わかり難い表現だな」

ソファーに座り直し少し考えてから、なるべく柔らかい表現でアルトが問う。

「直接お言葉を賜れるのは、契約者であるエンフィール王陛下のみですので、これは水神様の意思の表層。上澄みを掬《すく》っているだけに過ぎませんから、その意味と意図は術者である小生ら、第八騎士団がひも解く必要がありますぅ」

「ふぅん、流石《さすが》は魔術特化の第八騎士団。知らなかったぜ」

「本来はおいそれと人前で、それも騎士団以外の人達にはお見せしませんからぁ」

含みのある言い方は、察しが悪くても気が付くだろう。

「ってことは、見せなきゃならねぇ理由があるってことか」

「ご明察です」

相変わらず雰囲気だけは朗らかにワイズマンは頷《うなず》く。

「お見せしないのもそうですが、術式自体も頻繁に行使するわけではないんですぅ。みだりに水神様に干渉するのは、あまりよろしいことではありませんからぁ」

「でも、アルトも知ってのとおり、太陽祭では結構な大事件が起こってしまった。直接ではないにしろ、リューリカ様が干渉する事態にまで発展させてしまったのは、ある意味で騎士団の失態と言えるからね」

「そういうわけですので、今後の対策も含めて術式を執り行ったのですが……」

仮面越しの視線を落とした先には、髑髏《どくろ》マークの記された四枚のカード。

「いい暗示じゃなかったってわけか……だが、それでどうして俺達に繋《つな》がるんだよ」

「水神様の、いたずら、とか？」

だったら冗談じゃないと、アルトは背もたれに体重を預けながら顔を顰《しか》める。基本的に上位の精霊が人間社会に干渉することは殆《ほとん》ど皆無だが、水神リューリカは人の生活や営みを好む性質があり、時折、人の姿を模《かたど》っていたずらを仕掛けたり、人間観察を楽しんだりするというのが、王都では昔ながらの寝物語として語り継がれている。出会えたら幸運が訪れるとも言われるが、その結果がこの二人の姿ならちょっと眉唾ものだ。

「私は、まんざらでも、ないけど」

そう言って誇らしげな表情で、たわわに実った膨らみを自慢げに揺らす。

「確かにリューリカ様なら気取られることなく、二人をその姿に変えられるだろうけど、幸いなことに原因は彼女ではないよ」

「……そりゃ残念」

単純な悪戯の類なら話は早かったのだが、どうやら根は深そうだ。

「カードの絵柄は四枚とも髑髏ですが、以前に術式を行使した際には二枚だけ、別の暗示が描かれていたんですぅ」

「別の、絵柄、って？」

「大きな傘と、片刃の剣です」

露骨な暗示にアルトとロザリンの視線が、互いの持ち物に注がれる。

「そして五枚目、真ん中のカードが以前に示していた絵柄が、ビックリマークでしたぁ」

「……随分とざっくりした暗示だな」

「リューリカ様ですからぁ」

その一言で「なるほど」と、アルトも納得してしまう。エンフィール王国、特に王都の住人なら概《おおむ》ね同じような反応をするだろう。

「じゃあ、絵柄が変わった、ってことは、五枚目も？」

「はい。恐らくは違う絵柄になっているかと」

頷《うなず》くワイズマンだったが、その手が伏せられている真ん中のカードに伸ばされることはなく、仮面の嘴《くちばし》はアルトの方を向いていた。

カードを捲《めく》れという無言の指示に、頬を掻《か》いてから指先で真ん中のそれを摘《つま》んだ。

「……鬼がでるか蛇《じゃ》がでるか、ってか」

一呼吸おいてから、摘んだカードを捲った。

記された絵柄を見た瞬間。その場にいた全員が言葉を飲み込んだ。

「……わからん」

雑な山のような形をした物体に、無数のブツブツが列を作って並んでいる。これが複雑な絵柄なら解読する余地もあるのだろうが、子供の落書き以下の乱雑で単調な絵柄の意図を読み取るのは、ロザリンの魔眼をもってしても不可能だった。

しかし、術者であるワイズマンは別だ。

「これは、学校、ですねぇ」

「一目でそれがわかるお前が信じられねぇんだが」

ツッコむアルトの隣で、ロザリンは学校？　らしい絵柄のカードに顔を近づけた。

「言われて、みれば、わからない、ことも、ない、こともない」

「素直に言っていいぞ、下手くそっ――んぎゃッ!?」

再び背筋に冷気が走り、油断していたアルトは飛び跳ねて絶叫する。

「一言多いのはアルトの悪い癖だね……しかし、学校か」

苦笑してからシエロは顎に指を添え思案した。学校と一口に言っても、王都内に教育機関は複数存在する。それこそ王立の由緒あるモノから無許可の私学まで様々。それらを一つずつ調べるのは現実的ではないだろう。

「そもそも、王都の学校とは限りませんからねぇ。他国は流石《さすが》にないとしても、国内全土に広げると中々に骨が折れるでしょう」

「けれど、カードがわざわざ二人を示しているんだ。現実に異変も起きているのだから、暗示されている学校の正体を、絞り込む術《すべ》はあるはずさ」

「……あるはずさ、って言われてもねぇ」

アルトは腕を組んで難しい顔をする。

「俺と関係がある学校なんて王立の騎士学校くらいだぞ。けど、あそこはとっくに閉鎖されてるはずだ。お前は？」

「私は、ガッコとか、行ったこと、ない」

森暮らしのロザリンと根無し草のアルトには、縁のある施設ではないだろう。敢えていうならば、閉鎖された騎士学校に何かしらあるのかもしれないが、更地になっているであろうあの場所に、状況を打破する何かが存在するのは望み薄だろう。

それはシエロも同意見のようだ。

「僕も騎士学校の線はないと思うね。アルトはともかく、ロザリンちゃんとは関係がなさすぎる」

「カードがお二人を暗示していた以上、学校も二人に関係ある場所と考えるのが妥当かとぉ」

ワイズマンはそう説明するが、思い当たる節のない二人は唸《うな》り声を漏らすばかり。

「俺らに関係するって言われてもなぁ」

色々と濃密な時間は過ごしたが、出会ってからまだ一年も経っていない関係性だ。関連のある場所など王都内で限られているし、学校という条件をつけるならば、心当たりは全く存在しない。

「さっぱりわからん」

暫《しばら》く記憶を振り絞った結果、予想のよの字も浮かばなかった。それはロザリンを含め、他の二人も同じ様子で、揃《そろ》って並べられたカードを見下ろしながら、有益な提案も出せぬまま唸《うな》り声を漏らすことしかできずにいた。

すると、沈黙が訪れるタイミングを狙っていたかのように、扉がノックされた。

『失礼する』

部屋の主であるシエロが返事をするより早く、聞き覚えのないハスキーな女性の声と共にドアが開かれた。あまりにも不躾《ぶしつけ》な態度に緊張感が走る。騎士団長の、それも特務騎士であるシエロの執務室を、本人も知らされていない来客が訪れるのは異様な話。事前連絡や入室の許可も取らずに飛び込んでくるほど、異常事態が起こっているのか、来客への警戒心を含めての緊張だ。

しかし、意外な姿を現した女性に、ロザリンは驚くよう目を見開く。

「メイド、さん？」

四人の視線を集めるのは、クラシカルなメイド服を身に着け藍色の髪を肩口で切り揃えた、クールな見た目が印象的な女性。背丈も平均的な女性よりも高く、長い手足はスタイルの良さもあって彼女の美しさに似合っていたが、威風堂々とした佇《たたず》まいと遠慮のない足取りは、メイドらしさの欠片《かけら》もなかった。

何よりも彼女が纏《まと》った空気感。燃え盛る炎にも似た雰囲気は、ロザリン以外の二人を殺気立たせるのに十分だ。

一歩、室内に足を踏み入れると同時に、シエロの左腕が素早く上下に動く。

鋭い風切り音が聞こえたかと思うと、メイドは平然とした表情で正面に向かい指を弾いた。指先が弾いたのはシエロが投擲《とうてき》したナイフ。爪の先端すら傷つけることなく宙を舞ったナイフは、くるくると回転しながら重力に引かれメイドの手に受け止められた。メイドは刃に躊躇《ちゅうちょ》することなくナイフを握り、力を込めると金属が軋《きし》む音を立てる。手の平を開くと粉々になった破片が床を汚した。

予想していた以上の実力に、シエロの表情にも動揺が走る。

「温《ぬる》い歓迎だな。噂《うわさ》の水晶宮なのだから、もう少し歯応えを期待していたぞ」

メイドの第一声は、恰好《かっこう》に似合わない傲岸《ごうがん》不遜《ふそん》なモノだった。

だが、アルト達に驚いた様子はない。むしろメイド服を着ていることが異様であって、滲《にじ》み出る傲慢さや威圧感は、シエロが警告の言葉すら発さず先手を打つほど鮮烈。肉食獣が突然、窓から飛び込んできたのと同等の緊張感がある。

アルトとシエロは当然として、呑気《のんき》そうなワイズマンですら殺気を滲ませているのにも拘《かか》わらず、謎のメイドは堂々とした足取りで歩を進めてくる。一足遅れて表情を引き締め立ち上がろうとするロザリンの肩を、アルトが掴《つか》んででしゃばるなというように押し止めた。

その様子をメイドは視線だけでチラッと確認していた。

「用事があるのはそこの二人かい？　けれど、手荒な来訪は容認できないな」

「貴様に容認される謂《いわ》れはない」

視線に気が付いたシエロが釘を刺すが、メイドは素っ気ない顔で辛辣《しんらつ》に受け流す。

シエロはできた男だ。昔からアルトやシリウスの無茶に付き合わされているだけあって、見ず知らずの人間に高圧的な態度を取られても、涼やかに対応することが可能だ。何も知らない人間は軟弱だと思うかもしれないが、これでも幾多の死線を潜り抜けた歴戦の騎士。無礼や非礼に対して、相応の報復を返せる気概を持ち合わせている。

そんなシエロですら、この謎のメイドに対しては二の足を踏んでしまう。

（……この気配ッ）

異質とも思える存在感に自然とシエロの背中に汗が滲む。アルト達も同様だ。シリウスやゲオルグのような強者とも違う、けれども確実に強いと断言できるメイドの雰囲気には、少なくともシエロ……そしてアルトには覚えがあった。

忘れるはずがない。メイドが纏《まと》う気配は、竜姫に似ていた。

「………」

自然とアルトの表情が強張る。怒りや悲しみとは違う、哀愁が胸を締め付けた。

一方のメイドは一同の視線や気配など一切無視するよう、迷うことなく真っ直《す》ぐ歩いていく。揺るがぬ瞳の先を見れば目的は一目瞭然。彼女の眼力が射抜くのは、ソファーの上で片足を立てている少女姿のアルトだ。

メイドは敵対の意思あり。そう判断したシエロとワイズマンは臨戦態勢に移行する。

「何者かくらい、名乗って貰ってもよさそうなモノだけれど?」

シエロが問いかけると、メイドは足を止め傲慢が滲む笑みを覗《のぞ》かせた。

「我がすべき事柄はお嬢様の望みを叶えることのみ、自己紹介など時間の無駄だ」

「その目的ってのが俺か？　デートのお誘いなら間に合ってるぜ」

ソファーの上から皮肉を返しながら、アルトは背中の剣に手を伸ばす。これに対しても不敵な態度で切り返してくると思いきや、何処《どこ》が癇《かん》に障ったのかメイドはただでさえ鋭い眼差しを更に眦《まなじり》を吊り上げた。

「貴様の如き下郎にお嬢様のお相手が務まるわけがないだろう。妄言は死んでから吐け」

苛烈過ぎる口の悪さと共に指を突きつけてから、メイドの姿が風に溶けた。

閉め切られた狭い執務室に突風が走る。短い間合い、距離にして十歩もない間を一足の助走で最高速まで達したメイドは、丈の長いスカートを無暗に翻さない優雅さと、瞬きをする間も与えぬ速さでアルトに迫る。

「――させないッ！」

尋常ではない速度にも超反応を見せたシエロと、僅《わず》かに遅れてワイズマンの二人が割り込む。が、邪魔だと言わんばかりにメイドが両腕を振るうと、豪風を纏《まと》った一撃が軽々と二人の身体を弾き飛ばす。

「戦闘に特化しているわけでもない騎士団長如きが、我を止められると思うなッ！」

咆哮《ほうこう》のように叫びメイドはそのままアルトに向かって手を伸ばす。

「――コッの‼」

背中の剣を一気に抜き放ち、大上段から刃を振り落としながら迎え撃つ。

無手と剣の有利不利など、今更改めて語る必要はないだろう。普通の騎士や戦士ならいざ知らず、シエロ達を一掃できる実力者のメイドならば意味を成さない事柄だ。実際、真正面から交差する刃と突き出された拳は、火花こそ散らさなかったモノの、分厚い鉄板を叩いたかのような鈍い衝撃が柄を伝って握り手を痺《しび》れさせた。

互角、ではなく、勢いに押されるようアルトは身をのけ反らせる。

「んぐッ……足の踏ん張りが」

柔らかいソファーに足元を取られ、重心が不安定になりメイドの突進を受け切れない。

「未熟未熟ッ！　鍛え方が足りんから体幹が乱れるのだ！」

「うっせぇッ!!　まだこの身体に慣れてねぇんだよッ!!」

虚勢ではなく事実。普段より大分小柄な身体付きは、剣を振るうのに違和感があり過ぎる。

不安定な重心を何とか安定させようとするが、いつもの感覚で身体を動かそうとすると微妙な差異に反応が鈍くなる。相手が騎士団長を一蹴するほどの猛者《もさ》なら、この僅《わず》かな違いは致命的な隙となり、メイドは追撃の為の拳を突き出した。

「まずは意識から刈り取る」

「やべっ⁉」

意識では反応できても身体がそれに追いつかない。

痛い一撃を顔面に喰らうと、腹の中で胃が引き攣《つ》るような感覚が襲うが、寸前で背後のロザリンが襟を引っ張り強引に間合いを離す。完全に顔面を打ち抜く気ではなかったのが幸いして、突き出された拳はギリギリ、アルトの鼻先に触れる程度に留まった。メイドが舌打ちを鳴らすと同時に背後から抱きかかえるような体勢で、ロザリンは普段とは真逆、小さいアルトの頭上から顔を覗《のぞ》かせ発動させた右目の魔眼でメイドを睨《にら》む。

「動きを、止める！」

文様が浮かぶ魔眼から視線を伝い、身体の自由を奪う魔力が注がれる。

一瞬、魔力を受けた影響で、メイドは全身をビクッと震わせるが。

「──小賢しいッ！」

一喝すると、注がれた魔力がメイドの全身から粒子となって弾き出された。レジストなど、自身の魔力で魔眼の効果を防いだり強引に影響を抑え込むのとも違う、注がれた魔力そのものを物理的に排出したのだ。普通の人間、いや、優れた人間にも不可能な行為だろう。

「え、ええっ⁉」

これには流石《さすが》のロザリンも絶句してしまう。だが、僅かでも足が止まったのは事実。その隙を見逃さず体勢を立て直し、様子を窺《うかが》っていたシエロが制圧の為、一気に真横からメイドに接敵する。

「手加減はできない、死んでも恨み言は勘弁してくれよ！」

「ふん。その前置きが既に手を抜いて──いるのだ」

横目で一瞥《いちべつ》してからメイドはその場で身体を横に一回転。正面が間合いに踏み込むシエロに向けられるより早く、何が起こったのかわからず目を白黒させるアルトの身体が突き出された。回転しながらアルトの胸倉を掴《つか》み背中に抱き付いているロザリンごと、振り回すようシエロに対する盾にしたのだ。

「──しまっ、グワッ⁉」

すんでのところで逆手に握る短剣を制止。そこを狙いシエロの腹部に前蹴りを叩き込む。膝の動きだけを利用した単純な蹴りだが、強烈な破裂音と共にシエロの身体がくの字に折れ、そのまま壁際までふっ飛ばされてしまった。

隙を窺《うかが》っていたワイズマンも、液体の入った試験管を取り出し投げつけようとするが。

「絡め手か。ふん、馬鹿正直につき合ってやるモノかよ」

「あっ⁉」

試験管を投げつけるより早く、メイドは地面を蹴ると膝の屈伸だけで跳躍。くっ付いたままのアルト達を抱えて、ワイズマンの狙いを撹乱《かくらん》するように壁走りで素早く移動すると、そのままデスクを蹴って窓を破り外へと飛び出していった。

「――ちょっ、ここ三階ッ⁉」

シエロの執務室があるのは建物の三階部分。人間二人を抱えて飛び降りるには、アルトでも勇気がいる行為だろう。しかし、メイドは臆することなく軽々と両足で地面を突き、あまつさえ膝のクッションで衝撃を相殺することなく着地に耐え切った。破壊された窓から嘴《くちばし》の仮面が覗《のぞ》いていたが、身体能力が秀でているわけではないワイズマンでは、あの高さから飛び降りるのは厳しい。そこまで読んでの行動か、メイドは二人を抱えたまま振り返らずに走り出す。

降り立ったのは水晶宮の中庭。特に庭園のような飾り気があるわけではなく、第七特務の執務室は宮殿内でも外れの場所に存在するので、不幸中の幸いか、巻き込まれたり踏み躙《にじ》られて困るような人も草花の姿もないので、メイドは速度を上げて、けれども踏み込む芝生を器用に傷めることなく疾走する。

「て、テメェいい加減にしやがれ、何が目的なんだッ⁉」

「お嬢様のお願いを遂行するのが、メイドとしての我が役目だ」

小脇に抱え直されながらアルトが吠《ほ》えるが、メイドは簡潔に答えるのみ。ジタバタと手足を動かし足掻《あが》いてみるも、見た目に反して石像のような安定感のある重心の移動でいなされてしまう。それは肩に背負われているロザリンも同じのようだ。

「やべぇな、このままじゃ謎のメイドにお持ち帰りされるぞ」

「むむっ。帰りが遅いと、カトレアが、心配する。今晩、ハンバーグなのに」

「余裕ではないか貴様ら」

文字通り手も足もでない状況下であっても、軽口を忘れない二人に対して、メイドはむしろ楽しむように頬を軽く吊り上げた。まんまと誘拐された形になったが、驚きこそしたモノの二人にそれほど目に見えた動揺はない。今までの経験から不測のトラブルに慣れっこなのもあるが、場所が場所だけにある種の安心感の方が勝っていた。ここは天下の水晶宮。伏魔殿であっても、外敵からの無法が許される場所ではない。

宮殿の外へと続く城壁までは直線距離で二百メートル。メイドの足なら二人分の重量があっても、三十秒も必要ないだろう。当然、高い城壁如《ごと》き梯子《はしご》や脱出口を用意しなくとも、その身一つで悠々と乗り越えることができるはず。

だが、水晶宮の難攻不落を決定づけるのは、壁よりも頑強な鋼鉄の意志だ。

「——ふん」

視線は巡らさず気配だけで察したメイドは上へ大きく跳躍する。遅れて彼女が走り込もうとしていた位置に、波打つような軌道を描いた鎖が二本、芝生ごと地面を抉《えぐ》った。寸前で上手《うま》く回避したメイドだったが、上空に跳んで身動きが取り辛くなった隙を狙うよう、巨大な円盤に似た物体が飛来。あわや直撃といったところを、メイドは舌打ちをならしてから身体を背後に倒し、高速回転しながら飛んでくる円盤の縁を右の爪先で蹴っ飛ばして軌道を上向きに逸《そ》らした。

円盤を蹴り上げた体勢のまま、メイドは背中からグルンと一回転して加速を付けながら、三階から飛び降りた時より速い速度で地面へ落下。これも易々とした足取りで危なげなく着地を果たす。ただ、身動きが利かない形で担がれている二人は、予想外の軌道で振り回されている所為《せい》か、若干、青ざめた表情で軽く目を回していた。

メイドは左右に細めた視線を交互に送ると、一度は緩めていた殺気を再び発する。

「驚いたわ、アレを避けるなんて。水晶宮を強襲してくるだけはあるわね」

「無法無頼は嫌いではない。けれども、それは王と神の膝元から離れた場所での話だ。清浄なる雫《しずく》を汚《けが》す蛮行は、ご遠慮願えないかしら」

おっとりとした女性の声と、片や気難しげに言葉を操る少女の声。一定の間合いを保ってメイドを左右に挟むよう現れたのは二人の騎士団長、第九騎士団のアレクシスと、第十二騎士団のシャルロットだ。クールな白髪の少女アレクシスは、両腕に巻いた鎖を舞わせ周囲に円を描き、シャルロットは自らが投擲《とうてき》しブーメランのように戻ってきた大盾を、軽々と片手で受け止めながら、それぞれ見た目以上の鋭い殺気をメイドに注ぐ。

攻撃的な気配に一切怯《ひる》む様子を見せず、メイドは頭を振って乱れた髪型を戻す。

「不意打ちで仕留め切れない未熟者風情が。騎士団長の名も地に落ちたモノだな」

尚も不遜な物言いを緩めないメイドに対して、両団長は表情こそ変えなかったが、注がれる気配は更に鋭さを増した。それは担がれた被害者であるはずの、ロザリンが思わず息を飲むほどの迫力だ。

メイドも両足を僅《わず》かに広げ戦闘態勢を取るが、抱えたアルト達を下ろす素振りはない。

「マジか。このままやるつもりかよ」

思わずアルトが口に出してツッコむがメイドはまるで無視する。

騎士団長を二人同時に相手するなんて正気の沙汰ではない。しかも、メイドは人間を二人抱えたまま、両腕が完全に塞がった状態だ。不利どころの話ではないだろうし、長引けばすぐに後からシエロとワイズマンが追いかけてくる。

無頼の極みのような人物だが、ここまでの行動を見る限り頭は切れる人間のはず。現状を正しく把握できていないわけはないのに、メイドは泰然自若とした態度を揺るがすことはなかった。

三者の緊張感が高まる中、ボソッとロザリンが口を開く。

「……ねぇ、アル」

「どうした、トイレだったら我慢しろ」

「戦いが、始まったら、私達、巻き込まれる、よね」

「そりゃな。このクソメイド、俺達のことを離すつもりはないようだし」

「あの二人、私達のこと、ちゃんと、わかってるの、かな」

「……そりゃあ」

わかっているだろう。と、口に出しかけて止まった。

ロザリンが問いかけているのは当然、姿と性別が変わった自分らのこと。一応、ワイズマンは水神からのお告げで、何かしらの異変が起こることを事前に予期していたようだし、少なくとも騎士団長クラスには情報が共有されている可能性は高い。

「だ、大丈夫だろ。シエロ達も知ってたんだから」

「でも、異変の内容は、詳しく、知らないよね」

「…………」

「途中、特に知ってる人と、顔を合わせなかった、よね」

短く沈黙。

「おい馬鹿っ、下ろせ⁉　巻き添えは御免だっ⁉」

「流石《さすが》に、巻き添えは、ないと思うけど」

「エンフィールの騎士団長に、んな器用な真似ができるわけがねぇだろっ⁉」

大声で失礼なことを喚《わめ》きながら暴れるが、がっちりと身体を掴《つか》んだメイドの細腕はビクともしなかった。それどころか両騎士団長も聞こえているはずなのに、アルトの無礼な物言いを訂正するわけでも窘《たしな》めるわけでもなく、メイドとの睨《にら》み合いが続いていた。

この行動がアルトの言葉に信憑性を持たせ、ロザリンの表情も青ざめる。

トドメはメイドの呟《つぶや》いた独り言だ。

「ふむ。まぁ、五体満足でとは言われておらんからな、多少の欠損は構わんだろう」

せめて冗談っぽく言って欲しかった不穏な一言に、二人の顔色は更に悪くなった。

「じょ……」

冗談じゃねぇ。渾身《こんしん》の力を振り絞りながら叫ぼうとした瞬間、火薬庫の如き空気に割って入ったのは別の人物の声だった。

「一同、そこまでだ！」

低く響くような男性の声に、張り詰めた殺気が少しだけ緩んだ。

決して怒鳴るような、咎《とが》めるような強い語気ではなかったが、不思議と一歩踏み出すことを躊躇《ためら》わせる圧が男の声にはあった。現にいち早く両団長は殺気を収めているし、メイドも警戒心を滲《にじ》ませながらも、二人を抱える手からは力が緩んでいた。

声が聞こえたのは背後。メイドが振り向いた先に、宮殿側から歩いてくる男の姿があった。

逞《たくま》しい体躯をした黒髪の男に、メイドの表情が険しいモノに変わる。

「……ゲオルグ＝オブライエン」

現れたのは騎士団総団長のゲオルグ。睨《にら》む視線を受けながら困ったような顔をする。

「久方ぶりに王都へ足を踏み入れたと思ったら、随分な暴れようじゃあないか」

「総団長は、この無頼なメイドさんをご存じなのです？」

「知り合いではないが、少しばかりな」

少し驚いたような表情でシャルロットが問うとゲオルグは苦笑を零《こぼ》した。

「武器を下ろしてくれ。危険は、まぁあるけれど、彼女とは俺が話をつける」

命令に近い強さのある言葉を受け、二人は多少の戸惑いこそ見せたモノの、拒否することなく素直に戦闘態勢を解いた。

一方で睨みつけるメイドの視線は緩まない。

「ふん、話を付けるとは舐《な》められたな。此方《こちら》には何一つ譲歩する謂《いわ》れはないぞ」

強気な発言に足を止め、ゲオルグは困り顔のまま後頭部を掻《か》く。

「そうは言うがな、アンタがやってることは誘拐だ。俺達の立場上、見過ごすという選択肢はあり得ない……ましてや、その二人は騎士団にとっては大切な客人だ」

「ゲオルグ、俺達の状況を理解してんのか？」

「当然だろ。けど、そこまで可愛らしくなっているのは予想外だったが」

どうやらゲオルグは、担がれている二人がアルトとロザリンであることを認識しているようだ。だが、未だ強い殺気を放つメイドを警戒して、迂闊《うかつ》に近寄ることができずゲオルグはギリギリ、間合いに踏み込めない位置で足を止められている。

「さて、と。此方は君の目的も意図も把握はしていない。だから、まずは相互理解といかないか。場合によっては我々が手を差し伸べる準備もできて……」

「馬鹿めが、必要ない」

交渉を最後まで聞くことなく、メイドは強い口調で打ち切った。厳格とは言い難く地方貴族の出身という家柄もあって、一部の騎士団員と貴族達に軽んじられることも少なくないゲオルグだが、面と向かって悪態をつけるのは極々少人数。それでも信頼関係のある悪ふざけに近いノリだろう。メイドの強気で傲慢な態度は、流石《さすが》の両騎士団長も表情に動揺を浮かべる。恐らくメイドに担がれている二人の正体をこの場で知った時も、驚きを表情に出さなかったのにだ。

反対にゲオルグに驚いた様子はない。予想された反応なのだろう。

拒絶されても視線だけで両団長に動くなと指示を飛ばしつつ、根気よくメイドに対する説得を続ける。

「君が独断で王都に現れるはずがないのは重々承知している。故に水晶宮にまで足を踏み入れたのには、相応の理由があるんだろう」

「ならば理解しろ。千の言葉を重ねようと、我が使命を断念することはあり得ない」

「わかっている。話し合っても合わなくても、二人が君と共に行くことは覆らないだろう」

「……覆れよ。俺の意思をガン無視とか、人権問題だぞ不良総団長」

「アル。今、真剣な、話をしてる」

口をへの字に曲げて文句を言うがロザリンに窘《たしな》められた。

「だが、物事には順序がある。門戸は最初から開かれていたのに、裏側から鍵をこじ開けるような真似は……ッ⁉」

言葉の途中でゲオルグの表情に焦りが宿る。

理由は直《す》ぐに判明した。大地を疾走する軽やかな足音と共に飛んでくる凄《すさ》まじい殺気の塊。振り向くより早く背後からゲオルグの肩を踏み台にして、場に割り込むよう跳躍してくるのは、憤怒に形相が彩られた英雄シリウスだった。

目から殺気が炎となって迸《ほとばし》るような視線は、眼下のメイドを迷いなく射抜く。

「貴様ッ、返せ――それは私の男だッ!!」

怒気を咆哮《ほうこう》のように吐き出しながら、シリウスは既に抜き身の両手剣を大きく翳《かざ》す。

纏《まと》う殺気は闘志となって刃を鈍く光らせる。加速を全く殺さず高速で落下しながら、振り上げた剣を大上段からメイドの頭上目掛けて落とした。相手の素性など一切無視した問答無用の攻勢だが、唯一予測をしていたことといえば、刃が落とされる直前にそのままでは流石《さすが》に無理だと判断したのか、担いでいた二人を左右に放り投げたことだろう。

巻き添えにする心配がなくなったことで握る柄により強く力を込めながら、ドラゴンの外殻すら断ち切る斬撃を迷わず放つ。シャルロットの大盾でもなければ、とても真正面からは受け止められないだろう一撃は、戦場ならば前線の兵隊達を纏《まと》めて吹き飛ばす衝撃を作り出すだろう。判断する時間は瞬きをする間もなかったが、メイドは一瞬で状況を把握し最適解を導くよう、素早く手刀を穿《うが》ちながら刃が纏う衝撃を斬り裂き、腕の側面を滑らせて斬撃を受け流そうとした。

が、シリウスの英雄としての才覚は、達人級の反応速度を凌駕《りょうが》する。

「――邪魔だッ!!」

「――ッ!?」

受け流される直前、刃を横向きに倒したシリウスは、身体ごと回転しながらメイドの右腕を切断。そのまま回転に捻《ひね》りを加えて背後に抜けると、数回の宙返りで勢いを殺しつつ地面へと着地を果たす。同時に切断されたメイドの右腕から真っ赤な鮮血が噴き出した。

生身で真剣と渡り合える肉体を、一瞬の隙を突いて打ち破るのは流石《さすが》は英雄シリウスといったところだが、メイドの胆力は更にそれを上回る。

腕を切断されほぼ間を置かず、背後に抜けたシリウスを狙い後ろ回し蹴りを放った。

「——なにッ⁉」

この息をつかせない攻勢は予想外だったシリウスは、追撃しようと振り返った隙間を縫われ、撓《しな》るような蹴りが超反応で防御しようと動いた腕や柄をすり抜け、鎧《よろい》で覆われたシリウスの胸部を打ち抜いた。背中に突き抜けるような衝撃はミスリル製の胸部装甲を叩き割り、これまで蹴散らしてきた団長連中同様、シリウスの身体もふっ飛ばした。

「——なんのッ‼」

けれどそこは戦闘の天才。身体が浮き上がった直後、地面に剣を突き立てて強引に衝撃を相殺。十数メートルほど刃が地面を抉《えぐ》りながらも、何とか城壁の方まで飛ばされずに堪《こら》えた。が、胸に受けたダメージまでは耐え切れず、苦悶の表情で片膝を落とす。

この光景に、静観していたゲオルグ以外の面々に驚きが走った。

「ま、マジかよ……あのシリウスを、一蹴しやがった」

放り投げられ地面の上で四つん這いになったアルトが唖然《あぜん》と声を漏らす。

「悔しがる必要はない、むしろ喜べ。この我に手傷を負わせたのだからな」

身体の右側を自身の血で汚しながらも、平然とした表情でハンカチを一枚取り出すと、口に咥《くわ》えて軽く裂いてから、片手なのに素早く器用な手つきで止血する為に二の腕に巻き付けた。

シリウスは大きく深呼吸をしてから。

「ぶっ殺す」

殺気を増量させ立ち上がる。

見た目的にも重傷を負っているはずのメイドは、不愉快げに視線を細めた。

「出来もしないことを吠《ほ》えるな愚か者めが」

「なら、もう片方の腕も落とされれば、どちらが愚かかようやく理解できるかしら」

「吠えるなと言ったはずだ。貴様如《ごと》きが我に並び立てるとは思い上がりも甚だしい」

「並び立つ？　明確な上下を表現するのに、その表現は正しくないわね」

「当然だ。我が上で貴様が下、だがな」

火花を散らす視線と舌戦は、他の者達が割って入れないほどの迫力があった。

「おい待て、そこまでだ!!」

このまま放っておけば、どちらかが死ぬまで止まらない。慌てたゲオルグが大声を上げ、まずは比較的に言葉が通じるシリウスの方に顔を向けた。

「このまま状況が拗《こじ》れればアルトは少女の姿から、戻れなくなるかもしれんのだぞ！」

「私は女の子のアルトでも愛せるわ」

ハッキリと断言するとアルトは「勘弁してくれ」とウンザリしていたが、女子連中、特にシャルロットなどが頬を淡く染め「まぁ」と少し嬉《うれ》しそうに驚いていた。

予期せずボケとツッコミになってしまったが、何故かメイドは僅《わず》かに殺気を緩める。

「なるほど、剛毅なことだ。その部分だけは、英雄の器だと認めてやらんこともない」

「貴女に認められる覚えは」

「少しでもわかり合えたのなら重畳、ここから我々の信頼関係を一歩先に進めようじゃないか」

「……ふん」

透かさず割り込むゲオルグの説得に、メイドは不機嫌そうに視線を細めてちょっとの間、口を噤《つぐ》んでからようやく完全に戦闘態勢から構えを解いた。

不満げなシリウスを除き、団長達は安堵《あんど》の息を漏らす。

「いいだろう、王都の冠。みだりに我が素性を口にしなかった貴様の心配りに敬意を表し、この場は王都側の流儀に従ってやろう」

スッと背筋を伸ばしながら佇《たたず》まいを直し、左手でスカートを摘《つま》み一礼する。血塗《まみ》れでなければ、さぞ優雅な仕草だっただろう。

「我が名はクルルギ。愛の大精霊マドエル様の使徒にしてガーデンの偉大なる支配者、ヴィクトリアお嬢様の僕《しもべ》」

「ガーデン、だと」

「がー、でん？」

アルトは意外な名称に訝《いぶか》しげな顔をし、ロザリンは耳慣れない言葉に首を傾《かし》げた。

第五十五章　愛の学園都市ガーデン

ガーデン。

それは大陸でも選ばれた者しか足を踏み入れることが許されない、最も純粋なる聖域と呼ばれている場所で、神代の頃より存在し続ける最古の大精霊が一柱、女神マドエルが国家神として鎮座する神域でもある。大陸に存在感を示しながらもガーデンのあり方は独特で、エンフィール王国を始めとする大小様々な国家と一切の国交を持たず、また自らが進んで他国に干渉することもない。大陸全土に覇を称《とな》えた今は亡国のエクシュリオール帝国ですら、不干渉を貫いた特別な場所でもある。

理由は二つ。ガーデンが何処《どこ》にあるのか、場所を把握しているのは関係者以外では極僅《わず》か、そしてその一握りの者達も戦術的にも戦略的にも、ガーデンのある場所は意味も価値も持たないと判断したからだ。

確かに存在しながらも、俗世からは隔絶された領域。

人はその大地を『愛の庭園』と呼んでいた。

名前のない『彼女』は檻《おり》の中に入っていた。

檻とは言っても罪人を収監するような牢屋ではなく、動物が逃げださないよう閉じ込めておくような小さなケージで、薄暗い室内の中央に置かれたその中で、『彼女』は薄汚れたシーツに身をくるんで眠っていた。ひんやりと冷えた空気と床の所為《せい》で寒いのか時折、身体をぶるぶると震わせているのは、衣服どころか下着すら身に着けておらず素っ裸のままだから。少しでも身体の熱を逃がさないように、丸めた身体にシーツを巻きつけるが、ケージの床部分は鉄製の為に触れているだけで体温を奪っている。そもそもシーツ自体が酷く薄いので、気休め程度にしかなっていなかった。

しかし、『彼女』には寒さ以上に、耐え難いことがある。

「……ハラ、へった」

胃が痛くなるほどの空腹が、乾いた唇から無意識に言葉を零《こぼ》させる。

最後に食事をしたのはいつのことだろうか。流石《さすが》に一日以上前ということはないが、碌《ろく》に身動きも取れず冷たい床の上では睡眠も満足に取れず、寒さとひもじさが『彼女』から時間の感覚を奪っていた。

人間を閉じ込める為の檻ではないから、腰を大きく曲げなければ立ち上がることもできず、幅もギリギリ両腕を左右に広げられる程度しかない。入り口は四つん這いにならねば出入りできない大きさで、力任せに逃げられないようにか、太い鎖を巻き付けられている上に複数の南京錠が嵌《はま》っていた。檻の中には毛布と『彼女』以外に、空っぽの犬用の餌箱が無造作に置いてある。他に目につくモノといえば、床の角の一ヵ所が手の平程度の格子になっていて、そこから地面に伸びた排水口に繋《つな》がっている。『彼女』が生理現象を催した場合はそこで排泄《はいせつ》するしかないが、既に気力の殆《ほとん》どが失われている最近では、そのまま垂れ流すことも多かった。鼻の利く人間なら仄《ほの》かに漂う不快な臭いに気が付くだろうが、檻や室内は意外なことにある程度の清潔さが保たれていて、床にも排泄物が垂れ流された形跡は見られない。

理由は簡単。定期的に世話をする人間が訪れるからだ。

静まり返った室内故に、壁越しでも廊下側の音はよく聞き取れる。数人分の足音がちょうど部屋の前で止まると、スライド式のドアがガタガタと音を立てて乱暴に開かれた。声かけもせず入室してきたのは三名の女性、女の子と呼んで差しさわりのない少女達だ。皆、スカーフを胸元でリボン結びにした、紺色の制服を揃《そろ》って身に着けていて、腕には『飼育委員』と書かれた腕章を巻いていた。

それぞれ手に水の入ったバケツとモップを持ち、手早く掃除の準備を始める。

二人が足早に窓際へ寄ると厚手のカーテンを一気に開いた。外はよい天気に恵まれていて、窓から差し込む日の光が檻の中を照らし、眩《まばゆ》さと太陽の熱を感じたのか、シートにくるまった『彼女』が身を捩《よじ》る。その間にもう一人が檻の近くにバケツを並べ、入り口の前に片膝を突き、取り出した鍵の束で鎖を繋《つな》げる錠前を一つずつ外していく。錠前と鎖を取り除きようやく出入り口が開けられるようになると、一度三人で集まってから何かを決めるようにじゃんけんをする。三度のあいこの末に負けた一人は不服そうな顔をしながらも、モップを持って入り口から檻《おり》の中へと入り、一言の断りも入れずにシーツを掴《つか》むと乱暴にひっ剥がした。鉄製の床に転がされるよう中から現れたのは、真っ白い長い髪の毛の少女。全裸の『彼女』はほんの僅《わず》かでも、冷めた空気から肌の暖を保ってくれていたシーツを暴かれ、直接的な寒さに身体を大きく震わせながら少しでも体温を逃がさないよう丸まった。

檻の中に入った少女は、裸の『彼女』を見下ろし安堵《あんど》の息を吐く。

「よかった。今日はまだ、お漏らししてなかったわ」

そう呟《つぶや》いてから視線を檻の外に向けると、既にバケツを手に持っていた二人が、丸まる『彼女』に向けて水を浴びせかけた。ただでさえ裸で身体が冷えているのに、水をかけられたことで『彼女』は熱が奪われる感覚に丸まったまま全身を硬直させる。そこに袋に入った粉の洗剤をぶちまけると、持っているモップで乱暴に『彼女』と檻の床を掃除し始めた。当然、モップは人間の素肌を洗えるような清潔さはなく、普段の掃除で使いこまれているとがわかるほど黒ずんでいた。空いたバケツを一人が汲《く》みにいっている間、もう一人が残ったバケツを檻の外からぶちまけ、泡だった洗剤と汚れを洗い流す。檻の中の少女が中腰の体勢でゴシゴシと乱暴に、モップの先端を『彼女』の肌や顔などお構いなしに押しつけるよう擦《こす》ると、元が汚れているからか『彼女』の肌が垢まみれだったのか、真っ黒な泥のような汚水が床を流れ排水口へと吸い込まれていく。水をかけ、モップで洗い、水で濯《すす》ぐ。それを数回繰り返して流れる水の黒さが薄まった辺りで、少女はモップで擦る手を止めて大きく息を吐きながら額に浮かぶ汗を拭う。

「こんなものかしら。後は餌の準備だけど……ちょっと⁉」

「あ、ごめんごめん」

余ったバケツの水を片付けるのが面倒だからと、『彼女』目掛けてぶちまけた飛沫が、中の少女にもかかりそうになり、外の少女は舌をペロッと見せながら罪悪感の薄い謝罪を口にした。

まったく、もう。とジト目を向けながら、雫《しずく》が垂れるモップの水を切る為、先端の房を横向きに丸まった『彼女』のあばら部分に置き、片足で踏みながら引っ張って最後の一滴まで力まかせに水切りを行う。途中、踏み込む足に力を入れ過ぎたからか、メキメキとあばら骨が軋《きし》む音が聞こえたが、少女達が気に留める様子は一切なかった。濡れた『彼女』を拭うわけでもなく、少女が気怠《けだる》い素振りでさっさと檻から出て行ってしまうと、代わりに食事の準備をしていた一人が、一杯になった餌箱をびしょ濡れの檻の中に置いた。

餌箱に山盛りになっているのは、僅かに肉片がこびり付いた骨やくず野菜、踏みつけられ足跡のついたパンなど、いわゆる残飯だった。

「ほら餌よ。よかったわね、今日の食事は豪華で。虫や雑草よりはマシでしょ」

嘲笑するような口振りにも、『彼女』は何の反応も示さず少女達は舌打ちを鳴らす。

やるべき仕事は終えたと三人の少女達は道具を片付けカーテンを閉めてから、檻の入り口に元通り鎖と錠前を嵌《は》め直すと、肩の荷が下りたようなすっきりとした表情で、べらべらとお喋《しゃべ》りをしながら部屋を出て行った。

再び沈黙が訪れた薄暗い室内で、『彼女』はのっそりと身体を持ち上げる。

全裸だからか水をぶっかけられた肌は早くも乾きつつあったが、長くボリュームのある髪の毛はかなり水を吸っていて重く身体に張りつく。体温は限界近くまで熱が奪われ、震える身体がガチガチと奥歯を鳴らす。それでも『彼女』は寒さより勝る空腹に押され、餌箱に近づくと残飯に顔を押しつける、犬のような恰好《かっこう》でもさもさと食事を食べ始めた。味など殆《ほとん》どせず、噛み締めればジャリッと砂のような物が歯に当たる。それでも少しでも腹を満たす為、身体を動かすに必要な燃料を補給する為、泥の味がする潰れたパンを、腐臭が漂い始めているくず野菜を、硬い肉や骨と共に噛み砕き飲み下す。

『彼女』は家畜以下の奴隷だ。

それでも不思議と、自身の身の上が不幸であるとは一切思わなかった。

「……まっず」

うめき声以外の言葉を発したのはいつ以来か、『彼女』自身も覚えていない。

人としての尊厳を排除され、最低限の食事と環境の中で『彼女』は飼育されていた。掃除に訪れた少女達も、『彼女』に対して一切の敬意を抱いておらず、飼われているペットの方が丁重に扱われているだろう。普通の人間ならば心が壊れてしまうような過酷な状況下で、空腹や寒さで体力や思考を奪われてしまっているモノの、『彼女』の心は未だ折れず生きることに執着をみせていた。

残飯からなる食事を食べ終え少なくとも空腹は紛れた『彼女』は、口元を手の甲で拭ってから、無造作に投げ捨てられ水浸しになっているシーツを拾い、丸めるように握り込んで水切りをしてから、再び裸の身体に巻き付けるようにして眠りに就いた。

「……あと、すこし」

掠《かす》れた声で自分に言い聞かせ、屈辱に塗《まみ》れる意識を闇の中に落とす。

自由も尊厳も、自分自身の名前すらも失った『彼女』は、ただひたすら過酷な現状を耐え忍ぶ。すり減った体力と精神力を辛うじて保ちながら、何かを確かめるように握っては開いてを繰り返す拳は、飢えた獣が自らの爪と牙を研ぎ澄ましているようにも思えた。

謎のメイド、クルルギによる水晶宮襲撃事件から四日。未だ少女の姿と大人の姿から戻る術《すべ》がないアルトとロザリンは、エンフィール王国の北部にある山岳地帯、アザム山脈近くにまで足を伸ばしていた。王都からは遠くそびえ立つような青いアザム山脈も、その偉大な姿を目の前に仰ぎ見れば、山頂を白く染める名残《なご》り雪が山河に冷たい山風を呼び、残暑の熱を全て消し去ってしまう。冬になれば一帯は厚い雪に覆われる過酷な環境ゆえに、ここらに人が暮らす村や集落は存在せず、土と共に砂と砂利が混ざる閑散とした荒地を、風景には不釣り合いな女性三人がひたすら歩き続けている。

剣を背中に担いだアルトと、同じよう後ろに布で包まれた長物を背負い日傘を差しながら歩くロザリン、そして二人を先導するよう大地を踏みしめるクルルギだ。アルトとロザリンは一応、旅支度に近い恰好《かっこう》をしているが、クルルギはメイド服姿という冒険にはあるまじき服装をしていた。切断された右腕には包帯が巻かれていて、治療はしてあるが本来なら激痛に身動きを取るのもしんどいだろうが、クルルギの表情は一切変わらず涼しげで、手荷物として左手には革製の鞄《かばん》を持っていた。どうして三人がこんな場所まで旅しているかというと、話は四日ほど前、襲撃を受けた直後まで遡る。

王都襲撃事件後、総団長のゲオルグ自らが仲裁に入ったことで、自らの所属と名前を明かしたクルルギ。彼女が言うには愛の大精霊マドエルからの神託を受けたガーデンの契約者、つまりクルルギの主《あるじ》の命によりアルトとロザリンの二人を、ガーデンに『招待』する為に送り込まれたそうだ。それが何故、あのような乱暴な手段を取ることになったのかは、マドエルやその契約者の意向ではなく、クルルギ自身の武闘派な性質からくるモノ。

下手をすれば王国とガーデンの関係に罅《ひび》を入れかねない手段だが、ガーデン自体の特殊な立ち位置と大事にはしたくない騎士団側の意思が合わさり、今回の件はクルルギの個人的な暴走（実際にそうなのだが）ということで解決された。シリウスは納得こそしていなかったが、総団長に問答無用で斬りかかったことを咎《とが》められては、不満を飲み込むしかなかった。彼女の怒り自体は腕を一本、叩き落としたことで少しは気が晴れたのだろう。

クルルギ曰く。

『貴様らの身に起こった異変は、我が主とマドエル様ならば解決が可能だ。足りない頭で理解できたのなら、大人しくついてこい』

と、ブチ切れかけたシリウスを騎士団長一同で宥《なだ》めながら、他に選択肢のないアルトとロザリンは頷《うなず》くしかなかった。そんな理由で何処《どこ》にあるのかもよくわからない、ガーデンへ旅立つことになったのだが、いつもとは勝手が違う少女の身体での長旅に、アルトは早くも後悔し始めていた。

時刻は既に昼時を回っている頃だろう。朝から歩き通しだったのもそうだが、少女の身体になって基礎体力が著しく落ちている所為《せい》で、普段だったら感じない強い疲労感に、アルトは背中を丸め荒い息遣いで肩を上下させている。

気温は寒いが体温が上がった所為で、アルトは全身に滝のように汗を流していた。

「はぁはぁ……くそっ、汗が目に」

「アル、これ」

袖で額を拭っていると、横からロザリンが水の入った革袋を差し出す。

「おお、サンキュ……」

受け取ろうと手を伸ばしかけると、ロザリンが此方《こちら》を見下ろすように覗《のぞ》き込む姿が視線に入った。大人と子供が逆転してしまった為に、現在の身長は彼女の方が高いのだから当たり前なのだが、何となく気に入らないモノがあった。

「やっぱりいい。お前が飲め」

「大丈夫、ん」

変なプライドから一度は拒否するが、押しつけられた水袋を受け取り、飲み口に唇をつけて中の水を喉に流し込んだ。発汗と疲労もあって水分の美味《おい》しさが染みわたる。水温も温《ぬる》めだったから、身体が急激に冷えることもないだろう。

まだ少し渇きが残るが、後のことを考えて口を離した水袋をロザリンに返す。

「もう、いいの？」

「構わねぇよ、十分だ。それより、おいメイド」

先を歩くクルルギに声をかける。

「ガーデンにはまだ着かないのか？　アンタの話じゃ、今日中には辿《たど》り着くってことだったけど、辺りに転がってるのは石と岩ばかりだ。まさか、山を越えるとか言わないだろう

「潤った途端、饒舌《じょうぜつ》になったな。渇いているくらいがちょうど良かったんじゃないのか」

棘《とげ》のある言葉だが、これが彼女にとって普通の対応だということが、四日も寝食を共にすれば理解できている。許容できているかどうかは、アルトの眉間に寄った皺《しわ》で判断して欲しいところ。

「杞憂せずとも貴様らにもう一夜を越えろとは言わん」

「そりゃありがたい。だが、このまま進むと国境線を越えちまうぞ」

ガーデンの存在は知っているアルトでも、大陸の何処《どこ》にあるのかは認識していない。都市国家とまで呼ばれる以上、ある程度の規模の土地が必要となるだろうが、現在地はエンフィール王国とラス共和国の国境近く。ここら辺を訪れたことはないが、周辺にそれらしい場所があるとは聞いたことがない。訝《いぶか》しげなアルトの視線を無視するようなメイドの背中。一方のロザリンは何かを感じ取ったのか、周囲を頻《しき》りにキョロキョロと見回していた。

「どうした、ロザリン。何か不穏なモノでも感じるのか？」

「……ううん、逆」

「逆？」

首を傾《かし》げているとロザリンは右目を露わにし、再び魔眼で周囲を視《み》て回す。

「何も、感じない、感じなさ、すぎる」

「そりゃいいこと……でもないのか」

言いたい意図を察してアルトも荒地に首を巡らせる。

「水気が少なくなってきても、ここらは王国の領土内。つまり、リューリカの縄張だ。ある程度の影響力を感じて然るべきってことなのに、感じなさすぎるってのは妙な話だな」

「うん、その通り。流石《さすが》、アル」

ロザリンが賞賛するようにパチパチと手を叩いた。

水神リューリカの影響力は王国の全土、隅々にまで恩恵が行き渡っており、距離が遠かったり国境の近くであったりということは基本的に関係ない。ロザリンが明確に「感じなさすぎる」と表現する以上、この地には何かしらの異変があるのだろう。

そして当然、肯定するのはクルルギだ。

「ふん。文字通り視《み》る眼はある様子だな。面倒な説明が省けるのは僥倖《ぎょうこう》」

振り向かずに言いながらクルルギは唐突に足を止めた。

同じく二人も足を止め、アルトは横に身を乗り出して正面を確認するが、特に何か目に付くモノがあるわけでもなく、アザム山脈へと続く荒地がずっと伸びているだけ。岩や砂利、所々に枯れかけている雑草が生えている程度だ。

いや、違うところは明らかにあった。

「アル、あれ」

ロザリンが指さした先はクルルギの足元。綺麗《きれい》に砂利が取り除かれた剥《む》き出しの土の上に、拳ほどの大きさの石が規則的に並べられ円陣を描いていた。人為的に作られた物なのは確かだが、魔術的な力を感じ取るには酷く雑でこぢんまりとしている。場所が場所でなければ、子供が遊んだ跡にしか見えないだろう。

しかし、魔眼を通して視たロザリンは違う感想を抱いた。

「あそこ、空間が、歪《ゆが》んでる。ちょぴり、だけど」

「なら、アレが水神の影響を弱めてる原因ってわけか」

「口を慎め馬鹿者めが。ここから先は既に我らの領域、神聖な場所だぞ」

僅《わず》かに怒気を含む声で叱責してから、クルルギは石の円陣の一部を爪先で蹴り動かす。

「……神聖なんじゃねぇのかよ」

言葉とは正反対の乱暴な動作に視線を細めるが、気にすることなく同じような動作で三度、それぞれ別の石ころを蹴って動かす。器用なのは適当に転がしたわけではなく、四つの石ころは均等な四角形を描いて円陣の中に納まっていた。

すると途端に、水神のモノとは違う魔力が周囲に満ち始める。

「貴様ら、もう少し此方《こちら》に近づけ」

クルルギからの指示を受け二人は彼女の背中、円陣の直《す》ぐ側《そば》にまで寄る。特別、何か不可思議な感覚があったわけではないが、敢《あ》えて言うならば円陣の近くだけは、気温が少しだけ暖かいような気がした。

クルルギは荷物を足元に置き、深呼吸をしながら静かに両目を閉ざす。

「我が親愛なる女神マドエル。貴女《あなた》の使徒クルルギ、ただいま帰還いたしました」

普段の無礼な態度とは打って変わって、穏やかで優しさすら感じられる声色で唱えると、瞬間、周囲を取り囲むストーンサークルが桃色に発光し、魔力を帯びた線となって地面を走り円陣を作る石を繋《つな》ぐよう魔法陣を描く。

「な、なんだぁ⁉」

「アル。動かない、ほうが、いい」

驚いて後ろに下がりそうになったアルトを、肩を抱くようにロザリンが受け止めた。

「空間転移魔術。下手に、抗《あらが》わないで。抗うと、酔う」

「――ッッッ⁉」

返答をするより早く、全身がふわりと浮かぶ感覚と共に、意識と言葉が一瞬だけ真っ白に掻《か》き消された。魂ごと消失してしまうような独特の浮遊感。驚きすら消滅した後、最初に感じたのは口から吸い込んだ新鮮な空気だった。深い睡眠から目が覚めた時に似た感覚で意識が覚醒していくと、ぼやけていた視界が一気に開け鮮やかさを取り戻す。

飛び込んできた光景にアルトは絶句した。

「……おいおい、マジかよ」

一度、ゴクッと喉を鳴らしてから、辛うじてその言葉だけを絞り出す。

眼前に広がるのは色鮮やかな花畑。乾いた風が吹き荒《すさ》ぶ、岩だらけの荒野だった風景は、瞬きをする間もなかった瞬間に、穏やかな風に乗って赤、青、緑色とりどりの花弁が舞い散り、何物にも脅かされることのない小鳥が歌い囀《さえず》る花園となり、先ほどまでとはまるで別世界を作り出していた。春のように暖かな陽気に揺れる花々の甘い香りに誘われ、同じく鮮やかな色彩の蝶が、アルト達を歓迎するかのように舞い踊っている。

「アル、空、みて」

「なんだよ……って、なんだこりゃ⁉」

顔を上げ指を差すロザリンに促され、見上げたアルトは再び驚きの声を漏らす。

見上げた空。いや、正確に言えば、空ではないのかもしれない。アルト達の上空にあるのは見慣れた雲や青空ではなく、七色に輝き揺らめく奇妙な空間だった。奇妙ではあるが不気味ではなく、少女趣味の部屋に引かれたカーテンのような、不思議な可愛らしさがあった。元の場所の名残りといえば、花畑に埋もれるようにして、同じような石の円陣が置かれていることだ。

全く知らない場所ではあるが、この感覚にロザリンは覚えがある。

「ここ、王都の、地下の、異空間に、似てる」

「ってことはつまり、ここは愛の女神様が作った別世界ってことか」

なるほどと、合点がいったアルトは納得するように頷《うなず》いた。膨大な魔力が必要とされたとはいえ、人為的に異空間が作れるのなら、人知を超えた存在である大精霊ならば、十分その上位互換である世界を、制限はあるだろうが作成できるだろう。その証拠に外の世界とは明らかに違うが、天楼が作った異界のような息苦しい閉塞感はなかった。

花園には人が歩ける歩道が伸びていて、その先を目で追うとちぎり絵のように鮮やかな花畑の向こう側に、赤茶けた煉瓦《れんが》で作られた古風な町並みが見えた。

「アレがガーデンの町なのか？　……結構、遠いな」

平坦な土地なので肉眼でも確認できたが、距離的には普通に歩いても入り口に辿《たど》り着くまで一、二時間はかかるだろう。普段だったら大したことはないのだが、体力が減退している少女の肉体では、四日間の旅路で蓄積された疲労もあって正直、しんどさの方が先に出てしまっている。露骨に肩を落とすアルトを可哀想に思ったのか、ロザリンが慰めるよう頭頂部を撫でる。

「大丈夫？　疲れたら、おんぶ、するよ」

「よ、余計なお世話だっ。いらん気を回すな阿呆！」

撫でてくる手を払って吠《ほ》えながら、アルトは気合いを入れ直すよう背筋を伸ばした。

「忠告しておくが、目的地はあの町ではないぞ。我らが行くべき場所は、更にその向こう側にある場所だ。ここからでは見えんがな」

「なん、だと？」

クルルギの言葉に愕然《がくぜん》として、入れ直した筈《はず》の気合いが空気のように抜けていく。肩を落とすだけでなく、今度は背中を丸めてしまったアルトの頭を再びロザリンが撫でる。

「やっぱり、おんぶ？」

「……んぎぎっ」

大人としてのプライドが揺らいで、今度は突っぱねられずギリギリと歯を噛み鳴らす。

「ふん、案ずるな生娘共」

相変わらず此方《こちら》に背を向けたまま、クルルギは花を倒さないよう、円陣を描く石の一つに爪先を添えた。

「ここからならば問題なく、お嬢様がいらっしゃる場所まで跳べる。ああ、最初から何故跳ばなかった、なんて腐臭のする質問はするなよ。分かり切った質問を分かり切った答えで返すほど、無駄で無益なことはないからな」

「……つまり、どういう、意味？」

「直接は跳べないってことだろ。まどろっこしい」

両腕を組みながら鼻を鳴らすアルトだが、内心では歩かずに済んだことに安堵《あんど》していた。

ガーデンの支配者であり国家神であるマドエルとの対面が、いよいよ現実味を帯びてきたことで、ようやく少女の姿から元に戻れると期待感を高める。同時に何故、自分達がこんな目に遭っているのか、原因を突き止めることができるかもしれない。期待と不安を内包しつつ、再びクルルギが石を蹴り動かすと、アルト達の身体は空間転移による浮遊感に包まれた。

花の塔。

季節を問わず四季折々の花が自由に咲き乱れるガーデン内で、一番美しい花園とされる場所の名称である。塔の形を取りながらも壁は存在せず、五つに分かれる階層を真ん中に通った螺旋《らせん》階段で繋《つな》ぎ、外周を真っ白な円柱で支えるという不思議な作りをしていた。花園と呼ばれる通り、外から見てわかるほど塔には植物が生い茂っていて、階を支える柱は苔《こけ》や蔦《つた》に覆われていたり、隙間から樹木に咲き誇る花がはみ出していたりと、遠目からでも人を楽しませてくれる美しさに満ちていた。花の塔の最上階はガーデン内でも限られた一部の人間しか、足を踏み入れることが許されない空中庭園でもある。

天上の如《ごと》き庭園には、その名に恥じない気高さと美しさが存在した。

下の階のように自然を自然のまま切り取ったような派手さはないが、人の手によって端正に整えられた薔薇《ばら》園を始め、花壇や芝生など等間隔に揃えられ整頓された芸術が、この空中庭園を形作っていた。人工的に作られた小川がせせらぎを奏でる向こう側、ちょうど庭園の中心部に当たる階段の直《す》ぐ側《そば》は、芝が敷き詰められた広場のような空間になっていて、そこに置かれたテーブルと椅子に腰掛け、花を愛でながらお茶を楽しむ少女達の姿があった。歓談している少女は三人。いずれも揃いの白い制服を着ている。

一人はショートカットの似合う麗人。少し冷たい印象を与えるが、整った顔立ちは紛れもない美少女。対面に座るのは小柄なピンク髪の少女。二つに結ったツインテールを螺旋状にカールさせ、長い睫毛《まつげ》と潤いのある唇が特徴的な女の子だ。最後の一人は長い黒髪に豊満な胸元を持つが、目元を仮面で覆った姿は三人の中でも特に異彩を放つ様相をしていた。

テーブルにはティーセットと、三人では食べきれない量のお菓子が並べられている。お茶会を楽しんでいる、と表現はしたが、この場で喋《しゃべ》り続けているのはピンク髪の少女ばかり。他二人はむっつりとした表情で、口に運んだお菓子をお茶で流し込んでいる。かれこれ小一時間はこの状態が続いているだろうか。一通り喋りたいことを喋り終えて満足したのか、ピンク髪の娘は一息つくようお茶を口に含み喉を潤す。

「……ふぅ。いやぁ、喋った、喋った、喋っちゃったなぁ。久しぶりのお茶会だからあーし、ちょっとはしゃいじゃったよ」

「ちょっと、どころではないが」

ようやく口を開いたのは麗人の娘。呆《あき》れた様子で切れ長の視線を送る。

「よく益体《やくたい》もない話ばかりを、延々と話してられるなアントワネット。感心するぞ」

「え、マジで？　いやだぁ、ちょっと。オルフェウスちゃんに褒められちった♪」

「……別に褒めてはない」

嬉《うれ》しそうに舌をペロッと見せるアントワネットに、オルフェウスは眉間に指を添えた。

もう一人の仮面の少女は会話に加わる様子もみせず、黙々と小皿に分けたケーキを細かく切りながら口に運んでいる。我関せずといった雰囲気を醸し出しているが、他の二人も特に気にする素振りをみせず、会話は唐突に雑談から本題へと切り込まれる。

「お茶会の時間を雑談だけで食い潰すつもりか？　我々はもっと重要な案件の為に、言葉を交わすべきだと思うのだが」

「そりゃあーしだってわかってるよ」

頬杖を突いて不満そうに唇を尖らせる。

「でもでも、会長ちゃんが来てないんじゃ、話にオチがつくわけないいじゃゃんか」

「……ぐっ。それは」

同意見だったオルフェウスは、直《す》ぐに反論もできず言葉を濁す。

「会長ちゃんは奴隷ちゃんを可愛がるのに夢中だしね。あーしも気持ちはわかっちゃうけど、お茶会まですっぽかすって、立場的にどうなのかな～ってこと」

「おい、アントワネット。貴様、会長に意見を挟むつもりかッ」

テーブルをドン、と叩きながら凄《すご》むが、アントワネットは怯《ひる》む様子もみせない。

「怒らないでってば。でも、自覚の問題ってあるじゃん？　平々凡々の日常が続いてんなら、別にあーしだって文句を言うつもりはないけどさ……例の件、全く進展がないんじゃ、そろそろ会長の信用問題に発展すると思わん？」

クッキーを一枚摘《つま》み、口の中に放り込んで咀嚼《そしゃく》する。

「ボクは会長を信じている。会長の行動に理解が及ばないのは、我らが凡夫だからだ」

「そ〜ゆ〜妄信が一番イタイと思うんだけどなぁ」

淀みない忠誠心の言葉に、言うだけ無駄かと諦めに似た吐息をお茶と共に飲み込む。

「けど、本当にどうするわけ？　このままお茶飲みながらだべるのも、あーしは大歓迎だけど、生徒会的にはそういうわけにいかないっしょ。例の件もともかくだけど、また厄介の種が一つ増えるらしいじゃん」

今度はフォークでケーキを切り分けて口に運ぶ。美味《おい》しそうに咀嚼してから。

「転入生が、来るとか来ないとか」

「………………」

反応を試すような口調に、オルフェウスが表情を消す。

「学園長直々のご指名だって。おかしくない？　いつからガーデンの生徒は、指名制になったんだっつ～の」

「ボクも同感ではあるね」

苦々しさすら浮かぶ表情でオルフェウスも同意する。

「恐らくはあの御方、クルルギ様の入れ知恵なのだろうけど、面倒なことに……」

「いやいや、そこは違うんじゃない？」

フォークを口に咥《くわ》え、頬杖を突きながらアントワネットはにんまりと笑う。

「面白いことになりそうじゃん。オルフェウスちゃんも、本音はそこっしょ」

「厄介の種だと自分で言ったばかりだろう」

「やだなぁ、厄介だから面白いんじゃん♪」

唇に付着したクリームをペロッと舐《な》めて楽しげに笑う。

「ふん。ガーデンの生徒に値するならね。けれど、その価値がないと踏んでいるから、会長も気に留めないのではないか？」

「う～ん。意識してるならお茶会に出席してるかぁ……ねぇ、仮面ちゃんはどう思う？」

同意を求めるよう二人の視線を集めるのは、ここまで意見どころか言葉すら発しなかった仮面の女性。話を聞いていたのかいないのか、他人事のような様子で小皿のケーキを食べ切ると、ナプキンで唇のクリームを拭う。

「興味ないわね」

と、キッパリ。

「どっちに？　会長ちゃん？　奴隷ちゃん？　それとも、転入生ちゃん？」

アントワネットが頬杖を突いたまま質問を重ねるが、仮面の女性は他の二人よりも大人びた態度で立ち上がり、長い黒髪を軽く指で掻《か》き上げた。

「全部よ。ごちそうさま」

短く告げてから仮面の女性は、涼やかな足取りで螺旋《らせん》階段に向かい庭園を後にした。

残った二人の反応は対照的。アントワネットは楽しげに口笛を吹いていたが、オルフェウスは込み上げた怒気を堪《こら》えるように、握り締めたティーカップに罅《ひび》を入れていた。

「おっ、割らなかった。偉いじゃんオルフェウスちゃん。珍しく我慢できたね」

「会長が丁寧に育てている庭園を、無駄な血で汚したくなかっただけさ」

吐き捨てて彼女が立ち去った階段の方を睨《にら》む。

「全く解《げ》せないね。どうして会長は、あんな何処《どこ》の馬の骨ともしれない女を、生徒会に置いているのか」

「明らかに学生って歳でもないしね。誰も怖くてツッコまないけどさ」

仮面の女性は生徒会長の推薦で、生徒会幹部の一席に座っている。彼女の素性を知るのは会長のみで、オルフェウスもアントワネットも、素顔はおろか本名すら知らない。唯一、わかっているのは、彼女と敵対すれば生徒会の強い脅威となる。その事実だけだ。お茶会に同席してはいるが、両名とも仮面の女性に好意的な感情を抱いていない。会長の肝入りであるから、仕方なく受け入れているという形だ。

いずれ寝首を掻《か》く。それを狙っているのは何も、彼女に対してだけではない。

陽気な笑顔と澄まし顔。対照的な二人は虎視眈々《こしたんたん》と天に抗う爪を砥ぐ。


二度目の空間転移で現れた先は建物の廊下だった。

一見すれば貴族の邸宅にも似た格調高い作りをしているが、調度品や観葉植物など無駄な装飾品はなく、アルトは何処《どこ》となく騎士学校時代の校舎を連想した。建物の奥に伸びる廊下なのか、左右は壁で窓はなく代わりにあるのは突き当たった真正面に、大きな木製の両開きの扉だ。

扉の前に立つクルルギはノックする前に、クルッと身体を此方《こちら》側に向けた。

「ここが我らがお嬢様にしてガーデンの長、ヴィクトリア様のお部屋である。足を踏み入れるにおいて、くれぐれもお嬢様に対し失礼のないように……もしも、無礼な行いを働くようなら」

殺気の籠もった視線で此方を射抜きながら、手刀で自分の首元を斬る仕草をする。

「首を落とす」

「わかったわかった。ったく、物騒なことこの上ないぜ」

本気の眼光に流石《さすが》のアルトも軽口は控え頷《うなず》いた。二人の意思を確認してからクルルギは、改めて扉の方に向き直ると、持っていた鞄《かばん》を下に置いてノックする。

「お嬢様。お客人をお連れしました」

『……………ッッッ!?』

扉越しだった為よく聞こえなかったが、慌てたような女性、少女の声が響いた。招き入れる声には思えなかったが、クルルギはお嬢様の許可は得たと認識したようで、音を立てぬようゆっくりとドアを少しだけ押し開く。少し隙間を空けたところで、クルルギは身体の半分を此方に向けた。

「入れ。くれぐれも、失礼のないように」

「おう……失礼しまぁす」

念を押すクルルギに力強く頷いた後、アルトは妙に遜《へりくだ》った態度で彼女が押し開いた扉を潜り部屋へ踏み入れる。どんな女傑が待ち構えているのか。戦々恐々としていたアルトだが、室内の意外過ぎる内装を目にした瞬間、石像のように凍り付いてしまった。

「おふぅ、これは……」

固まるアルトの頭の上から部屋を見たロザリンも、思わず言葉を失ってしまう。

一国の王にも等しい立場ある人物の部屋であるから、てっきり荘厳な執務室を想像していたが、現実に目の前に広がっている光景は、質実剛健のような堅苦しいイメージとは正反対の様相を彩っていた。

　壁紙から天井まで一面がピンク色。想像していた部屋よりずっと広く、かざはな亭の店内くらいはあって、窓にはフリル付きのカーテン。部屋の右奥には天蓋付きの、これまたフリルがふんだんに使われたベッドが置いてあった。壁際には所狭しと大小様々なぬいぐるみが飾られ、よく見れば枕元にも様々な動物達が鎮座していた。一応、ガーデンの運営業務に必要そうな、デスクや資料などは取り揃えてあるが、パッと見た感じで、あまり使われている形跡がなかった。

　目が痛くなるちかちかとする光景に、アルトは瞬きを繰り返して目頭を強く押さえる。乙女チックな内装に二人が唖然《あぜん》とする中、慣れきっているらしいクルルギは平然とした様子で口を開く。

「お嬢様。お客人をお連れしました」

「あわ、あわわわ⁉　クルルギぃ、早いよぉ」

お嬢様と呼ばれた人物。年齢は下手をすれば、一桁台もありうる小さな女の子が、自分の身体より大きな姿見の前から、ブラシを片手に鼻にかかる甘い声色で、大慌てに非難の言葉を口にする。少女は栗色の癖っ毛を涙目になりながらブラシで必死に梳《す》いていたが、慌てている所為《せい》もあってか上手《うま》く真《ま》っ直《す》ぐ纏《まと》まらない。

「ううっ。今日は湿気が多いから、髪の毛が纏まらないよぉ。お客様がくるから、ちゃんとおめかしして、お出迎えしたかったのにぃ」

「愛らしいポンコツ振りです、お嬢様」

グズグズと鼻を鳴らす幼女に、クルルギは愛《め》でるような視線を向けた。ここまで不敵な笑みしか見せてこなかったクルルギが、この時ばかりはキラキラと輝くような眩《まぶ》しい微笑《ほほえ》みと眼差しを向けている。間違いなく美人に分類される女性ではあるが、このうっとりと陶酔するような笑顔は、筆舌に尽くし難い気持ちの悪さを感じさせた。

「酷《ひど》いよぉ。意地悪だよ、クルルギぃ」

両手を握り可愛らしく頬を膨らませる。部屋と同じくピンク色のドレスに沢山のフリルを付けた、絵に書いたようなお嬢様は唖然としているアルト達に気が付くと、ブラシを投げ捨てて、恥ずかしさに赤く染める頬を両手で挟み込んで、焦る気持ちを落ち着かせるよう深呼吸をしてから、改めて此方《こちら》に花のような笑顔を向けた。

「えっと、いらっしゃいませお客様。トリーは、ヴィクトリアっていいます。この学園の学長で、マドエル様の契約者なの。よろしくお願いしますね？」

スカートを指先で摘《つま》み、お嬢様らしく可憐に一礼する。仕草の一つ一つがとても愛らしく、普段だったら初対面でも軽口の一つを叩くアルトも、申し訳ない気持ちから慎んでいた。肌も透き通るように綺麗《きれい》で、瞳が宝石の如《ごと》くキラキラと輝いている。純真無垢を体現したかのような、ヴィクトリアの姿や立ち振る舞いは、精巧に作られたビスクドールのような完璧さを有していた。彼女の純真無垢さは、素手で触れることすら禁忌のように思える。

「え、えっと。俺はアルトでこっちの小さ……でっかいのはロザリン。よろしくな」

「本日は、お招き、ありがとう」

「まぁ、これはご丁寧に。うふふ、素敵なお名前、可愛らしいわ」

裏表なく素直な感想なのがわかるが、可愛いという表現はアルト的には微妙だ。クルルギは密かに横目で殺気を向けていたので、自殺行為な軽口は飲み込んだが。それでも噂《うわさ》のガーデンの長がロザリンよりも子供なことに、戸惑いが隠せないアルトだったが、当の本人は浮足立つような陽気さでニコニコと二人を部屋へと招き入れる。

「こんなところに立っていたら、ゆっくりとお話も出来ないわね。さぁさぁ、遠慮なくトリーのお部屋にお入りになって……クルルギ、お茶の準備を。とびっきり、美味《おい》しいのをお願いね。甘いお菓子も忘れては駄目よ？」

「かしこまりました、お嬢様。全てにおいてスペシャルな品を、ご用意して進ぜましょう」

クルルギは優雅に一礼。素直な対応は勿論《もちろん》、初めてメイドらしい行動を見せたことにも驚いたが、主人であるヴィクトリアは普段とは違う様子に気が付く。

「あれ？　クルルギ、右腕……」

「ああ、お嬢様。このクルルギ、失念しておりました」

大仰な口調で額を左手でペシッと叩き、ワザとらしくヴィクトリアの言葉を遮った。疑問を挟む隙を与えぬ素早い動作で、スススッとヴィクトリアに近づいたクルルギは、跪《ひざまず》く体勢でここまで持ってきた鞄《かばん》を差し出した。

「お嬢様、お嬢様に王都で得たお土産が……きっと一生の思い出に残る物かと」

「えっ、ええっ？　けどけどクルルギの……」

「さぁさぁご確認を。さぁさぁ、さぁさぁ」

「わ、わかったわ」

強引さに押し切られヴィクトリアは鞄を受け取った。

「あら、魔術加工されているのね。ひんやりと冷たいわ……うふふ、王都で有名なスイーツとかかしら」

「しからば、このクルルギが開けてご覧にいれましょう」

そう言って両手に持たせた革製の鞄の、ガマ口式になっているベルトバックルを外し、中身を開いて見せた。魔術式で冷凍されていたようで、開かれた瞬間にひんやりとした冷気が覗《のぞ》き込むヴィクトリアの顔を薙《な》いだ。同時に僅《わず》かな生臭さに、ヴィクトリアの愛らしい顔に戸惑いが浮かぶ。

「あら。更に布で包まれていて、よくわからないわね……でも、お肉か何かかしら」

「ええ、その通りで御座います、お嬢様」

「やっぱり。何のお肉かしら、牛さん、子豚さん、それとも羊さんとか」

「いえいえ、お嬢様が一番、愛して止まない肉ですよ」

微笑《ほほえ》むクルルギの背中に、アルトとロザリンは嫌な予感が隠せず顔を見合わせた。

「だったら子牛、かしら。先月に頂いたソテーは、とっても美味《おい》しかったわ」

「正解はわたくしの右腕で御座います」

「……へぁ？」

満面の笑みを崩さず平然と告げられ、ヴィクトリアの動きが止まった。

アルトとロザリンは、うわぁと顔を顰《しか》める。

「え、えっと、クルルギ？　そういう冗談、トリーは好きじゃ……」

「先日、王都に出向いた際に戦闘となり、不覚にも右腕を斬り落とされてしまいまして。腕の一本程度、大したことはないのですが、この身は指先から髪の毛一本までお嬢様の所有物、ならば捨てておいて地に返すより、お嬢様に献上するのが最良かと判断致しました」

すらすらと淀みない口調に、ヴィクトリアの困惑は深まるばかり。

「さぁお嬢様。我が右腕、煮るなり焼くなり食すなり、お嬢様の思いのままで御座います。なんだったら加工して、お嬢様のぬいぐるみコレクションの一つに加えるのも一興かと。毎晩、我が腕だったぬいぐるみを抱えて眠るお姿は、とてもとても愛らしいかと」

「く、クルルギ……」

「はい、食されますか？」

「――今すぐマドエル様にお願いして、腕を繋《つな》げて貰ってきてっ!!」

悲鳴にも似た大声を受け、「かしこまりました、お嬢様」と平然とした様子で答え、ヴィクトリアが両手に抱える鞄を受け取って、一礼してからさっさと足早に部屋を後にしていった。後に残ったのは何とも言えない空気と、涙目のヴィクトリアが鼻を啜《すす》る音だった。

「絶対、わざと、だよね」

「なんたる悪趣味なヤツ」

ヴィクトリアは後ろを向き、手の平で顔をぐしゅぐしゅと拭いてから此方《こちら》に向き直る。

「申し訳ありませんでした、お客様……改めて、ガーデンへようこそ」

揶揄《からか》われて泣かされても、向ける笑顔から気高さと愛らしさは損なわれていない。外見は確かに幼く、穢れを知らない純真無垢な空気を纏《まと》っていたが、大精霊の契約者になれる器の持ち主ならば、ヴィクトリアという少女は見た目以上の傑物なのかもしれない。

「さぁさぁお二人共。クルルギに代わってトリーがお茶の準備をしますから、ソファーに座ってごゆっくり……ぶへっ!?」

お茶の用意をしようと一歩踏み出した瞬間、何もない絨毯《じゅうたん》の上で躓《つまず》き、前のめりに転倒してしまった。大きく捲《めく》れるヴィクトリアのスカートから、服と同じくらい沢山のフリルが付いた中身がちらり、いやバッチリ。

それでも彼女の気高さに揺るぎはない……多分。

「ただいま戻りました、お嬢様。心細くて泣いたりなど……むむっ？」

三十分ほどで意気揚々と戻ってきたクルルギは、部屋に足を踏み入れると予想外の光景に珍しく怪訝《けげん》な表情を見せる。

「そんな訳で、危うく俺は湖の藻屑《もくず》になるところだったわけ……いやぁ、流石《さすが》にアレは死ぬかと思ったわ」

「そ、そんなことがあったのね。凄《すご》いわ、まさに冒険譚《たん》ね！」

テーブルの上で気怠《けだる》そうに頬杖を突きながら、アルトは自らの武勇伝、というと恰好《かっこう》つけ過ぎではあるが、話して聞かせて面白そうな過去の出来事を、ちょっとだけ脚色しながらヴィクトリアに語り聞かせていた。最初に話を聞きたいと言い出したのはヴィクトリアで、本題に入る前の軽い前座だと割り切って、簡潔に話すつもりだったのだが、ヴィクトリアの好奇心溢れる視線と、相槌《あいづち》の小気味よさについ舌の滑りが良くなってしまった。

「……ふむ」

楽しげに歓談する様子を見て、クルルギは意味ありげに視線を細めてから、アルト達に気《け》取《ど》られる前に足音を殺し素早くテーブルまで歩み寄る。ヴィクトリアが気配に気が付き、顔を此方《こちら》に向けるのと同じタイミングで、用意してきたお菓子の詰まったバスケットをテーブルの上に置く。

「お茶だけでは口寂しいでしょう。焼きたてのクッキーで御座います」

味に対する自信の表れか、妙に丁寧な口調で差し出したクッキーは、確かに甘い匂いを周囲に漂わせた。話に夢中になっていたアルトは、直前までクルルギに気が付けず、ギョッとした表情でクルルギを見上げる。視線はそのまま右腕の方に向けられるが、シリウスに切断された筈《はず》の腕は綺麗《きれい》に繋《つな》がっていた。

視線を腕に感じたクルルギは、得意げな表情で指を器用に動かす。

「す、凄い。本当に、繋がってる」

「当然だ。誰の御業《みわざ》だと思っている」

驚きに目を見開くロザリンに、さも当然といった口調を返す。治癒の魔術はロザリンも得意とするところだが、切断された部位、しかも冷凍されていたとはいえ数日前に落とされた腕を、特に後遺症も感じさせず短時間で繋げてしまうのは、人間が魔術で補える範囲を超えていた。まさに神の如き存在である大精霊のみが、行使できる奇跡なのだろう。

「本来ならば多種多様な菓子を用意してもてなすところではあるが、今回はこれで満足して貰おう。遠慮するな、食え」

高圧的な態度は相変わらずだが、ちょうど小腹が空いて来た頃合いだ。食に関しては遠慮を知らないロザリンが、ゴクッと喉を鳴らしてからクッキーを口内へと押し込んだ。触感の良さを想像させるサクサク音を立てて、飲み込んだロザリンは鼻に抜けていくクリーミーな甘味に瞳を輝かせた。

「これは、素晴らしい。アルも、食べた方が、いいよ」

「そりゃ食うけど……菓子自体は嫌いってわけじゃねぇし」

特別、甘い物が好きというわけではないアルトは、促されるまま同じよう星型のクッキーを指で摘《つま》み、開いた口の中に放り込んだ。パリパリと噛み締めてから。

「……美味《うま》い」

想像していたよりも甘すぎない後味の良さに、アルトもちょっと驚いた。これならば甘い味に慣れた口で紅茶を飲んでも、余計な渋味を感じることなく、美味《おい》しくお茶会を楽しめるだろう。その光景を見ていたヴィクトリアが、我がことのよう嬉《うれ》しそうに微笑《ほほえ》む。

「うふふっ。遠慮なく食べてね。クルルギの作るお菓子は、とっても美味しいんだから」

「マジかよ。とても料理関係が得意そうには見えねぇけどな」

「侮るな、我はメイドだぞ」

よく分からない名乗りと共に、クルルギは控えるようヴィクトリアの背後に回る。

「菓子作りだけではない。お嬢様が摂取する全ての食事はこの我が管理し、調理を施している。生半可な物など口にさせるモノかよ」

「そうなの」

自慢げに語るがヴィクトリアは何故《なぜ》かぷくっと頬を膨らませた。

「クルルギったら、意地悪なのよ？　トリーが人参やピーマンが嫌いなのを知ってて、毎回、粉々にしたり、シチューに混ぜたり、わからないようにして食べさせようとするの」

「それって、お母さんが、子供によくやるやつ」

「まぁ⁉　酷いわロザリン様」

微笑むロザリンに唇を不満げに尖らせ、ヴィクトリアは大きな瞳を丸くする。

「トリーはもう、子供じゃないわ。立派なレディですもの」

「ならばお嬢様。今夜からは、我の添い寝がなくとも、一人でお休みになれますね？」

「うっ……そ、それは駄目よ。いや、でもぉ」

嫌いな野菜の苦味を思い出して顔を顰《しか》めたヴィクトリアは、首を左右にブンブンと振っていやいやするが、子供扱いをされ続けるのも嫌らしく懊悩《おうのう》に表情を変化させる。そんなお嬢様の姿に、クルルギは大きく鼻から息を吐き出しては恍惚《こうこつ》の表情を浮かべる。

「真夜中に、恐怖で震えながらベッドの中で丸くなるお嬢様……素晴らしい。だが、我としては我が腕枕で安心しきった表情で眠りこけるお嬢様も捨てがたい」

妄想に花を咲かせながらも、テキパキと空のカップに紅茶を注いだり、ヴィクトリアの口元に付いた食べカスをハンカチで拭ったりと、気持ち悪く身悶《みもだ》えをしてはいるが、仕事は機敏で一切の淀《よど》みを見せないのだから、疑いようはなくクルルギのメイドとしてのスキルは高い水準にあるのだろう。主人に対する対応がメイドとして適切かどうかは、疑問の余地は大いにあるだろうが。

「さて、お嬢様。ご歓談を遮って恐縮ですが、そろそろ本題に入るのは如何《いかが》でしょうか」

「そ、そうね、そうよね」

涙目の目元をハンカチで拭ってから、ヴィクトリアは表情を引き締める。先ほどまでの純真な幼さとは打って変わって、ガーデンの学園長としての顔を見せていた。

「お客様を呼び付けてしまったのはトリーですもの。いつまでも、我儘《わがまま》につき合わせては申し訳ないわね……改めまして、お呼びたてした事情をお話ししますわ」

「話が始まる前に確認しておきたいんだが」

お茶を飲み干し、前のめりになりながらアルトが問う。

「俺達のこの状況、こうなった原因をアンタらは知ってるのか？」

「はい。勿論《もちろん》、把握しておりますの」

「ならいい。続けてくれ」

誤魔化すことなく答えたということは、これから語られる事情とやらに、始まりから解決までの線が繋《つな》がっているのだろう。ならば、これ以上は余計な言葉を挟まずに、ヴィクトリアが口にする理由に耳を傾けた。

「ご想像の通り、お二人の身に起きた異変の原因は、トリーと契約なさっている大精霊、マドエル様のご意思ですわ。けれども、ごめんなさい。マドエル様のご意思なのは確かなのだけれど、詳しい事情まではわからないの」

「……ま、精霊様ってのは、そんなモンさ」

申し訳なさそうに肩を落とす姿に、アルトはそうフォローを入れた。

人間とは価値観も倫理観も違う超常的存在に、理由を求めること自体が間違いであるのは、大精霊と近しい生活を送る王都の住人なら子供だってわかっていること。しかし、俗世に滅多なことでは直接介入することがないのだから、今回の件はマドエルの視点から見て、その滅多なことが起こったということだろう。

そして国家神として契約している大精霊が、介入を決める理由は一つだけ。

「……つまりはアンタ、もしくはガーデン自体に、面倒事が起こってるってことか？」

「ふん。察しは悪くないようだな。お嬢様に無駄な声帯を震わせない行為は、褒めてやってもいいぞ」

「はいはい、そりゃありがとうございました」

まともに取り合うと面倒なので軽く流すと、ヴィクトリアが申し訳なさそうな表情で苦笑いを浮かべた。

「クルルギがゴメンなの……でも、仰る通りに現在、ガーデンではちょっとした問題があって、トリーはちょっとだけ困っちゃってるの」

「その問題の、解決の為に、マドエル様が、動いた、ってこと？」

「……正直な話、トリーにも判断は難しいわ」

ヴィクトリアは眉を八の字にして困り顔をする。

「お二人をガーデンに呼び寄せたのは、確かにマドエル様のご意思よ。明確に啓示もあったから……でも、お二人の存在があるからといって、事態が解決に向かうとは、トリーにはちょっとだけ思えないの」

正直に告げてから、叱られることを怯《おび》える子供のよう身を小さくする。

「失礼なことを言ってごめんね」

「お嬢様が謝罪しているのだ、二つ返事で許せ貴様ら」

「もう、クルルギ！　ちょっと黙っていてちょうだい！」

「御意に御座います」

怒られたクルルギは控えるように一歩、後ろへと下がった。

息をついてから改めて正面の二人、アルトとロザリンを見回す。

「マドエル様が啓示なさった事柄は二つ。王都で烙印《らくいん》を受けた者達を、ガーデン内に招き入れること。もう一つは……」

烙印というのは二人の身体の変化を表すのだろう。二人は真剣な表情で、ヴィクトリアが提示する二つ目の言葉を待った。

「真に恐縮なのですけれど、お二人にはガーデンの中心部、アルストロメリア女学園に仮入学して頂きたいんです」

「……は？」

耳を疑うような言葉にアルトは一瞬固まった。

まさか、冗談だよな？　と、言いかけた言葉は、懸命なヴィクトリアの眼差しと、殺さんばかりに射抜くクルルギの視線に飲み込まれ、アルトは予想の斜め上をいく事態に、頭を抱えるしかできなかった。

第五十六章　アルストロメリアの花々

愛の女神マドエルが作り出した異界、ガーデン。一応は国として周辺国家から認識されてはいるが、王制や共和制とは違う政治体制が敷かれている。より正確にいうならば、自治はあっても政治と呼ばれるモノは存在せず、ガーデンの秩序は全て王国でも評議会でもない別の組織が取り仕切っている。

アルストロメリア女学園。本来であれば教育機関である学園が、ガーデンに君臨する支配の象徴となっていた。ガーデン全体の規模は王都の半分程度のモノで、中心部である女学園とその周辺が小さな町を形成している。人口は二千人程度と小規模なモノだが、その全員がほぼ例外なく女性であって、その由来はガーデンの成り立ちにある。

マドエルが異界を形成してガーデンを作り上げたのは、今から百五十年ほど昔の話。戦火に巻き込まれ奴隷商人の元から逃げ延びた、数人の少女達がマドエルが祀られていた寝所に迷い込み、自分達が自らの力で生きていける場所を求め、契約したことが始まりだ。最初は田舎の小さな集落程度の広さだったが、噂《うわさ》を聞きつけ逃げてきた女達。最初の少女達同様、奴隷として売られた者や、親を失った孤児、口減らしの為に捨てられた子供、実家と不仲になった貴族令嬢まで。幅広い層の女性達が集い、彼女らの信仰を一身に集めたことにより、マドエルは力を増し現在の規模にまでガーデンを拡張することができた。半面、力が強くなると同時に契約の縛りも効力を増す。その契約の縛りは気が付けば、絶対的なガーデンの法律として固く刻まれることになる。

ガーデンの不文律は二つ。

一つは長期滞在できるのは女性のみ。

二つ目はガーデンに根を下ろす女達は、生きる為の術《すべ》を身に着けなければならない。

多くの女達がガーデンで先達から、戦い方や戦術、戦略を学び、様々な商業、農業を習得する。そしていつの日か荒野のど真ん中に一人で、大都市の片隅で仲間達と共に、地に足を着けて人生を取り戻す為、外の世界へと旅立っていく。勿論《もちろん》、全員が外の世界へ戻るわけではなく、ガーデンへの恩返しと根を下ろす者達もいれば、夢破れて戻ってくる者達も存在する。それでも旅立ったままの人間が圧倒的に多く、それと同じくらい大陸の各地から逃げてくる女達も多い。学ぶ場所、鍛える場所は数多くあるが、ガーデンの女達の中で特に高い向上心、類まれなる才覚の持ち主が、その才能を開花させる為に集う場所こそが、ガーデンの最初の土地でありマドエルの寝所がある学園。アルストロメリア女学園である。

「……以上が、このガーデンと女学園の成り立ちとなります」

そう言って先を歩くのは眼鏡の若い、キャロルという名の女教師だ。まだ教師になって日が浅いらしく、教師としての威厳よりも初々しさの残る懸命な表情で、時折、此方《こちら》を振り向きながらガーデンの歴史と学園の成り立ちを聞かせてくれた。

「少し駆け足になってしまったけれど、貴女《あなた》がこれから通う場所の歴史とか思いとか、色々と感じ取って貰えたかしら。そうだと嬉《うれ》しいのだけれど……えぇっと、アルトさん」

「はぁ、まぁ……なんとなく」

長々と聞いてもないことを語り聞かされ、後ろに付いて歩いていたアルトは、見つからないタイミングを見計らい欠伸《あくび》を噛み殺す。

ガーデンを訪れた次の日、アルトは真新しい生地の白い女子の制服に身を包んで、転入生として配属されるクラスに向かう道中の廊下を、キャロルに連れられて歩いていた。ヴィクトリアが言うには細かい素性の説明はしていないが、詮索無用ということを告げられているらしく、これまでの経歴や事情を色々と聞かれることはなかった。ただ、女子の制服を着せられ、女学園に通わされることに対する不満から、不機嫌そうな表情をしているのを、緊張していると勘違いしたのか、キャロルは人が良いことに一方的に話かけることで、それを紛らわそうとしてくれたようだ。

キャロルは歩きながら此方を振り向き、勇気づけるようアルトに微笑《ほほえ》みかける。

「色々と大変だろうけど、大丈夫だから。困ったことがあったら遠慮しないで、先生に相談してね」

「……そりゃ、どうも」

恐らく自分と同い年くらいの人間に子供扱いされるのもそうだが、まさか、自分が今更になって学校、しかも女学園に通う羽目になるなんて想像もしていなかったと、前を歩く女教師の形のよい尻を眺めながらアルトはため息を吐き出す。

(能天気通りの連中には、死んでも見せられねぇ光景だぞ)

内心で呟《つぶや》きながら穿き慣れない制服のスカートを、心許なさから両手で太腿の辺りを押さえ付ける。その姿がキャロルには、余計に緊張しているよう映ったのだろう。「私が確《しっか》りしなくちゃ」と独り言を呟いて、何やら気合いを入れるようにグッと両手を握っていた。

女学園の校舎は木造建てで想像していたよりもずっとシンプル。並ぶ教室に隣接する廊下も、調度品が飾られているわけでもなく大きい窓があるだけで、皆が思い浮かべる普通の学校と大差はないだろう。敢《あ》えていうならば壁や床に傷やゴミ、埃《ほこり》などが一切なく、光沢が出るまでピカピカに磨かれ、清掃が行き届いていることぐらいか。授業の時間にはまだ早いが、生徒達は既に教室の席についているらしく、廊下に二人以外の姿はなかった。多少のお喋《しゃべ》りは漏れ聞こえたが、騒がしさとは程遠い大人しいものだろう。

(今時の学生ってのは静かなモンだ。騎士学校も礼儀や掃除には厳しかったが、揉め事が多かったから、毎日の騒動で廊下とか細かい傷だらけだったりしたなぁ)

懐かしい気持ちになっていると、廊下が突き当たった一番奥にある教室の前で、キャロルは足を止めると此方《こちら》を振り向く。

「ここが今日から暫《しばら》く、アルトさんが通う教室になります」

「なるほど……」

扉の上にプレートが掲げられていて、アルトは書かれている文字を読む。

「総合訓練科Dクラス……女学園って名前の割りには、物騒な名称だな」

眉を顰《ひそ》めて呟《つぶや》くと、キャロルは不思議そうに首を傾《かし》げた。

「それはアルストロメリアは戦いの術《すべ》を学ぶところだから……でも、そんなに心配しないで。総合訓練科は、専門職と違って大規模な戦闘訓練は行わないから。ちゃんと基礎訓練から始めて、戦いに耐えられる身体作りをしていきましょう」

「お、おう」

笑顔で励まされてしまい、アルトも戸惑い気味に頷《うなず》くしかなかった。

女性ばかりのコミュニティの中で、更に十代の少女のみが在籍する女学園。文字通り女の園と呼べる場所だけに、アルトも全く邪《よこしま》な気持ちを抱かなかったかと言えば嘘になるし、ガーデンの存在理由も知っていた。知っていて尚、戦うことに対してここまで前のめりなのかと、学園側のスタンスに少し面喰《く》らってしまったのだ。

「では、私が呼び入れるまで、少し廊下で待っててね」

キャロルはそう告げると、ドアを開けて先に教室へと入っていった。

一人、廊下に残されたアルトは、空気の通りが良く違和感がある太腿を、むずがゆいようにスカートの上から弄《まさぐ》る。この心許なさが数日も続くのかと思うと、気恥ずかしさと同様に情けなさも感じるが、少女の姿に慣れ切ってしまうよりはマシなのだろう。

「くそっ、恨むぜ愛の女神様。何だって俺がこんな目に……」

廊下の壁に寄りかかりながら、アルトは改めて自分の境遇を嘆いた。

アルトが女学園に入学する羽目になった理由は、現在アルストロメリア女学園を取り巻く状況が原因だ。一般的な政治体制が敷かれてないとはいえ、都市と呼べるほどの規模を持つガーデンを運営するには、如何《いか》にヴィクトリアが有能でも一人で舵《かじ》取りをするのは難しく、相応の権限を持った役割を担う人間が必要となる。外の世界でいずれは政治や経済に携わりたいと思う人間達がその役職に付く場合が大半で、自然と向上心の強い女学園内でも高い序列になる人物達が選出される場合が多く、その為いつの頃からか女学園のみならず、ガーデンの中枢を預かる集団を生徒会と呼ぶようになっていた。

しかし、本来は補佐に過ぎない生徒会だが、近年では少し事情が変わってきた。

現在の最高位、生徒会長の地位にいる人物は文武両道、カリスマ性に優れ特に現役の女子生徒達から絶対の信頼と信仰を一身に浴びている。学園内に限っていえばガーデンの象徴でもあるヴィクトリアを凌《しの》ぐほど。逆を言えばガーデンの中枢を担う者達の殆《ほとん》どが、学園長ではなく生徒会長を支持しているとも言い換えられる。それ自体は別に構わないとヴィクトリアは言い切っているが学園長側、とりわけクルルギが難色を示すのはそこから派生した問題についてだ。

『愚民が王者を認め切れないのは往々にしてあること。お胸は慎ましやかだが器の大きいお嬢様が、気に留めるような事柄は微塵《みじん》も存在しない。ガーデンは実力主義の場だ。お嬢様に取って代わろうと、下剋上《げこくじょう》の気概を持つのも構わんだろう。まぁ、その場合は全力で叩き潰すがな……だがしかし、外部から不埒《ふらち》なモノ、外敵足りえる因子が持ち込んだ上での蛮行は、流石《さすが》に見過ごすわけにはいかん』

『未確認なのだけれど、外の世界からガーデンにあまりよくない因子が持ち込まれたと、マドエル様は危惧《きぐ》なさっているの。具体的にそれが物体なのか生物なのか、もしくは高度な魔術式なのか、トリーじゃ力不足で全然、わからなくて』

『唯一、わかっているのはその因子を隠匿しているのが、生徒会長であることだけだ。口惜しいが、それも確定事項ではない……ガーデンの制約内にいる我々では、明確に害意を及ぼすと判明しない以上、力尽《ず》くというわけにはいかんのだ』

「……だから、同じように外からきた人間の力が、必要ってわけか」

昨日の説明の一部を思い出しながら、アルトは窮屈に感じる胸のリボンを弄《いじ》る。

「だからって、なんで俺達なんだよ……神様ってのは一々、やることが大雑把すぎだろ」

愚痴を呟《つぶや》きながらも内心では理解している。人間と価値観が違う大精霊が、大雑把な行動をとるのはよくある話だが、単純にガーデンを襲う脅威を取り除きたいだけなら、アルト以上の適任者が存在する。それでも性別まで書き換えられて、アルトが選ばれたということには何かしらの因果関係があるのだろう。

更に気になるのは、学園内で起こっているもう一つの不吉な出来事だ。

『もう一つ。アルトさん達にお願いしたいのは、学園内で起こっている行方不明事件です』

これまで以上に神妙な表情でヴィクトリアが語ったのは、ここ数ヵ月以内で多発している学生の行方不明事件で、共通点のない女生徒が計六名、何の前触れもなく忽然《こつぜん》と姿を消してしまっているそうだ。原因は不明、手口も不明、動機も不明。わかっていることは行方不明になった女生徒は皆、学園内でも上位に入る実力者で周囲からの信頼も厚かったというこ と。教員が行った聞き込み調査でも、行方をくらませるような前後関係は全く見つからなかったそうだ。ある日突然、何の前触れもなく消え去ってしまった。六名全員が同じ理由かは定かではないが、女神に祝福された地であるガーデンで起こる出来事にしては、あまりに突拍子もない怪奇現象と言わざるを得ない。

『マドエル様曰く、外敵因子と直接的な関わりは薄いらしいのだけれど、解決が長引くのはよろしくないらしいの……大変だろうけど、お願いできるかな、かなぁ？』

背後で怖い顔をしたクルルギが睨《にら》んでいたので、アルト達には頷《うなず》く以外の行動は許されなかった。もっとも、元の姿に戻る為には否応なく、マドエルの思惑通りに動かねばならないので、最初から選択肢はなかったのだが。

「面倒なことこの上ないが、元の姿に戻るには、やるしかねぇってわけか」

諦めの混じるため息を吐いたタイミングで、教室からキャロルが自分を呼び込む声が聞こえた。

「いよいよ、嬉《うれ》し恥ずかし女学園デビューの時間か」

預けていた壁から背中を離して、アルトはスカートの皺《しわ》を叩いて伸ばす。

一回、大きく呼吸をしてから教室の扉を開き入室した。

「…………」

一歩、教室に足を踏み入れると、突き刺さるような視線を一斉に浴びる。

教室に在籍している生徒は二十人くらいで、当然、全員が女子だ。アルトが通っていた騎士学校と違い階段状の講義室ではなく、均等に並べられた長机に数人のグループで座っている小規模なモノ。いずれもロザリンより二つ三つ年上くらいの少女達で、女学園の教育の賜物か何処《どこ》となく庶民とは違う品の良さがあった。

ただ、此方《こちら》を値踏みするような、挑発的な視線は頂けない。

（どうやら、小娘共と思ってたら、痛い目に遭いそうだぜ）

顔は向けず視線だけで女学生達を眺めながら、キャロルが立つ教卓まで歩いた。教卓の横で足を止め生徒側に身体の正面を向け、少女達が席に座る姿を見回すことになるが、同じ制服を着た女生徒から一斉に視線を向けられるのは、中々に圧を感じる状況だ。

「先ほど説明した通り今日から期間限定ですが、転入生を迎えることになりました。アルトさん、自己紹介をお願いします」

頷いて一呼吸間を置いてから。

「エンフィール王国から来たアルト……です。えっと、まだガーデンに来て日が浅いので、色々と……その」

言葉を詰まらせる度に教室の何処《どこ》からか、クスクスと笑い声が漏れ聞こえた。詰まった原因は猫を被るつもりで、使い慣れない丁寧な言葉を喋《しゃべ》ろうとしたからだが、女学生達は緊張しているか、または気圧《けお》されていると思ったのだろう。完全にアルトの第一印象は、自分達より格下だと位置づけられたようだ。

「皆さん。アルトさんも初日だから、あまり緊張させるようなことは……」

「先生。アルトさんに質問、いいでしょうか」

見かねたキャロルが助け舟を出そうとするが、それを遮るように女生徒の一人が右手を翳《かざ》して立ち上がる。許可するべきか。迷いからキャロルが言葉を止めた隙間を狙い、手を上げた女生徒は構わず質問を口にする。

「おちびのアルトちゃんは、何をしにガーデンに来たんですかぁ？」

チビ呼ばわりはともかく、思っていたより平凡な質問に、アルトが軽くいなそうと口を開くが、それより早く別の生徒が手を上げ別の質問で答えを遮った。

「って言うか、王都出身ってことは騎士崩れ？　いや、騎士っぽくはないか」

「ガーデンに流れ着いたんなら、碌《ろく》な出自じゃないっしょ。噂《うわさ》のスラム街じゃないの」

「知ってる知ってる。相当、ヤバいところなんでしょ。うっわ、本物の無法者じゃん」

「まぁ、あんなチビ助が今まで生きてきただけでも、儲けものなんじゃないの」

「言えてる。あの面構え、絶対に生き汚い顔してるわ」

続けざまに理不尽な言葉を投げつけられるが、他の生徒達はくすくすと笑うばかり。

「あの、皆さん。あまり品性に欠ける言動は……ひっ」

キャロルが割って入って窘《たしな》めようとするが、生徒の一人が机を手の平で叩く。教室に響く大きな音にキャロルが驚くよう身を竦《すく》ませた隙に、テーブルを叩いた女子を含めた三人の生徒が立ち上がり、アルトの正面まで歩いてきた。三人の中でおそらくリーダー格だと思われる、ツリ目がちな少女が背の低いアルトを見下ろしながら睨《にら》む。

「外から来て直《す》ぐの小娘が、どんな汚い手を使って学園に編入されたかは知らないけど、あんま私達を舐《な》めないことね」

腕を組みながら睨む視線をアルトの顔に近づける。

「ここはさ、アンタみたいな半端者が、生半可な覚悟で生きてける場所じゃないの」

「…………」

明らかな敵意が彼女から、否、彼女達から感じられた。ガーデンは閉鎖的な風土がある。前情報としては理解していたが、行き場のない女達が最後に行き着く場所とされるには、あまりにも排他的で攻撃的な彼女達の雰囲気は、確かにヴィクトリアが提唱する愛の花園とは程遠い世界だろう。お嬢様っぽい外見が揃《そろ》った割りには、随分と殺伐とした学園のようだ。

「それでも逃げ帰らないっていうならさ、まずは礼儀を覚えなさい」

礼儀？　声には出さず眉根に皺《しわ》を寄せ疑問を露わにする。

「まずはさっきの挨拶を元気よく、クラスメイト達一人一人にして回りなさい」

「その後で他のクラス。それが終わったら先輩。一人も漏らさずちゃんと挨拶してね。そこまでやって初めて、おちびちゃんは序列最下位から始められるの」

取り巻きの二人がご丁寧な説明をしてくれる。何かあったら相談してくれと、廊下では頼もしいことを言っていたキャロルは、女生徒達の迫力に気圧《けお》されオロオロするばかり。だが、アルトの方はというと、廊下で感じていた嫌な緊張感はすっきりと拭い去られていた。

「……お嬢様ごっこをやらされるかと思ったが、こっちの方がわかり易いぜ」

「は？　何を言って……!?」

瞬間、アルトは真横にあった教卓に、思い切り手の平を叩き付けた。女生徒がキャロルの言葉を遮った時よりも、数段大きな音を教室内に響かせると、ワンテンポ遅れて木製の教卓が、縦に真っ二つに割れた。教卓が叩き割られたことよりも、格下と思っていた転入生の突然の行動に、正面の三人は勿論《もちろん》、キャロルや静観していた生徒達も含め驚きに止まった。

「最初の質問にまだ答えてなかったな」

ギロッと教室を見回すよう生徒達を一瞥《いちべつ》する。

「俺がガーデンに来た理由は一つ……学園の生徒会長って奴を、ぶっ飛ばしにきた」

言い放つと同時に、生徒達の間にどよめきが走った。不敬、不遜、無知に対する恐怖。様々な感情の入り混じる視線が、目の前の三人を含めた生徒達の殆《ほとん》どから、転入生であるアルトに注がれていた。先ほどまで挑発的な言動を繰り返していた正面の女生徒も、驚き過ぎて言葉が出ないのか、餌をねだる魚のようにパクパクと口の開閉を繰り返している。

だが、誰もアルトに対して非難の声を上げようとはしない。

一撃で教卓を叩き割った胆力と、滲《にじ》み出る殺気に気圧《けお》されてしまっているからだ。

「先生。これ以上、質問もないようだから、俺の席が何処《どこ》か教えてくれないか？」

「えっ？　あ、ああ、そうですね」

戸惑いながらもキャロルは顔を見回してから、教室の最奥の方に視線を向ける。

「では、アルトさん。一番後ろの空いている席に……」

「はいよ」

頷《うなず》いてからアルトが一歩、前に足を踏み出すと、正面に立っていた女生徒達はビクッと身体を震わせてから、反射的に横に避けて道を譲ってしまう。すれ違いざまに肩の一つでも叩いてやろうかとも思ったが、身体は子供でも心は大人なのでここは余裕を持って、その間を堂々と通り睨《にら》みつける目線を無視するよう受け流しながら、真っ直《す》ぐと教室の奥へと歩いていく。途中、足の一つも引っかけられるかと思ったがそれもなく、意外と物わかりは良さそうだった。

奇妙な沈黙が教室を支配する中、アルトは教室の最後方に到着する。並べられているのは長机なので、女生徒が三人ほど椅子に座って共有する形になるのだが、最後尾に置かれている机は一つな上、座っている生徒も一人だけだった。机の端っこ、窓際の方に座り直前の騒動など、まるで関係ありませんといった雰囲気で、頬杖を突き外を眺める黒髪の少女。特に目立ったところのない平凡な女の子だが、敢えて特徴を述べるなら口元をマスクで覆っていることくらい。当然だがワイズマンのような厳つい防毒マスクなどではなく、普通の布で作られた花粉や風邪などの予防で用いられるモノだ。

「……ん」

マスクの少女はチラッと此方《こちら》に視線を送ると、場所を空けるよう窓側に寄った。

長机には彼女一人しか座っていなかったので、別にわざわざ改めて場所を空ける必要はないのではとも思ったが、大人しそうな雰囲気からあまり人と隣接して座りたい性格ではないのだろう。目立つようなタイプではないが、教室の前に立った時からアルトは何となく、この少女のことを意識していた。好みのタイプ……とかではなく、殆《ほとん》ど全員が此方に交戦的な意識を向けている中で、彼女だけが無関心、出来上がっているクラスの輪からはみ出しているような、そんな印象を抱いたからだ。

「どうも、悪いね」

一応、礼だけは述べて、アルトも真ん中を空けるように端っこの椅子に腰を下ろす。

少女は頬杖を突いたまま正面を向いていたが、不意に視線だけを此方に寄越した。

「……おたく、何て名前だっけ？」

「聞いてなかったのかよ。アルトだ」

「そ。うち……わたしはテイタニア、よろしく」

自分から挨拶した癖に素っ気なく言うと、再び窓の方へ顔を背けてしまった。

「……何処《どこ》の世界にも、変わり者はいるってわけか」

騎士学校時代を思い出して、アルトは苦笑と共に肩を竦《すく》める。

教室内は女生徒達の動揺が、僅《わず》かなざわめきとなって広がる。彼女らは世間知らずなお

嬢様でも、擦れ切った無法者でもない。生きる為の術《すべ》として戦いを学んだ戦士だからこそ、アルトがただの転入生ではないことに気が付いた。その点だけで述べるなら十分に教育の行き届いた、将来有望な生徒ばかりと言えるだろう。

「み、皆さん！　お静かに……色々と思うところはあるでしょうが、アルストロメリア女学園は学び舎です。くれぐれも学生としての本分を忘れないように」

ざわめきを落ち着かせるようキャロルが述べてから、まだ動揺が治まらない正面の三人に、今度は気圧《けお》されないよう力強い眼力を向ける。

「それから三人には壊れた教卓の片づけを命じます。授業が始まる前に、速やかに片付けてください」

「そん……!?」

「反論は許しません。以上」

ハッとなる女生徒にキッパリと言い放つと、三人は悔しそうに唇を噛み締め、渋々とアルトが叩き壊した教卓の片づけを始める。一瞬、一人が此方を睨むような視線を向けてきたが、アルトは素知らぬ顔で気が付かないフリをした。

（こりゃ、後でもう一騒動ありそうだな……やれやれ、面倒なことだ）

仕向けたのは自分だが、内心のため息が僅かに鼻息となって鼻孔から漏れる。

（普段だったらこの手の役回りは、ロザリンの奴だったのになぁ）

大人の姿になってしまったロザリンは、クルルギに協力してもらって、何やら別方向から外来の因子を探るつもりらしい。彼女の魔眼ならばクルルギ達でも視《み》えない何かを見通せるかもしれないが、そちらの方も一朝一夕では難しいだろう。まずは生徒会を探る算段を付けなければならない。一応、手始めに餌と釣り針は撒《ま》いてみたが、これがどれだけ効果的かは釣れてみないとわからない。

そう思っていると不意に、目の前の机に開いた教本が差し出された。

「……ん？」

訝《いぶか》しげな顔で横を見ると、教本を差し出していたのはテイタニアだった。

「教本とか、持ってないようだったから。迷惑なら戻すけど」

「えっと。ああ、ありがとう。助かったぜ」

戸惑いながらもアルトは礼を述べる。真面目に授業を受けるつもりなどさらさらなかったが、好意を無下にするのも気が引けたからだ。マスクで口元が隠れている為、表情が読めないテイタニアはポツッと呟《つぶや》く。

「男の子みたいな喋《しゃべ》り方。変わってる」

「……ま、よく言われる」

自分に言った言葉なのか独り言なのか、教本を開いた癖に自分は窓の方を見ているテイタニアは、受け答えに反応してくれることはなかった。

昔のことを思い返してみれば、騎士学校の時もアルトは中途編入だった。

弟子という名の小間使いで竜姫の元で過ごしていたある日、破天荒の極みのような彼女に振り回され続けた結果、ある程度は戦えるようになった幼き日のアルトは、首根っこを引っ掴《つか》まれて何も説明されぬまま、騎士学校へと放り込まれた。現在になっても理由はいまいちわからないが、当時は恨みがましくも思ったモノの、今になって考えればよい経験になったのだろう。遠い将来、今の状況も良い思い出になるのかもしれない。

（……女の姿で女学園に通う経験が、生かされる未来ってのも考え物だがな）

内心で呟《つぶや》いた直後、学園の敷地内にある鐘楼から鐘の音が響いた。

「それでは本日の授業はここまで。日直、号令を」

「はい。起立……」

日直の言葉にクラスメイトが立ち上がり、続けた号令に合わせ初老の女性教師に向けて礼をする。教師はそれを見届けてから年季の入った教卓の上で広げていた教本を閉じると、同じく礼をしてから静かに教室を後にした。

厳しい教師だった所為《せい》か、立ち去った途端に安堵《あんど》するよう緊張が緩む。

「さて……ようやっと昼休みか」

久し振りの座学に固まった身体を解《ほぐ》すよう、アルトは椅子の上で大きく伸びをする。

午前中に行われる講義はこれで終了。昼食を取る為の昼休みを挟んで、また午後の授業を受けなければならないのだが、既にアルトの頭の中は疲労困憊《こんぱい》だった。昔から実技ばかりで座学はからっきしだったが、ブランクがあるから仕方がないにしても、当時よりも輪をかけて苦手になっていた。特に基礎魔術学の講義など、一度は学んでいる筈《はず》なのに聞いていてちんぷんかんぷんだった。

「これが暫《しばら》く続くかと思うと、頭がパンクしそうだぜ……とほほ」

机に突っ伏したい気持ちを押さえるよう、腹の虫がぎゅうと音を立てた。

「……腹減ったな」

腹を摩《さす》りながらクラスを見回すと、授業を終えた解放感に満ちた表情で、クラスメイト達は各々、昼食を取る為に移動を始めている。普通の転入生なら休み時間の度に人だかりが出来そうなモノだが、第一印象がアレだっただけにアルトは既にクラス内でも腫れ物扱い。故に何処《どこ》で食事を取ればいいか、教えてくれるクラスメイトはいなかった。

「……いや、一人心当たりが」

と、呟《つぶや》きながら横を見るが、肝心の心当たりはもぬけの殻だった。授業中、ぶっきら棒だが教本を見せてくれていたテイタニアなら、食堂の場所くらい教えて貰える、あるいは連れてって貰えると考えたのだが、残念なことに目論見は外れてしまったようだ。

「……仕方がねぇ。散歩がてらに校舎内を探してみるか」

最悪、一食くらいなら抜いても一日程度は持つだろう。半分諦めながら立ち上がろうとすると、何やら廊下の方から女生徒達の騒がしい声が聞こえてきた。驚きと歓喜が混じる声色は徐々に此方《こちら》へと近づいていき、アルトが何事かと訝《いぶか》しげな顔を向けると同時に、教室の扉が開かれた。

瞬間、教室に残っていた女生徒達に緊張が走る。

「――転入生がいるって聞いたんだけど、どこのだれ子ちゃん？」

遠慮なく踏み込んできたのは、ピンク髪をツインテールにした派手な少女だ。他の生徒達とは違いブレザーは羽織っておらず、上着はシャツ一枚で首元や手首を装飾品で、これまた派手に飾っている。彼女は女生徒達の間では有名人なのか、驚きと共に羨望の眼差しを向ける者も少なくはない。ただ、それとは別に場が引き締まるような緊張感は、派手で軽そうな彼女の雰囲気には不釣り合いで少しだけ気になった。

誰かを探すような素振りを見せているが、近づきがたさがあるのか声をかける生徒はおらず、遠巻きに見守りながらこそこそと内緒話を交わしていた。

「あ、アントワネット様？　どうしてウチのクラスに……？」

「そんなの、決まってるっしょ」

誰かの会話が漏れ聞こえ、同時に刺すような視線が何故《なぜ》かアルトに注がれる。

ややあって、一人の生徒が教室を見回す少女に恐る恐る話しかけた。

「あ、あの、アントワネット様……転入生をお探しなら、あそこに」

「うにゅ？」

指を差した方に少女が顔を向けると、アルトとばっちり視線が交差してしまう。

「見っけた！　あんがとね♪」

無邪気な笑顔を見せながら、教えてくれた女生徒の肩をポンと軽く叩くと、女生徒は顔を真っ赤にしながら恐縮する。他の生徒達から嫉妬や悔しさの混じる気配が露わになるも、アントワネットと呼ばれていた少女は、弾むような足取りでアルトの方に近づいてくる。

「はろはろ。君が噂《うわさ》の転入生？」

両手を振りながら気さくな笑顔で直《す》ぐ側《そば》に立つ。

「はぁ？」

訝しげに眉を顰《ひそ》めるが、彼女は気に留めることなく不躾《ぶしつけ》な視線を注ぐ。

「ちょっとちっこいけど、中々の美少女じゃ～ん。肌も綺麗《きれい》だし髪の毛もサラサラ、どれどれお手入れはしっかりと……」

髪の毛に触れようと伸ばされた手を反射的にアルトは払った。

「……っと」

思っていたより綺麗に音が鳴り響き、遠巻きに見守っていた女生徒達は顔を青くして息を飲んだ。続けてアルトに対して強い敵意が一斉に突き刺さる。力を込めて払ったわけではないが、ブレスレットに当たった所為《せい》か、アントワネットの叩かれた手首は僅《わず》かに赤くなっていて、驚くよう両目を見開いてから手をぷらぷらと振り回した。

「あはは、怒られちっった。髪の毛、触られるの嫌だったん？」

「ああ、嫌だね。特に名前も名乗らない奴に触られるのは」

いつもの調子で軽口を叩くと、アルトに向けられる敵意はいっそう強いモノになる。だが、アントワネットは険悪な空気に気が付いているのかいないのか、人懐っこい笑顔を崩さず気分を害した様子もない。

「そっかそっか。じゃあ、転入生ちゃんの心の扉を開く為に、あーしもちゃんと名乗ってあげなきゃね」

そう言って一歩、後ろに下がると、アントワネットは目の横でピースをする。

「あーしはアントワネット。アルストロメリア女学園序列六位で、生徒会役員を務めてんよ。よろしくねー」

「生徒会？　ってことは」

「そうそう」

にかっと歯を見せて笑いながら机に片手を置き、アントワネットは顔を近づけてくる。

「転入生ちゃんが堂々と喧嘩を売った、生徒会だよ」

笑顔は変わらない。が、殺気とはまた違った圧がある。

「そいつは都合がいい。早速お出ましってのは、探す手間が省けたぜ」

アルトの物言いにクラス内がざわつく。不遜、不敬、アントワネットに対する畏怖と尊敬が混じった感情が、明確に敵対の意思を示すアルトへの嫌悪感を露わにする。四面楚歌《しめんそか》とでも言うべきか、ちょっと会話を交わしただけでクラスの残っている全員が、アルトの敵へと回ってしまった。それは最初から理解していたことで、別に驚くべきことではないが。

だが、アントワネットからは圧こそかけられたが、敵意の感情は向けられていない。

「ふっふ。喜んで頂けたなら幸い。ってなわけで、ちょっとつき合って貰おうかにゃ♪」

そう言ってドスンと、目の前に大きなバスケットボックスを置いた。

「俺の机は物置じゃないんだが？」

「勿論《もちろん》、知ってるってば」

訝《いぶか》しげな顔をするとアントワネットは正面の椅子を引っ張り、アルトと向かい合わせになるよう腰を下ろす。

「レッツ、ブランチ。お昼まででしょ？　あーしもまだなんだぁ」

「おい、勝手なことを……」

「多めに持ってきたから、アルトちゃんにも分けてあげるよ」

　バスケットの蓋を開けると、中には様々な具材を挟んだサンドイッチが詰まっていた。卵やハム、チーズを挟んだスタンダードな物から、トマトやレタスを使った健康的な物、変わり種としてはフルーツをサンドしたデザート的な物まで。更には布で包まれた磁器の水筒と、陶器のカップを二つ取り出した。

「あーし一人じゃ食べ切れないから、アルトちゃんも一緒に食べよ」

「……んぐっ」

　空腹を刺激され口内に唾液が溢《あふ》れる。が、伸ばしたくなる手をグッと堪《こら》えた。

「な、なんのつもりか知らねぇけど、悪いが俺は理由のない施しを受ける主義はねぇぞ」

「えぇ～、古臭い考え方するじゃん」

　水筒を包む布を外しながらアントワネットは此方《こちら》にカップを一つ置く。

「これ、東洋式のお茶なんだ。常温で飲んでも美味《おい》しいんだって」

　言いながら封を開け紅茶とは違う濃い色合いのお茶をカップに注いだ。あのアントワネット様が手ずからお茶を。様子を窺《うかが》うクラスメイト達が驚きにざわめくと、アルトに向ける視線に敵意だけではなく、今度は嫉妬のような感情も込められる。

「だから、理由もなくご相伴に与《あずか》るつもりは……」

「そんな気にする必要ないのに。お近づきの印ってヤツだってば」

「お近づきになる心づもりもねぇっての」

「ねぇんなら、まずはその切っ掛け作りってことで。別にアルトちゃんだって、あーしらが憎くて憎くて堪《たま》らない、とかじゃないっしょ？」

「……そりゃ、まぁな」

確かに生徒会や彼女に対して、個人的な恨みや因縁があるわけではない。アルトの目的はあくまで元の姿に戻ることであって、生徒会を相手取るのは、ガーデンに持ち込まれた因子を探ること。学園長……いいや、クルルギ辺りはついでに潰して貰いたいのが本音だろうが、そこまでつき合ってやる義理もアルトの方にはない。

巡らせる思考が答えを導くより早く、腹の虫がぐぅと唸《うな》りを上げた。

「……ったく。腹ペコキャラまで俺の方かよ」

ため息交じりに呟《つぶや》いてから、バスケットの中に手を伸ばした。

「言っとくが、差し出された食い物に遠慮するつもりはないからな」

「どぞどぞ、ご遠慮なさらず。お勧めは卵サンドだよ」

「……ふぅむ」

別に勧められたからではないが、右端に並べられた卵サンドを一つ取り、がぶっと大口を開けて齧《かじ》りつく。普段なら一口で食べられるサイズであっても今は半分までが精一杯。ほどよく弾力があって柔らかいパンに挟まれ、潰したゆで卵を酸味の強いソースと絡めた具材は、単純に卵を挟んだだけの物よりも口の中を楽しませてくれる。甘味と酸味の良い塩梅《あんばい》と噛み締めるパンの柔らかな感触は、確かにお勧めというだけの価値があった。

「うん、美味《うま》い」

「ふへへ、そいつは重畳ですなぁ」

嬉《うれ》しそうな表情でアントワネットも同じ卵サンドをパクッと咥《くわ》えた。

一つ食べれば遠慮はなくなる。大き目のバスケットに詰められているだけあって、二人で食べるには結構な量のあるサンドイッチを、アルトは空腹感に押されるまま、手を伸ばして次々と口の中へと放り込んでいく。口の大きさなど些細《ささい》な違いだが、普段のつもりで料理を詰め込むとあっという間に頬がパンパンに膨らみ、喉に詰まりそうになるのを、カップに注がれたお茶で胃へと流し込む。

「……思ってたより渋いな」

紅茶と違い酸味がなく、渋味の強いお茶にちょっとだけ戸惑う。東洋の茶を飲むのは久しぶりだが、確かにこんな感じの味だった。不味《まず》いわけではない。むしろ後味は紅茶よりすっきりするが。

「なぁ、おい。これって、サンドイッチに合わなくねぇか？」

「ええ？　そんなわけ……ずずっ」

サンドイッチを飲み込んで、アントワネットもカップのお茶を啜《すす》る。

「ああ、うん。ちょっと違ったかもしれないね」

微妙な表情をしながらも、可愛らしい仕草で舌をぺろっと出して見せた。二人の和やかなやり取りは、何かあれば突っかかってくるつもりだっただろうクラスメイトを、困惑させるのには十分。やがて、ただ一緒に昼食を取っているだけだと理解してか、一人ずつ教室を後にしていった。気が付けば教室に残っているのは、アルトとアントワネットの二人だけ。

「……一人か二人くらい、乗り込んでくるかと思ったけど、そうでもなかったな」

「皆、照れ屋ばっかりだかんね。尊敬の眼差しってやつ？」

「怖がられてるの間違いなんじゃないのか」

人懐っこい雰囲気の所為《せい》か、自然とアルトの口調も気安くなる。

「それな」

楽しげにアントワネットは指を差してくる。

「でも、その原因ってあーしらより副会長の所為だと思うんよね。会長とかあーしって、じんぼーの塊だし。まぁ、風紀委員とのいざこざもあるから、オルフェちゃんみたいに喧嘩っぱやい人がいた方が生徒会的にはいいんだろうけど」

「……んな身内話、俺に話してもいいのかよ」

調子よくぺらぺらと内情を喋《しゃべ》り倒すアントワネットに、何らかの罠《わな》でも仕掛けられているのではと疑心になってしまう。しかし、怪しむような視線を受けながらも、アントワネットはフルーツサンドを食べて唇についた果汁を舌で舐《な》めとってから、「ふふん」と意味ありげな視線と微笑みを向けてくる。

「別に問題ないんじゃない。内情っていうほど、秘めたモノでもないしさ……確かに一緒にご飯食べてることをオルフェちゃんが知ったら、いい顔はしないんだろうけど」

「内輪揉めに利用されるのは、もっと御免なんだがな」

「内輪揉め？　……ぷっ、くくっ」

キョトンとしてから直《す》ぐに噴き出し、手を叩きながら大笑いを始める。

「ないない、それはない。基本的には生徒会役員は皆仲良しだし、そりゃま、たまには喧嘩くらいするけど、内輪揉めなんて呼ばれるような大事にはなりようがないって」

「だが、俺に会いに来たのは、アンタの独断で生徒会の思惑ってわけじゃないんだろ？」

「当たり前じゃん。生徒会って言っても所詮は学園内だけの権力だし、生徒間に特別な命令系統があるわけでもない。基本、皆フラットな関係だかんね。オルフェちゃんとか一部の生徒は、ガッチガチの上下関係を遵守してるけど、あーしの好みじゃないかな」

サンドイッチの欠片《かけら》を放り込み、咥《くわ》えた指をそのままアルトの方に向けた。

「だからあーしは単純に、貴女《あなた》に興味があんの」

「…………」

アルトは無言のまま、胡散《うさん》臭げに顔を顰《しか》める。この手の物言いに良い思い出がないからだ。

「食事の手が止まってるよ。もうお腹いっぱい？」

バスケットの中にはまだ半分以上サンドイッチが残っている。身体の所為《せい》で普段より少ない量で腹は膨れていたが、これ以上、手を伸ばす気分にはなれなかった。

（……こいつ）

特に嫌な気配はないが、意図が読めない笑顔は何よりも不気味だ。一呼吸おいてから、左手でカップを掴《つか》みお茶を一気に飲み干す。サンドイッチにはいまいち合わなかったが、喉の渇きを潤すには後味の良い渋味はぴったりだった。口元の雫《しずく》を手の甲で拭ってから、空のカップをテーブルの上に置いた。

「ごちそうさん。悪いな、ちょいと最近は小食なんだ」

礼を述べながらも、明確にアントワネットとは一線を引く。気安い口調と態度で誤魔化されそうになったが、この女生徒は危ういと本能が警鐘を鳴らす。ただ、此方《こちら》が警戒心を強めても、アントワネットの仲の良い友人に接するような態度は変わらない。

「本当に？　食事を抜くダイエットとかだったら止めときな。痩せる基本はちゃんと食べてちゃんと動く……まぁ、あーしもきっちり実践は出来てないんだけどね」

「……別にそんなつもりはねぇよ。単純に腹に入らないだけだって」

「そっか。まぁ初日だし、緊張してるのかもしれないね」

そう言うと残念そうにバスケットの蓋を閉じる。

「でも、学園の先輩としての忠告。食べれる時には無理してでも食べておいた方がいいよ、座学だけならともかく、実戦演習が始まると動けなくなっちゃうから……それに」

「……っ⁉」

言葉を含んだ瞬間、教室のドアを開けて数人の生徒が入ってきた。クラスメイトではない。全員の顔を把握しているわけではないが、女生徒達の数は十人以上で誰も知らなかったから、流石《さすが》に違うのだろう。

彼女らは厳めしい表情で此方《こちら》、アルトが座る机の方へ近寄ると足を止めた。

「んだぁ、テメェら？」

「あらあら。貧相な小娘らしく汚らしい言葉遣いですわね」

眉間に皺《しわ》を寄せるアルトの言葉に答えたのは、居並ぶ女学生達の後ろから、遅れるようゆっくりと教室に入ってきた女学生からだ。譲るように道ができると、妙にくねくねとした腰の動きで現れたのは、金髪巻き毛の見るからにお嬢様。指輪や首飾りなど派手な装飾品がジャラジャラと音を鳴らしている。アントワネットは派手な女生徒に見覚えがあるらしく、「あら？」と言いながらテーブルに頬杖を突く。

「おや、ビーちゃんじゃん。早速お出ましなんて勤勉だねぇ」

「これはアントワネット様。お食事の最中、失礼いたしますわ」

生徒会役員に対して敬意を表すよう、ビーと呼ばれた少女は一礼する。

「別にいいよ、食べ終わったところだしさ……折角だから紹介しちゃう?」

「お心遣い痛み入ります。けれど、それには及びませんわ」

断りを入れてから優雅に髪の毛を掻《か》き上げると、ビーは腰に片手を添えて座ったままのアルトを見下ろす。

「お初にお目にかかりますわ転入生。私は序列十二位のクイーンビー。この女学園で最も美しく、最も優雅な女よ」

ビー改めクイーンビーがそう言うと、取り巻きの女生徒達が肯定するよう一斉に拍手を鳴らした。下手くそな演劇のような状況に、顰《しか》めっ面をアントワネットの方に向けると、彼女はニヤニヤと笑いながら相手をしろと促すよう左手を動かした。

一頻《しき》り音を浴びて満足したのか、優雅な動作で片手を翳《かざ》すと同時に拍手が止んだ。

「……これは、俺も拍手した方がよかったヤツか?」

「にゃはは。ビーは派手好きだから。でも、油断は大敵だよ」

「あら。生徒会役員の方に実力を評価して頂くのは、ありがたいことですわね」

指先で巻き毛を弄《いじ》りながらビーは不敵に微笑《ほほえ》む。どうやらアントワネットは間に入って揉め事を制するつもりはない上に、ビーの方も一定の敬意は払っているのは窺《うかが》えるが、隙あらば追い落としてやろうという野心も感じ取れた。この手の人物の目的も、アルトの前に現れた理由も察しが付く。大方、先ほどアントワネットが言ったように、上下関係を重視する一部の女生徒なのだろう。

「生意気な新入りをシメに来たってわけか。お嬢様学校の割りに、血気盛んなことだ」

「学園で最も尊ばれているのは秩序。その秩序を保っているのが上下関係ですわ。それを乱す者が咎《とが》められるのは、何ら不思議なことではありませんでしょう」

「まぁ、そこらは風紀委員がいるから、君らが率先してやる謂《いわ》れはないんだけどね」

「アントワネット様」

「はいはい、黙っておきまぁす」

冷静に窘《たしな》められ、アントワネットは両手を上げてから口を閉ざす。

「アンタらのお題目につき合うつもりはねぇよ、面倒くせぇ。ちょうど腹が膨れたところだ、俺のことが気に入らねぇってんなら、腹ごなしに相手になってやるぜ。蜂女」

大勢に取り囲まれても動じないどころか、不遜な言葉を放つアルトの態度に、取り巻き達はザワザワと戸惑いと共に怒気を滲《にじ》ませる。両腕を組んで仁王立ちするビーも、蜂女呼ばわりされた瞬間、不愉快そうに眉を歪《ゆが》めるが、大袈裟《おおげさ》に怒ったり怒鳴り散らしたりはせず、あくまで優雅に、お嬢様然とした態度は崩さなかった。

「流石《さすが》はトリーお嬢様とクルルギ様ご推薦の転入生。確かにこの程度の圧をかけられた程度で膝を折られてしまっては、今の学園で生活するのは難しいですわ……いいです、私は気に入りました」

そう言ってビーは左手をアルトに向かって突き出す。

「薬指にキスをして、忠誠を示しなさい。それがアルストロメリア女学園の流儀ですわ」

「……はぁ？」

突然の命令にアルトは顔を顰《しか》めた。

「女学園はガーデンの魔境。言ったでしょう、重要なのは上下関係だと。誰を味方にして誰を敵にするのか、それを理解して初めて生き延びることが許される……アルトさん、といったかしら。学園に来たのならば、上の序列を目指したいという向上心くらいあるのでしょう？」

「……ふぅん」

アルトは細めた視線で、向けられた指とビーの顔を交互に見比べた。断るはずがない。魔境と呼ばれる学園で、派閥の長に納まれるくらいの経験から導かれる自信が、見下ろす瞳に滲《にじ》み出ていた。

「……んふっ♪」

どう判断するのか見物《みもの》だ。そう言いたげなアントワネットの視線が横から突き刺さる。

過剰とも思える自意識は、定められた制服以外で主張する装飾品からも理解できる。現状、味方と呼べる存在が学園内に皆無な状態で、生徒会や外敵因子を探るのは中々に骨が折れる作業だろう。加えて第一印象の悪さから、クラス内でも浮いてしまった現状を考えれば、面倒臭そうな相手でも味方を得ることは悪くない判断かもしれない。そんな考えを脳裏の片隅に置きながら、アルトは差し出された指に唇を近づけ。

「うふふ」

堕ちた。ビーの目尻が笑みに下がった瞬間、アルトはがぶっと指に噛み付いた。

「——痛っ⁉」

声は上げたが、痛みより驚きの方が勝ったのだろう。慌てて噛まれた左手を引き抜くと、それほど思い切り噛み付いたつもりはなかったが、ビーの指にはくっきりとアルトの歯型がついていた。予想外の行動に一同が唖然《あぜん》とする中、アルトは自分の唇を舌で舐《な》める。

「アンタの手、なんか脂っぽい味がするな」

「くっ……ハンドオイルも知らない田舎娘がっ！」

これにはビーの表情も怒気で歪《ゆが》み、キツイ眼差しでアルトを睨《にら》んだ。

「へっ、いい面構えになったじゃねぇか。お嬢様学校だろうが近所の道端だろうが、喧嘩を売ってきたってんなら、相応の顔付きってモンは必要だ」

椅子から立ち上がると、今度は自らビーの眼前まで詰め寄る。身長差がある為、立った状態で向かい合うとアルトが見上げる形になる。既に喧嘩を買うつもりでいるアルトの圧に、気圧《けお》されかけるビーだったが高いプライドが背中を後押しする。

「礼儀礼節もなっていなければ、口の利き方も知らないようですわね……いいわ、お望みならばその不作法──」

背後の取り巻き達が開けた隙間に一足で飛び退き、一人から自身が使う得物《えもの》を受け取る。

ビーが持つのはレイピア……いや、刃のない形状からフルーレだ。

「自らの血をもって贖《あがな》いなさい！」

右手に握ったフルーレを突き出すと同時に離した間合いを一気に詰める。

「へっ、上等だこの野郎ッ！」

望むところだと背中に手を回すが、握ろうとした左手は空を切る。

「あっ、剣はロザリンに預けたままだった」

「──穿《うが》つ穿つ穿つ！」

ちょっと待ったと言う間もなく、針のように鋭い切っ先がアルトの喉元を穿つ。直前、アルトは咄嗟《とっさ》に背後へ大きく跳躍。伸びるような突進による刺突を、バックステップだけで回避し切るのは難しく、アルトの背中が背後の窓に触れると、勢いに押されガラスが砕け散るが、逃がすまいと追いかけるビーと共に宙へと飛び出した。

三階建ての校舎から落下する二つの影は、当然のように何の不自由もなく大地を両の足で踏み締める。降り立った場所は校舎が見下ろす運動場。遮る物の全くない広い空間でガラスが割れる音に、何事があったのかと他の教室から顔を出す女生徒達に見守られながら、アルトとビーは対峙《たいじ》する。砂地の地面に靴裏を滑らせながら、アルトは前のめりの体勢を地面に片手を突くことで堪《こら》えた。

「クルルギといいアンタといい、思い切りが早いってのも考えモンだな」

「ガーデンの女は強くなくては生きられませんわ。戦いは先手必勝。私が尊敬する卒業生、薔薇様のお言葉ですわ」

「そいつはイカれたお言葉だ」

身体を起こして手についた砂を払う。校舎からはざわめきと共にアルト達に対する興味の視線が注がれるだけで、生徒達は勿論《もちろん》、教師連中も含めて誰も止めようと動いたり声を上げたりする者はいなかった。チラッと割れた窓の方に視線を送ると、アントワネットが何かを期待するようなニヤケ顔で、此方《こちら》に向かって小さく手を振っている。

「野次馬根性丸出しかよ、お嬢様学校」

「そういう学園であると、そろそろ理解したら如何《いかが》かしら？」

そう言って正面に立つビーは、身体を横向きにしてフルーレの切っ先を向けた。レイピアより更に細い刀身を持つフルーレは、本来は競技や訓練に使われる物で、実戦に持ち出せるような得物《えもの》ではない。刀身に刃がついているわけではないので、斬ったり払ったりは不可能、やれることと言えば相手を突くことくらい。それも手首を動かしただけで左右に揺れるほど柔らかな刀身では、耐久性にも不安があるだろう。

（んな扱い辛い武器を選ぶってことは、使い方に自信ありってわけか）

対するこちらは素手。教室で見せた踏み込みの強烈さから、このままで戦うにはちょっとばかり骨が折れる。だが、ビーは待ってはくれない。

「――シッ」

短く息を吐き、踏み出す足の動きに連動させ鋭く刺突を繰り出す。ビュン、と矢のような風切り音。正面から見ればほぼ点の状態で繰り出される刺突は、間合いを見切るのが難しく、アルトは目測より大きく背後に身をのけ反らせ回避する。だが、それは最小限の攻勢に対して、無駄の多い動きで回避しているようなモノなので、二手、三手と繰り出される刺突にギリギリの対応しかできない。

「――ハッ、フッ！」

「チッ、流石《さすが》に早いっ」

連続した刺突。動作としては単純なモノで動きを読むのは容易《たやす》いが、単純故に鋭くそして素早い。小癪《こしゃく》なのは腕を完全に伸ばし切らないことで、間合いを此方《こちら》に見切らせないようにしていること。攻勢に出ようと迂闊《うかつ》にギリギリで回避しようとすれば、伸びのある一撃がアルトを貫くことだろう。

「――それならっ！」

喉元を狙って突きを放ったタイミングを見計らい、アルトは右手でフルーレの刀身を握った。刃が引かれていないフルーレなら、掴《つか》んでも指を落とされることはない。このまま動きを止めて、一気に間合いを詰めようとするが。

「無粋なやり方ですわね」

細い上に表面が滑りやすい為、掴んだ刀身はするっと手の中から抜け落ちてしまう。

「小娘が考えそうなことなど丸わかりですわよっ！」

「――ぐぬっ⁉」

再び鋭い刺突の連撃がアルトを襲うと、校舎の方からビーを称える歓声が溢《あふ》れた。チラッと視線だけを向けてみると、窓から此方《こちら》を眺める野次馬たちは先ほどより数を増していて、その殆《ほとん》どが見ず知らずの転入生より序列上位のビーを応援している。

「けっ。今更、歓声なんざ望んでねぇけど、あんまり露骨だと落ち込んでくるぜ」

「覚えておきなさい、これが、人徳というモノですわ」

「上下関係ひけらかす奴が言う台詞《せりふ》かよっと！」

隙を見て間合いに踏み込もうとするが、寸前で鼻に切っ先を向けられ抑えられてしまう。

「んぐっ」

突き出した動きに合わせ後方に跳び仕切り直す。ビーも余裕の表情で、攻めてはこず軽く息を吐きながら、自らの優位性をアピールするかのようフルーレを優雅に躍らせた。同時に野次馬連中から拍手と歓声が巻き起こる。完全にアウェーだ。

「……くそっ。やりにくいったらないぜ」

流れる汗を拭いながらアルトは愚痴る。

剣さえあれば状況を打破できると思っていたが、どうやらそれだけではないようだ。

（身体の反応が思ってるより鈍い……これも小娘になった所為《せい》か？）

普通にしているだけならそれほど意識しないが、こうも激しく動き回ると全身の節々に違和感を覚え始めた。普段だったらスムーズに避けられる場面でもワンテンポ、と言ったら言い過ぎだが、ほんの僅《わず》かに反応が遅れる。挙動も同じでいつも通りのつもりであっても、馬力が足りないというか、身体が軽すぎて想定よりも様々な面で違いがあった。

何よりも疲労感が尋常ではない。

「あらあら凄い汗ですわね。ハンカチでもお貸ししようかしら？」

「香水臭いハンカチなんて、はぁ。結構だね」

止まらない滝汗にもう一度、手のひらで顔を拭い息を整える。はっきり言って並の三下程度ならともかく、ビーのような腕の立つ相手と戦える状態に身体が仕上がっていない。防戦一方で体力を削られ続ければ、地力の弱いアルトの方が先に根負けしてしまうだろう。

「さて、どうしたモンかね」

「……？」

呟《つぶや》きが聞こえたわけではないが、何故《なぜ》だかビーは眉を顰《ひそ》めた。

「打開策の見えない状況で、随分と余裕な顔をするのですわね」

「余裕？　おいおい、こっちはじり貧で困り切ってるんだぜ」

「あら、そう。ならば見間違いかしら……貴女《あなた》、笑っていましてよ」

「……おっと」

自然と浮かんでいた笑みに、アルトは自身の頬に片手を添えた。追い詰められて楽しくなるなんて、全く自分の性分ではないが、制限がかかっているとか、体調不良で動きが鈍いとかとはまた違う感覚は、少しだけ昔の記憶を呼び起こした。何者でもない頃の自分。修羅場を一つずつ潜り抜ける度に、ほんの僅《わず》かだが確かに強くなっている実感が、あの頃は何よりも嬉《うれ》しかった。アルトの余裕がある態度に、ビーは不機嫌の色を表情に浮かべる。

「不愉快ですわね。その間の抜けた表情、貴女は現状を理解しているのかしら？」

「心配するな、ちゃんと理解してるさ」

「だったら私と貴女の力量を、ちゃんと計れているのではなくて」

「ああ、でももっと理解してるのは……」

少し気障《きざ》に、アルトは立てた人差し指を左右に振った。

「俺の、のびしろってヤツだ」

「──こっのッ!!」

揶揄《からか》われたと思ったのかビーの顔が一気に赤くなる。優雅だなんだと気取ってはいるが、この手の物言いにムキになるのは、年相応の未熟さなのだろう。

精神的な優位は得た。後は打開方法なのだが……。

（ふぅむ。さっぱり思い付かん）

結局、思考はふりだしに戻る。いっそのこと、恥も外聞も捨てて土下座の一発もかますべきか。直前までの恰好《かっこう》つけた態度から一転、情けない考えが頭を過《よぎ》る。本気で膝を折ろうか体重を移動させた瞬間、先手を取るようにビーが動いた。頭に血が昇っている所為《せい》かこれまでより一段と鋭い踏み込みで、確実に喉元を抉《えぐ》る為にフルーレの先端を突き出してくる。

「ええぃ、多少の怪我《けが》は覚悟で突っ込むしかねぇかっ」

迎え撃とうと一歩、足を踏み出すと同時に両者の間に星が流れた。否、上空から魔力を帯びた剣が降ってきたのだ。

「──っ!?」

「――なにッ⁉」

予想外の出来事に二人の動きが止まる。赤黒い魔力粒子を放出しながら、落下してきた剣は地面へと突き刺さった。両刃の刀身は緩いS字の反りを持っていて、振り撒く魔力粒子と同様に赤黒く怪しい輝きを放つ。剣と呼ぶには禍々《まがまが》しく奇妙な一振りは、まるで意思を持つかのようにアルトへ言葉のない圧をかけていた。

ビーも驚いていたが、内容はアルトと少し違っている。

「魔剣ネクロノムス⁉　ど、どうして……⁉」

「ネクロノムス？　……っ⁉」

誰かの視線を感じて校舎の屋上を見上げると、そこには一人の少女が立っていた。

「……テイタニア？」

それは隣の席で教科書を見せてくれるなど、親切にしてくれたクラスメイトだ。布マスクをしているので表情はわからないが、彼女は此方《こちら》を見下ろしながら地面に突き刺さったネクロノムスを指さす。

「――――！」

反射的に身体が動いた。

「――しまっ⁉」

遅れてビーも動くが、それより早くアルトが魔剣の柄を握った。ビリビリと電気が走る

ような痛みが、握った手の平から脳天に突き抜け、不快な何か別の意識がぬらりと頭の中に染み込んできた。一瞬、意識が遠くなるが迫るビーの殺気に、湧き上がる闘争本能が嫌な気配を瞬時に追い出した。

「こなクソっ‼」

地面から引き抜きながら、魔剣を間合いに踏み込んでくるビーに下から上へ斬り上げた。細いフルーレでは厚みのある魔剣の刃は受け切れない。当然、ビーも理解できているようで、焦りの表情こそ浮かべたモノの、想定の範囲内だというように斜めにした刀身で魔剣を受け流す。金属同士が削り合い火花を散らす。が、魔剣はビーの想定通りに軌道を逸《そ》らして、刃が届くことはなかった。安堵《あんど》と共にビーは得意げに鼻を鳴らす。

「甘いですわね」

「テメェがな、未熟者」

言いながら踏み出した速度のまま、アルトは肩を突き出し体当たりを仕掛ける。不作法な戦略。しかも、間合いを保って戦うのを主とするビーには、予想外の行動だったのだろう。避けるべきか迎撃するべきか、判断に迷ってしまい、何もできないまま体当たりを真正面から喰らってしまった。普段より体重は大分軽いから威力も劣ってはいるが、それでもビーをふっ飛ばすのには十分。腕を挟むようにビーの胸部に肩からの突撃が当たると、メキッという骨が軋《きし》む嫌な音と共に身体が後方に浮き上がる。魔剣を受け流す為に軽くのけ反っていた為、勢いよく背中から叩き付けられた上に、受け身を取る余裕もなかった。校舎の方から悲鳴にも似たざわめきが起こる。

「ぐっ、がは、げほげほっ⁉」

呼吸が詰まり身を捩《よじ》らせてビーは激しく咳《せ》き込む。唖然《あぜん》として戸惑う野次馬達の視線を受けながら、アルトは大きく肩を上下させて息を吐いてから、魔剣を両手で握り真っ直《す》ぐ正面に構えた。侵食のような物を拒んだ所為《せい》か、手に馴染まない違和感のようなモノがあった。

「……あいつ、どういうつもりだ？」

屋上を見上げるが、そこにテイタニアの姿は既になかった。

「うぐっ……と、トドメを刺さないなんて、余裕の現れかしら？」

「別にそんなつもりじゃねぇが。アンタ、意外と丈夫だな」

激痛に顔を歪《ゆが》めながらも何とか立ち上がるビーに、素直な感想が漏れるが、お気には召さなかったようで余計に顰《しか》めっ面を見せられてしまう。ダメージは右の二の腕や胸部の骨にまで届いているようで、痛みを押さえ付けるよう不規則な呼吸をしていた。

それでも闘争心は緩めずビーはフルーレを構えた。

「おいおい、まだ続けるつもりか？」

「ふう。当然、ですわ。新入りに舐《な》められたまま、終わりになんてするものですかッ！」

ビーは語気を強めながら、針のような切っ先を向け戦闘続行の意思を示す。

「上等だ。けど、やるからには途中で泣いても終わらせないぜ？」

直前まで土下座しようか悩んでいたとは思えない物言いに、ビーは望むところだというよう殺気を高める。呼応してアルトも左足を後ろに引き、脇構えの体勢で魔剣を握り込む。両者の本気を感じ取ってか、校舎からの歓声もどよめきも固唾《かたず》を飲むように納まり始めていた。

勝負は一瞬だった。

自らが信じ研ぎ澄まされた一刺。最小、最短、最速の一撃となって放たれる。ここまで伏せていた腕の可動域を、最大限に利用したリーチの長さを生かして、ギリギリの回避など許さぬ必殺の刺突がアルトの喉元に迫った。校舎から見下ろす何人が遠目からとはいえ、彼女の速度を目で追えただろう。しかし、絶句したのは他ならぬビーの方だった。

ビーが放てる最高の刺突をアルトは正面に踏み込むことで回避した。

目測を誤れば自分から串刺しに行く行為。当然、目視してから避けるなど不可能に近い。予測を立てるにしても、点の動きである突き技の間合いをハッキリと見破るのは至難の業だろう。しかし、アルトは見ていた。魔剣の刃がフルーレの刀身を滑らされた際、そのリーチの長さを把握していたのだ。更に言うならビーは突きの技巧に自信があり過ぎる故に、必殺となればほぼ高確率で喉元を狙っていた。狙いと刀身のリーチさえわかれば、余力があったとしても問題なく回避はできる。普通の剣と違って刃のないフルーレならば、正面に踏み込んでも首筋を掻《か》っ切られることはないのだから。

「――ひっ⁉」

斬撃の恐怖にビーの表情が強張った。アルトは踏み込んだ体勢のまま脇構えの魔剣を、握った柄の柄頭で殴り付けるよう無防備な腹部に叩き込む。衝撃でくの字に折れるビーの身体を、屈んでから持ち上げるように膝の反動を利用して後ろへと放り投げた。腹部への一撃と恐怖に竦《すく》んだ身体は、本日二回目の浮遊感と共に再び背中から地面へと落ちていく。

「――ぐっ、がっ……お、おのれ……ッ⁉」

今度は受け身を取ったが、起こした上半身の鼻先には魔剣の刃が突き付けられる。

「どうだい女王蜂。転入生の実力ってヤツ、ちょっとはご理解いただけたかな？」

「……くッ」

心底、悔しそうに唇を噛み締めてから、ビーはがっくりと肩を落とす。

「貴女《あなた》の……勝ちですわ」

短い沈黙の後、校舎がどよめきに震えた。歓声のような盛り上がり方ではなく、かといって怒声を張り上げるような下品さもない。何が起こったのか、転入生は何者なのか、目の前で起こった出来事が信じられないらしく、残響のような動揺が長く女生徒達の間に広がる。

「やれやれ。とんだ転入初日だぜ」

預かった魔剣を担ぎながら、アルトは校舎を見上げる。屋上にテイタニアの姿はやはりなく、代わりにアントワネットが教室の窓から身を乗り出して、楽しげな表情でただ一人、アルトを讃えるように拍手を送っている。そして何処《どこ》からか、アルトの視線に届かない場所から、他の女生徒達とは全く異質のまとわりつくような視線と気配を感じ取っていた。それも複数。ハッキリと明言はできないが、恐らく好意的な感情は少ないだろう。

「……どうやら、退屈しない学園生活になりそうだぜ」

花々が咲き誇る女学園。色とりどりに美しいが、舐《な》めてかかると痛い目に遭いそうだ。

第五十七章　少女達の仮面

生き抜き、戦う少女達の教育機関。恐ろしい魔物や人知で計れない超越者など、弱肉強食の上位に居座る強者達から、食い物にされない為の力を身に付ける場所ではあるが、アルストロメリア女学園の根幹は、勉学に勤しみ礼儀、礼節を学ぶ場であること。一度、火が点いてしまえば、王都の北街顔負けの血で血を洗う闘争が始まってしまうが、それ以外の部分では概《おおむ》ね普通の学校と変わりはしない。もっとも、貴族令嬢が通うような学園と遜色のない場所が、普通に当てはまるのかは疑問ではあるが。元の姿に戻る為に学園長のヴィクトリアに協力して、ガーデンに潜む外敵因子と女生徒の行方不明事件を探ることになったアルトは、まず因子に接触したとされる生徒会を調べることにした。一方のロザリンはというと、また別のアプローチから外敵因子を探っていた。

ロザリンが向かったのはガーデンの地下水路だ。許可を貰い都市内の施設から地下に降りたロザリンは、真っ暗な水路をランタン片手にゆっくり進んでいく。ランタンは発光する魔石を使用した物ではなく、油を使用している安価な物だからか、光量が少なく自分の周囲くらいしか見通せない。水神の加護を受けている王都の地下水路とは違い、湿気が多くかび臭さも感じるが、不快さが少ないのは下水の垂れ流しではなく、ガーデンの浄水に関する魔術式が、確《しっか》りと稼働しているからなのだろう。それでも王都の水質を知っているロザリンからすると、僅《わず》かな悪臭が気になってしまう。

「そう、考えると、王都って、恵まれてる、よね」

普通の都市部なら水路や流れる川の水を、直接飲むなんてことはできないだろう。それが問題なく可能なエンフィール王国は、水に関しては大陸でも他国と比較にならないくらい、上質な生活を送っている。事実、エンフィールの水に慣れ切ってしまうと、他国の水は井戸水でも飲み辛いと、かざはな亭を訪れた旅人が笑いながら喋《しゃべ》っていたのを思い出す。

水路は左右に人が一人通れる程度の通路があって、真ん中を水が流れているというスタンダードな方式。王都よりも小さいが迷路のようになっている向こうと違って、此方《こちら》はほぼ一本道、目印がなくても迷うことはないだろう。足元が濡れているので、滑らないよう慎重に歩きながら奥へと進む。

「……ふぅむ」

足を進めつつロザリンは何かを探すよう周囲を見回す。クルルギからの話では、ここの水路に人が足を踏み入れるのは、半年に一度の定期検査と何か異常が起こった場合のみで、それ以外の人間が訪れることはまずないという。勿論《もちろん》、ここを訪れた理由は、ちゃんと根拠があってのモノだ。

「因子が、本当に、持ち込まれたんなら、ガーデンの何処《どこ》かに、穴が、あるはず」

ガーデンへの出入りは難しい。女達の最後の逃げ場所とは言われているが、それはマドエルが招き入れているからで、クルルギが使用したような空間転移の魔術を使えば行き来は可能だが、使えば確実に出入りの痕跡が残る。だが、クルルギもヴィクトリアもそれらしい魔術痕跡はなかったと言う。ならば外敵因子は何処から持ち込まれたのか。その可能性、あるいは手掛かりがあると予測したのが、この地下にある水路である。厳密に言うなら水路ではなく流れのある水場。水路を選んだのは、単純に人の目が届き難い場所だからだ。更に付け加えるのなら、痕跡がない以上、行方不明となった女生徒達も外の世界には出ていない可能性が高い。

「……なるほど、ね」

ランタンの薄明りに照らされる水路は、狭くとも奥の方は闇に閉ざされている。水が流れる音と時折、ネズミらしき生き物が走る音が聞こえるくらいで、何かしら怪しげな痕跡は見当たらないだろう、普通の人間の目には。ロザリンの魔眼には、自分の推測を裏付ける別の痕跡が見えていた。

「ある。ちょっとだけ、だけど……リューリカ様の、魔力」

魔眼以外では視覚できない魔力の残滓《ざんし》を、僅《わず》かだがロザリンは見通していた。足を止めたのはちょうど十字路になっている場所。角の一つに屈《かが》んで腰を落としたロザリンは、ランタンを地面に置いて残滓《ざんし》を感じた部分を人差し指で触れる。それはカビが生えた水路の石畳で、そこだけ剥げるようカビがなかった場所。長年の劣化で僅《わず》かな溝になっていた部分には、濁りの全くない水が溜まっていた。その水に触れた指先を、自分の鼻に近づけてくんくんと臭いを嗅《か》いでみるが、特に腐臭やアンモニアなどの刺激臭はなく、触れた感触も粘り気などはなくサラサラとしていた。つまりは普通の水、下水などの汚染されたモノではなく、普通に飲料に適した水分なのだろう。流石《さすが》に舐めて確かめたりはしなかったが。

水溜りで重要な部分は、水質だけではなく僅かな魔力の残滓だ。

「間違い、ない。これ、リューリカ様の、祝福が、残ってる」

予感は確信に変わった。

「因子が、持ち込まれたのは、この水路、からだ」

濡れた指をマントで拭いながら、ロザリンはそう結論づけた。上位の精霊に干渉できるのは上位の精霊のみ。水神リューリカの力が最も強く現れる水場なら、何らかの干渉があった残滓が見つけられると踏んでいたが、初手で証拠が得られるのは幸先がいい。勿論《もちろん》、まだ具体的に何処《どこ》に繋《つな》がっている場所があるのか、これから水路中を探索しなければならないのだが、それでも「ある」と確信できたのは調査する上での精神的な負担が軽くなるだろう。

「黒幕は、実はリューリカ様、なわけ、ないか」

冗談を口にしてから立ち上がり、ランタンを持って再び正面へ向かって歩き始めた。

外から潜り込んだのか、中から招き入れられたのか。少なくとも何かしらの意思を持ってガーデンに来た外敵因子は、恐らく自分達と何かしらの関係がある存在。水神リューリカの魔力を利用したのだから、全くの偶然で流れ着いたわけではないはずだ。水路を調べてどのような手段が用いられたのかが判明すれば、必然的に様々な疑問が氷解していくだろう。

「すごく、興味深い」

色々な要素が絡み合う事象に、ロザリンの好奇心が刺激され鼻息が荒くなる。もし、アルトが側《そば》にいたら「んな、悠長なこと言ってる場合か！」と怒られるのだろうが、ロザリンの場合は彼と違って、今の状況にそれほど焦りを感じていなかった。

「大人の、身体……うんうん、素晴らしい」

普段より高い視界に思わず笑みが零《こぼ》れ出る。片手に持った愛用の大傘も体格にぴったり、というほどではないが、それでもいつもよりはずっと持ちやすく振り回しやすい。歩く歩幅も一歩が大きく、ずんずんと前に進んでいく感覚は目新しくて楽しくなってしまう。胸も豊満とまではいかないが、カトレアよりも大きく育っていて、歩く度にぷるんぷるんと上下に揺れるのも感慨深い。恐らく本人は気取《けど》られていないと思っているだろうが、一緒に歩いているとアルトの視線は、無意識に揺れる胸部に吸い寄せられていた。

「大きい、おっぱい、素晴らしい」

むふんと一人で満足げに鼻を鳴らした。大人の姿でも取り立てて不自由はないが、アルトの方がそうもいかない。子供になってしまっただけならまだしも、性別まで変わってしまうのはロザリン的にも頂けない。

「大人の、私が、助けて、あげなくちゃ、ね」

本人に聞かれたら怒られそうなことを呟《つぶや》いて、ロザリンは水路の奥へと進んでいく。

入り口から歩いて随分と奥まで来たが、水路の様子に変化はない。最初は物珍しさもあったが、あまりに変わり映えのない風景にロザリンにも飽きが出始めていた。観光地でもない場所に、娯楽性を求めるのは間違いだとはわかっているが、進めば進むだけ変化のある森や町並みに比べれば、退屈に感じてしまうのは仕方がないことだろう。そうなると必然的に頭に浮かぶのは、いつもの気怠《けだる》げな顔付きだ。

「……アル、元気で、頑張ってるかな」

想いを馳せる男とは性別と年齢は違っているが、ロザリンの気持ちに変化はない。心配する気持ちと会いたいと思う切なさ、そして女学園という場所故に、アルトの悪い癖が発揮されてしまうのではという嫉妬心が胸を焦がす。短くため息を吐いた時、ふと、違和感に気づいたロザリンは足を止める。

「んん？」

視線が足元に落ちる。立ち止まったのは特に何の変哲もない水路の足場で、突き当たったような場所でもなければ、周囲に出入り口や地上に続く梯子《はしご》などもなく、視界の悪さもあって普通なら何かに気が付くこともないだろう。だが、ロザリンの魔眼は違和感を視《み》た。

「これって……なんだ、ろう？」

しゃがんだロザリンは足場の縁側に顔を近づける。最初は暗すぎて目視し辛かったが、ランタンを翳《かざ》すと異変を感じ取った部分、縁の角が手のひらサイズに抉《えぐ》られていて、脆《もろ》くなっているからか、触れると欠片《かけら》がポロポロと剥がれ落ちる。

「この感じ、最近、削られたっぽい」

削れている、抉れている場所は他にも点在しているが、それらは経年劣化による損傷で、汚水が溜まっていたりカビで黒ずんでいたりと、年月が経っているのを窺《うかが》わせるのに対して、この部分の破損は真新しさがあった。これが単純な劣化からくる損傷でないのは、僅《わず》かに感じ取れたリューリカの魔力からも窺える。

「それに、これって……人の、手形？」

灯りに照らしながらよくよく観察してみると、損傷の凹凸には指の痕らしき部分が確認できる。確かめてみる為にロザリンは傘を横に置き、自分の手を合わせてみようとするがどうにもしっくりこない。

「うぅん……違った？　でも、これは……えっと、こう、かな？」

試行錯誤しながらロザリンは強引に腕を捻《ひね》ると、ぴったりではないが、指先部分が抉《えぐ》れた個所に嵌《はま》るような感覚が伝わった。

「なる、ほど。水路側から、縁を掴《つか》んだ、っぽいね」

手の位置から考えて損傷は水路から昇ろうとした際に、縁を掴んだ時にできたモノなのだろう。触れた限りの感触では腐敗していたり、柔らかかったりはしなかったので、掴んだ部分が脆《もろ》かったのではなく、掴んだ力自体が石材を砕くほど強かったとロザリンは推測する。そんな馬鹿げた握力の人間が存在するかどうかはさておいて、縁が砕けるほど強く握り締めたということは、余程切羽詰まった状態だったのだろう。

「水路を伝って、王都から、誰かが、流されてきた？　必死だったっぽい、から、流されたのは、予想外、だったとか。それとも、泳げなかった？　そうでも、なければ……」

指先で損傷を弄《いじ》りつつ、ロザリンは考えを口にしながら推理をまとめていく。

「冷静に、なれないほど、大怪我《けが》してた、とか……えっ⁉」

呟《つぶや》いた瞬間、魔力を纏《まと》った何かが水路の奥から疾走してくる。

「――――‼」

「――んにゃっ⁉」

立ち上がり翳《かざ》したランタンは、その何者かが振るった一撃に両断された。飛び散った油にランタンの火が引火して一瞬、周囲を眩《まばゆ》く照らした先に浮きあがったのは、顔の上半分を仮面で覆った怪しげな人物。何者、と驚くより早くロザリンは魔眼で魔術式を編み、噴き出した吐息を突風に代え漂う炎を仮面の人物に浴びせかけた。

「ふぅん、魔術師か」

炎は仮面が握るショートソードで容易《たやす》く払われたが、足を止め追撃は免れた。その隙にロザリンは傘を拾い上げながら間合いを離す。

「なるほどね。判断力は及第点、ってところかしら」

「……女の、人？」

床に残った僅《わず》かな火に照らされ、闇の中に浮かび上がる仮面の人物は、両手に短めの剣が握られている。服装は黒いロングコート、インナーには白シャツにネクタイを巻いていて、下は太腿が露わになった短パンという何とも煽情《せんじょう》的な恰好《かっこう》をしていた。声色と服の上からでも主張する胸が示す通り性別は女、年齢は仮面の所為《せい》でわかり難いが、カトレアより年上か同い年くらいに思えた。友好的には決して思えない気配を纏い、仮面の女は此方《こちら》を観察するような視線を向ける。

「こんな怪しげな場所で何をしているのかしら、魔術師のお姉さん。ここには霊薬に適した薬草なんて、生えてはいないわよ」

「一応、カビを使う、霊薬もある」

冗談のつもりで言ったのだろう。真面目に返され驚くような気配を感じる。

「こりゃまた、生真面目なお返事ね。まぁ、魔術師らしいって言えば魔術師らしいのかしら」

「そっちは、不真面目そう。いきなり、斬りかかってきたし……仮面も、変」

「……くっ」

眉間に皺《しわ》を寄せながら嫌味を返してみるが、予想外にツボを突いてしまったらしく、仮面の女は笑いを堪《こら》えるよう口元を腕で押さえた。

「貴女《あなた》、中々にユニークね。ユーモアのある人間は嫌いじゃないわよ……何者なのかしら？」

「そういう、仮面の人は、何処《どこ》の、だれ？」

一瞬、答えに窮するよう瞳が泳ぐ。

「そうね……ハイネスよ」

「ハイ、ネス」

「私は答えたわ。じゃあ次は貴女の番だと思うのだけれど、魔術師のお姉さん？」

「……ロザリン。あと、魔術師じゃなくて、魔女、だから」

「魔女？　なるほど、それは珍しいわね」

　ちょっとだけ驚いてから仮面の女、ハイネスは口元に笑みを浮かべた。見た目は怪しいが話してみると意外なほどにフランクで、軽口を交えた口調は若干の人見知りがあるロザリンにも心地よい。何故《なぜ》かと本人も疑問に思ったが、直《す》ぐにその原因に思い至った。

（この人、ちょっと、アルに似てる？）

　正確に何処がと問われると困るが、ハイネスと会話をした雰囲気はアルトに似た系譜を感じた。軽口が得意というだけではなく、他愛のない会話を交わしながらも、手に握った剣は油断なく此方《こちら》に意識を向けているところもだ。

「ハイネスは、ガーデンの人？」

「ガーデンの中にガーデン以外の人間がいると思う？　貴女以外に」

「私のこと、知ってる？」

「少なくとも魔女と名乗る人間が、ガーデンにいるとは知らなかったわね」

　質問を重ねるが微妙に躱《かわ》され続ける。相手にされていないようにも思えるが、向こうは最初から問答無用で斬りかかってくるような手合い。それがこうして形だけでも話し合いに応じてくれているのは、ハイネスもロザリンのことを計りかねているのだろう。子供になってしまったアルトとは違い、大人になったからといってロザリン自身が、劇的に強くなったわけではない。恐らく達人クラスの実力を持つハイネスには、何の準備もない今の状況で勝つのは難しいだろう。だからこそ、切り抜けるには対話を続けるしかない。

「では改めまして、怪しげな魔女のお姉さん。こんな場所で何をしているのかしら？」

「別に、怪しくは、ない」

「いやいや、怪しいでしょう。こんな地下水路に忍び込んでる人間なんて、何かしら後ろ暗い事情がありそうなモンだわ」

「一応、ヴィクトリアから、許可を貰って、入ってきてる」

言いながらロザリンは、念の為に発行して貰った許可証を取り出しハイネスに見せた。

「なるほど……ちゃんと学園長の印も入ってるわね。これは確かに正式な書類だわ」

「じゃあ、次はこっち。ハイネスは、どうして水路に？」

「さて、何故《なぜ》でしょう」

「ずるい。ちゃんと、答えて」

「じゃあ太陽が眩《まぶ》しかったから。強い日差しはちょっと苦手なの」

真面目に答えるつもりはないらしい。このままのらりくらりと躱《かわ》されるだけで終わるならいいが、未だ両手には抜き身の剣が握られていて、いつでもロザリンを斬り殺せる間合いに立っている。彼女の剣を下ろさせるには、多少の危険が伴うとしても互いの立場をハッキリさせておくべきかもしれない。

「じゃあ、質問を、変える……ハイネスは、ヴィクトリアの、敵？」

「……へぇ」

少し間を置いてハイネスは唇に微笑《ほほえ》みを湛《たた》えた。

「中々、攻めた質問をするわね。味方かどうかではなく、敵かどうか聞くなんて……もしも、敵だって答えたら、どうなるのかしら？」

「やっつける。ヴィクトリアは、友達、だから」

友達だからという答えは予想外だったたか、ハイネスから驚くような気配が伝わった。

「でも、考えたわね」

そう褒めながら、ハイネスは両手の剣を回転させ腰の鞘《さや》へと納めた。

「その問いをされた上で貴女《あなた》を傷つければ、私は明確に学園長に敵対の意思を示したことになるわ。そうなると、ガーデンで一番やっかいな相手に追いかけ回される羽目になるんだろうけど、正直それは勘弁して貰いたいわ」

生徒会の影響が強い学園内ならまだしも、敷地外でヴィクトリアに対する敵対心を示せば、たちまちクルルギに制圧されてしまうだろう。許可証がある以上、戻ってこなければ捜索の手が入るし、戦闘となれば魔術的な保護のない水路には確実に戦った痕が残る。何より相手は魔女。たとえ敗れたとしても、ハイネスに繋がるヒントを、現場の何処《どこ》かに残されてしまう可能性だってある。ハイネス自身、目的は定かではないが、こんな場所を訪れるくらいなのだから、何かしらの深い事情があるのだろう。それらの全てを加味して、ロザリンを殺すべきではないと、結論づけてくれたのだ。

「……ほっ」

思わず安堵《あんど》が口から漏れたが、ハイネスは聞かなかったフリをしてくれた。

「じゃあ折衷案。お互い、この場では顔を合わせなかったってことにしない？」

「別に、いい。でも……」

「でも？」

ロザリンはハイネスの顔、仮面部分を指さした。

「こっちばっか、素顔を見せるの、ちょっと、不公平」

「……あ～」

なるほどと唸《うな》りながらハイネスは自身の仮面に手を触れる。

「確かにそうだけど、外すのはちょっと不味《まず》いのよねぇ……仕方ない、なら一つだけ」

ハイネスは手を仮面から離して、代わりに指を一本立てた。

「水路を選んだ着眼点は素晴らしいけど、調べるべき場所は他にもう一ヵ所あるわ」

「それって、何処《どこ》のこと？」

「秘密の教室。ここは既に終わった場所よ、時間をかけて調べる価値はないわ」

「具体的には、教えて、くれないんだね」

「それは、まぁね。一応、私にも立場ってのがあるから」

言ってから口元に浮かんでいた笑みを消す。

「気を付けなさい。ガーデン……いいえ、アルストロメリアに潜む存在は猛毒よ。触れるのなら、相応の準備を怠らないことね」

「わかった。あり、がとう」

「はいはい、魔女のお姉さんもどうも。次に会ったら多分、敵同士だけどね」

苦笑を零《こぼ》しながら床に残った残り火を、ブーツを履いた足で払うと視界が一気に暗闇に染まる。同時に正面にいたはずの気配は、闇の中に溶けるかのようにして、痕跡も残さず消え失せてしまった。魔眼を発動させ周囲を探るが、魔力の残滓《ざんし》すら読み取れなかった。

「あの人、相当、強い」

あのまま戦っていたらどうなっていたか。嫌な結果しか訪れない想像に、ロザリンは悪寒からぶるっと全身を震わせた。


女学園の生徒は一部の例外を除いて寄宿舎で寝起きをしている。お嬢様学校のような雰囲気を醸し出してはいるが、その根幹になる精神は自立な為、一見すると自分の髪の毛を梳《す》くことすら、使用人にやらせていそうなお嬢様が、雑巾を片手に膝を突いて拭き掃除をするなど、かなり珍しい光景が広がっている。寄宿舎自体も質実剛健がモットーらしく、華美な装飾で飾るような無駄は一切存在せず、生徒達が自ら磨き上げた艶や光沢で、清廉潔白という名の高級感を演出していた。勿論《もちろん》、それは共有スペースだけに限った話で、自室となれば常識の範囲内においてなら、ある程度の飾りつけや装飾が許されていた。転入生であるアルトもまた、寄宿舎で生活することをクルルギから言い付けられ、指定されて向かった先にあったのは、想像していたよりもずっとこぢんまりとした建物だった。

ビーとの戦いを制したモノの、クラスメイトには更に恐れられてしまったアルトの初日は、結局、碌《ろく》に生徒会や行方不明についての話を聞くことなく、放課後を迎えてしまった。色々と気疲れもあったので、今日のところはさっさと寄宿舎に向かって疲労と空腹を癒したいところだったが、渡された地図を片手に見上げる寄宿舎は木造の二階建てで、想像していたモノとはちょっとだけ乖離《かいり》していた。建物自体は清掃が行き届いていて不衛生な印象こそは全くないが、積み重ねた年季にまでは抗えないようで、あちこちに劣化によるひび割れや歪《ゆが》み、掃除以外まで手が回らないのか玄関口や庭らしい場所は、長く伸び切った雑草に侵食されていた。

「……随分と年季が入った寄宿舎だな」

寄宿舎を半目で見上げながらアルトは大きく息を吐き出した。

アルストロメリア女学園の寄宿舎は、ここ以外にも二つほど存在している。というか、ここが番外のようなモノで、残りの二つは専属の管理人が数人常駐していて、生徒だけでは手の届かない場所の手入れもしている為、ここよりもずっと大きくて綺麗《きれい》に整っているとクルルギは言っていた。一応は意地悪などではなく、途中編入など殆《ほとん》どないので本来の寄宿舎に空きがなく、仕方なくこの場所をあてがわれたのだ。後は倫理的な問題。性別が変わっているとはいえ、男であるアルトを寄宿舎に住まわせるのはどうかと、クルルギが苦言を呈した結果でもある。

「ま、雨風が凌《しの》げれば、掘っ立て小屋でも構わねぇけどな」

昔は旅暮らしで野宿も当たり前のようにやってきた。多少、生活環境は向上しているが、今更寝床がどうとかで文句を垂れるつもりはない。唯一の荷物である抜き身の魔剣を担ぐ。

「ってか、勝手に上がっていいのかな……たのも～！」

木製の扉を叩いて様子を窺《うかが》うが、中から誰かが現れる気配はなかった。

「誰かが居るわけじゃねぇのか？　鍵は……開いてるし」

戸に手をかけてみると、多少の建て付けの悪さはあったが、施錠はされておらずギーッと不気味な音を立てて開いた。

「お～い、勝手に上がっちまうぞ～」

玄関先から中を覗《のぞ》くがエントランスはそれほど広くはなく、正面に廊下が真っ直《す》ぐ伸びていて、左右には幾つか部屋に続く扉があった。恐らく構造的に食堂や談話室の類なのだろう。魔力灯も灯されてなく、薄暗い寄宿舎内には人の気配は感じられなかった。

「……メイドから許可と鍵は貰ってるから、別に構わねぇか」

寄宿舎内に足を踏み入れながら、アルトはスカートのポケットから事前に預かっていた部屋の鍵を取り出す。

「えっと、部屋の番号は四号室か」

鍵に刻まれている部屋の番号を確認してからアルトは廊下を進み始めた。やはり古い建物だからか、埃《ほこり》などは落ちてはいないモノの、足を踏み出せばギシギシと床板が音を立て、僅《わず》かだが沈み込むような感覚がある。床が抜け落ちたりしないだろうかと心配になりながらも、食堂を通り過ぎ廊下の半分まで来たところで右手側に二階に続く階段と、壁に寄宿舎の簡単な見取り図が掛けてあるのを見つけた。

「へぇ、大浴場なんてあるのかよ、使われてなさそうだけど……えっと、部屋は二階か」

一階は共有スペースが殆《ほとん》どで、二階にある五部屋が生徒の私室となっている。四号室の場所だけ確認して、床と同じく踏むとギシギシ音を立てる階段を昇り二階へ。廊下を挟み一号室の対面になっている右手側が、目的の場所である四号室だ。

「角部屋ってのは悪くない。無人の寄宿舎じゃ意味はないだろうけど」

ぼやいてから鍵を鍵穴に差し込む。錆び付いてはいないかと不安が過《よぎ》ったが、すんなりと回ってくれた。が、ドアノブに手をかけたところで異変に気が付く。

「あれ、開かない？」

ノブをガチャガチャと回すが、ドアは全く開こうとはしなかった。

「んんっ？　……まさか、鍵か？」

もう一度、鍵を差し込み反対に回してから、ノブに手をやると今度はすんなりと開いた。

「なんだよ、鍵が開けっ放しだっただけかよ」

無駄な手間をかけさせやがってと舌打ちをしながらドアを開く。せめて綺麗《きれい》なベッドと毛布くらいは、置いてあって貰いたいと内心で祈りながら、部屋に入った先に見た思いもよらぬ光景に、アルトは立ったまま硬直してしまう。

「……なに？」

中からドアを開けようとしたのか、玄関先には見覚えのある少女が、怪訝《けげん》な表情を浮かべ立っていた。

「おま……テイタニア？」

室内にいたのは同じクラスで隣の席に座っているテイタニアだった。誰もいないと思っていた部屋に、顔見知りがいたことも驚くべきことだが、アルトが絶句して視線を彷徨《さまよ》わせたのは、テイタニアの姿だった。風呂上がりなのか髪の毛は湿っていて、上半身も下半身も丸出しの素っ裸だからだ。二の句が継げないアルトを、テイタニアは怪しむような視線で睨《にら》む。

「なに？　わたしの部屋に何か用事？」

「い、いや……ここ、俺の部屋だって言われて来たんだけど」

「……ああ」

何かを思い出したように、手に持っていたタオルで濡れた頭を乱暴に拭う。その際、露わになったほどよい大きさの胸が軽く揺れる。

「そう言えば、ルームメイトが今日から来るって言ってたっけ。まさか、アンタだったとは」

「ルームメイトって、まさか、アンタと一緒に暮らすのか？」

「そりゃ、寄宿舎は協調性を学ぶ為、一つの部屋につき二人の同室よ。聞いてなかった？」

「聞いてねぇよ……小娘共と一つ屋根の下は、倫理的にどうこう言ってたじゃねぇかっ」

生尻を全開なのにも拘《かか》わらず、テイタニアは恥ずかしがる様子も見せないのは、こっちのことを同じ女の子だと思っているからだろう。アルトとしても驚きこそしたが、小娘の裸程度で欲情するような飢えた生活は送ってないので、直《す》ぐに冷静さを取り戻す。眼福かと問われれば、否定するつもりはなかったが。

「ってか、他の部屋は？　人の気配は感じないけど、出払ってんのか？」

「一応、この寄宿舎の住人はわたしだけよ。管理人もいないから、掃除とか食事とか諸々の支度は自分でやることになってる。くっそ面倒だけど」

「……食材も自給自足とか言わないだろうな」

「ちゃんと毎日、届けてくれるわよ。材料だけはね……ああ、もう一つ言っておくと、他の部屋は片付いてないから、まともに寝ることもできないわよ。虫と埃《ほこり》が我慢できるなら、止めはしないけど」

　野宿は慣れていても、虫や埃に塗《まみ》れるのは正直しんどい。

「贅沢は言わねぇが、寝る時くらいはぐっすり安眠したいぜ」

「そ。じゃあ、よろしく」

「お、おう」

　何とも淡泊な反応に戸惑いながらも、ふとアルトは別なことに気が付いて全裸のテイタニアの顔を覗《のぞ》き込む。

「……なに？」

　あからさまな視線にテイタニアも不愉快そうな顔をする。

「いや。ようやくまともに顔が見れたな、と思って」

「……っ⁉」

　予想外のツッコミだったのか、テイタニアの顔が赤く染まった。

「別に、隠してるわけじゃなかったし……着替えてくる」

顔を逸《そ》らしながら何故《なぜ》か言い訳を残すと、さっさと部屋の奥へと戻って行った。と、言ってもワンルームの室内なので、ベッドの上に脱ぎっぱなしの下着や制服が、出入り口に立っていてもばっちり確認できた。反対側の真新しいベッドが自分の物なのだろう。

他人の部屋に上がり込んでいる気分で、恐る恐る足を踏み入れると。

「遠慮する必要はないわよ。今日から、貴女《あなた》の部屋でもあるんだし」

下着をつけないまま、いわゆるノーブラの状態でシャツを被りながら促す。

「ああ、悪いな。なにせ相部屋ってのは予想外だったモンで……けど、ちょうど良かったぜ」

「良かった？　……おっと」

シャツを被り終えて怪訝《けげん》な顔をするテイタニアに、唯一の荷物である魔剣を投げ渡す。

「そいつのおかげで命拾いした。サンキュな」

「そりゃ、どーも。抜き身の剣を投げて寄越すのは、どうかと思うけど」

素っ気なく言いながら、魔剣をベッドの上に置いてあった鞘《さや》に納める。

「アンタが午後の座学をサボるからだろうが。ここで顔合わせなけりゃ、俺は明日も裸の剣を担いで行かなけりゃならないんだぞ。また俺の評判が落ちちまうだろう」

「あら、そうね。気が回らなかった……ふふっ」

一瞬、微笑《ほほえ》んだように見えたが、直《す》ぐに布マスクを付けて口元を隠してしまった。

シャツ一枚の下はパンツだけという、部屋着と呼ぶには大分ラフ過ぎる恰好《かっこう》で、テイタニアは鞘に納まった魔剣をベッドに立てかけると、自分は汗ばんだ肌を冷やすよう手で扇《あお》ぎながら横になる。一応は同性の姿だから当然なのかもしれないが、此方《こちら》を気にする素振《そぶ》りなく寛ぐ姿に、アルトは何となく居辛さを感じるモノの、ぼんやり突っ立っているわけにもいかないので、上着を脱いでからベッドの上へ腰を下ろした。

「ブレザーは畳んで机の上にでも置いておいた方がいいわよ、皺《しわ》になるから」

ベッドの直《す》ぐ側《そば》には勉学に使う為か小さめの机が置いてある。勿論《もちろん》、テイタニアの机もあるが、畳まれた制服と鞄《かばん》の他には私服らしき衣類や小物、アクセサリーが置いてあって、とても勉学に活用しているようには見えなかった。

「……ふぅむ」

ちょこんとベッドに座ったまま、手持ち無沙汰から室内を見回す。部屋自体はそこそこの広さはあるが、二人部屋となると流石《さすが》に窮屈さは否めない。ただ、寄宿舎自体の決まりかテイタニア自身の性格かはわからないが、ベッドと机以外に目立つような家具や雑貨はなく、建て付けの悪そうな窓にはカーテンすらかかっていない。だからと言って無駄のない殺風景な部屋かといえば、床に空き瓶が並んでいたり、アルトの座る位置から見えるベッドの下には、脱ぎっぱなしと思われる下着が落ちていたりと、決して綺麗《きれい》に整頓されているわけではなかった。カトレアやロザリンも無駄な物を置くタイプではないが、綺麗好きなので整理整頓は行き届いている。むしろアルトの私室に似ていて、ちょっぴり親近感が湧いた。

(もしかしてこの女……すっげぇガサツなタイプか?)

「……なに?」

不愉快な視線を感じたのか、寝そべったまま此方《こちら》を睨《にら》んできた。

「いや、別に大したことじゃねぇんだけど……」

流石《さすが》にほぼ初対面の相手に、部屋の片付け云々と説教臭いことを言うのは気が引けて、言葉を濁しながらも、先ほどのテイタニアの姿を見て気が付いたことを、「そういえば」と口に出すことで話題を逸《そ》らす。

「髪の毛に隠れて気づかなかったけど、右耳に随分と多くピアスをしてるんだな」

「ああ、これ?」

右側の髪の毛を掻《か》き上げると、露わになった耳に上側から耳たぶまで、縁を沿うように合計五つのリング状のピアスが付けられていた。そして今、掻き上げる仕草をすることでわかったが、テイタニアの髪の毛のインナーカラーが赤く染められていることにも気が付く。

「真面目そうな面構えの割りには、中々に尖ったセンスしてるじゃねぇか」

「別に真面目ぶってるつもりはないけど。無駄口が嫌いだから黙ってたら、勝手にそう思われただけ。これでもここに来る前は、傭兵の真似事をしてたわけだし」

そう言いながらテイタニアは身体を起こす。

「そういう貴女《あなた》だって変わり者じゃん」

「俺が？」

「俺が」

心外だと眉を顰《ひそ》めるが、テイタニアは呆《あき》れるように嘆息する。

「一人称もそうだけど、言葉遣いとか態度とか、まるっきり男の子。見た目はミステリアスな清楚系なのに、正直、ビックリを通り越してドン引き」

「……俺ってそんな風に見えるのか」

嬉《うれ》しくねぇ。と、顔が引き攣《つ》るのがわかる。

「ま、ガーデンに流れ着く女の子なんて、大なり小なり面倒なモノを背負ってるのが殆《ほと》どだから。とりわけ、生徒会を名指しにして喧嘩を売る変わり者なんて、そりゃ男勝りなんて言葉じゃ片付かないでしょう」

「そんなモンかね」

もう少ししおらしくした方が良かっただろうかと、ちょっとだけ悩ましい気持ちになってしまうが、今更、後悔したところで時間は戻らない。それよりちょうど彼女の口から、聞きたかった単語が発せられたから、この隙を狙って問い掛けてみることにする。

「なぁ、テイタニア。アンタ、生徒会についてどれくらい知ってるんだ？」

「別に普通、皆が知ってる範囲くらいよ。色々と学園内の面倒事とか、率先して引き受けてる連中だし、大半の生徒は感謝はしてても憎らしくは思ってないんじゃない」

「大半ってことは、一部はあんまりな連中がいるってことだな」

「人の言葉尻を捕まえて勝手な解釈は止めて」

細めた視線で睨《にら》みつけてくる。だが、アルトも意見を引っ込めるつもりはない。

「俺の見立てではその一部に、アンタも含まれてると思うんだけど」

「馬鹿馬鹿しい。根拠のない決めつけは迷惑ね」

「根拠ならあるさ」

話を打ち切って横になろうとした身体の動きが止まる。

「昼間、蜂女に絡まれた俺を助けてくれただろ。大っぴらに生徒会に喧嘩を売った俺に、肩入れするのは一生徒としては不味《まず》いんじゃないのか」

「余計なお節介だったみたいね。まさか、そんな勘違いをされるとは予想外だった」

「昼休み、さっさと姿を消したのは、訪ねて来た生徒会の人間と鉢合わせしたくなかった、とか……」

「……っ⁉」

ガバッとテイタニアは勢いよく身体を起こした。

「んなもん、アンタの勝手な妄想やっ！　人の頭ん中、勝手に決めつけんなやっ！」

「──おっと⁉」

そう叫んで投げつけてきた枕を、アルトは両手で受け止める。

「そいつがアンタの本音ってわけか。南方側の言葉遣いだっけ？」

「……あっ」

恐らく故郷がそっちの方なのだろう。カッと頭に血が昇った所為《せい》で素が出てしまったらしく、テイタニアは自身の失言に気が付いて視線を彷徨《さまよ》わせると、バツが悪いのか恥ずかしいのか、口を覆う布マスクを引っ張り上の方まで顔を隠す。

「もういい。寝るから話しかけないで」

顔を背けて毛布を掴《つか》むと、まだ日も落ち切ってないのにベッドへ潜り込もうとする。

「早寝ってのも悪くないが、夕飯はどうするんだよ」

「話しかけないでって。うち……じゃない、わたし、夜はあんまり食べない派だから」

「そりゃ難儀な性格だな。夜中の脂物ほど美味《うま》いモンはねぇのに」

「勝手に食って勝手にデブれ」

問答するつもりはないとばかりに、毛布を頭まで被ってしまうが、寝心地が決まらないのかモゾモゾと身体を揺すり続けている。

「余計な一言が多くて申し訳ねぇな。でも、枕がないと寝辛いだろ」

手に持った枕を叩いて音を鳴らすと、毛布の塊の動きがピタッと止まる。

「なにか一言頂けりゃ、迅速にお返しできるんだがねぇ」

「……チッ」

暫《しば》しの間を置いて舌打ちが毛布の中から聞こえ、隙間から手が伸びる。

「学園の生徒会長。何て名前なんだ？」

「……それも知らないで喧嘩売るとか、馬鹿みたい」

「全くだ」

冗談めかして肩を竦《すく》めると、微かに笑ったような声が漏れ聞こえた。

「ウツロよ」

「なるほど、サンキュ」

「ん」

礼を述べて差し出された手の上に枕を置く。テイタニアは返して貰った枕をベッドに戻そうと引っ張るがビクともせず、毛布の隙間から何事かと怪訝《けげん》な顔を覗《のぞ》かせると、枕をガッチリ握り込んだアルトはへらへらとした表情を見せていた。

「俺、腹減ってんだけど……料理とか作れない」

「……本当に、馬鹿っ」

大きなため息と身体を起こし毛布を跳ね退けたテイタニアは、掴んだ枕を奪い取るよう乱暴に引っ張りアルトを罵倒した。その後、ぐちぐちと嫌味を言われながらも、食堂でテイタニアにサンドイッチをご馳走になるのだった。

翌日。見慣れない場所でも柔らかいベッドと毛布、雨風を凌《しの》げる壁と天井があれば十分に快適な睡眠を得られる。普段より体力面で劣る少女の身体であることと昼間の戦い、そして数年振りの座学に精神面も削られていたからか、普段より早い時間に床に就いたが、一度も目が覚めることなく朝までぐっすり眠れた。その所為《せい》で目が覚めた時には同室のテイタニアは、既に登校してしまったらしく姿はなかったモノの、アルト用の机の上には朝食のサンドイッチがありがたいことに用意されていた。もっとも、彼女の想定より遅く起きてしまった為、サンドイッチを頬張りながらの全力疾走、出欠を取っている最中に滑り込んだ際には、テイタニアの呆《あき》れたような視線がちょっぴり痛かった。

女学園での二日目はそのように慌ただしい朝から幕を開けるのだが、どうにもこうにも事態は一向に進展しない。まだ二日目ではないか。という意見は当然あるだろうが、色々と模索しながら校舎内を探索、聞き込みなどをした上でならまだ達成感を持てるのだが、登校して席に着いたまま、ひたすら授業を聞いているだけの状況は、全く目的に近づいているという気になれない。一応、授業と授業の間に休憩はあるが、基本は次の授業の準備をする時間なので捜索に充てるには時間が足りなすぎる。律儀に授業など受けてやる必要などはないのだが、サボりは許さないとクルルギに言い含められている。学園長が無理を押して捻《ね》じ込んだ転入生が不真面目では、ヴィクトリアの顔が立たないからだそうだ。昨日の一件が尾を引いてか、アルトに話しかけてくる女生徒はいない。唯一、友好的に接してくれる可能性があるのはテイタニアだが、昨日は少しからかい過ぎてしまった所為《せい》か、挨拶しても細めた視線を向けてくるだけで返事をしてくれない。それでも授業中は教科書を見せてくれるのだから、根っこの部分では世話好きなのだろう。

そんなわけで授業は適当にやり過ごし、ようやく待ちに待った昼休みが訪れた。

午前中の授業終了を告げる鐘楼の鐘の音が鳴り響くと、クラスメイト達は溜まった緊張感から解放されるよう、晴れ晴れとした表情で昼食へ繰り出していく。アルトもいい具合に空いてきた腹を満たしたいところではあるが、この時間を逃すとまた放課後まで待たねばならなくなる。行方不明事件の現状や外敵因子と生徒会の関係。昼食よりも先に、その疑惑を解明しなければならない。

「仕方ねぇな。ちょいと、探りを入れにいくか」

「へぇ、どこに行くん？」

「そりゃもちろん……って、おわっ⁉」

立ち上がろうとしたところに声をかけられ、アルトは驚いて軽くのけ反りながら再び椅子に座ってしまう。にこやかな表情でいつの間にか横に立っていたのは、生徒会役員のアントワネットだった。

「またアンタかよ……懲りずに昼飯のお誘いか？」

「イエース、察しがいいじゃんアルトっち。でも、ちょっぴり違うんだよね」

「……はぁ？」

怪訝《けげん》な顔をする。確かに昨日のように、ランチバスケットを持ってはいなかった。

「何処《どこ》か美味《うま》い食堂でも紹介してくれるってのか？」

「ガーデンのご飯は学園内も外も美味《おい》しいよ。それは今度、お勧めのお店を教えるね。でも、今日のところは別件のご招待」

アントワネットは片手を机に突いて、もう一方に持った紙切れを顔に近づけた。

「お茶会へのご招待。特別待遇なんだからね」

その一言に、残っていたクラスメイト達がざわめく。彼女らは口々に「なんであんな娘が」とか、やっかみのような陰口を叩いていたが、無視してアルトが突き付けられた紙切れを受け取ると、それは簡単なチケットのような体《てい》を保っていて、達筆な筆文字でお茶会を示す文面が記されている上、仰々しい判まで押されていた。

「生徒会からのご招待ってわけか」

二本指で挟んだチケットを窓から差し込む光に透かしてみたりする。

「うわっ、ちゃんと俺の名前も入ってるし。随分と手が込んでるじゃねぇか」

「うちの生徒会は完璧主義だかんね。色々と文句を言う娘《こ》もいたけど、最終的にはアルトっちの参加を認めてくれたよ」

「それって、出会い頭に殴りかかってくるフラグじゃねぇのか？」

不穏な言葉にアルトは眉根を寄せた顔をアントワネットに向ける。

「いやいやぁ、普通のお茶会ですよ？　美味《おい》しいお茶とお菓子、軽食を頂きながら女の子がお喋《しゃべ》りをする場だよ」

「……胡散《うさん》臭ぇな」

「でも来るでしょう？」

正面に回り込んで顔を覗《のぞ》き込まれ、アルトは思い切り表情を顰《しか》めた。

「今回は生徒会直々のお誘い、ご招待。転入生が慣れない環境で困ってないか聞く場だから、昨日みたいに奢《おご》られる理由がないってことはないよね」

渋る素《そ》振《ぶ》りを見せると、アントワネットが言葉を重ねてきた。普通に考えれば渡りに船の提案。胡散臭いのは重々承知ではあるが、状況を動かすにはこれ以上ない申し出なのは確かだ。上手《うま》くことが運べばこのまま、外敵因子を突き止めて元の姿に戻ることも可能かもしれない。それなのに即答しなかったのは、いつもの天邪鬼……というだけではなく、このアントワネットと名乗る少女の底が読めず、いまいち信頼がおけなかったからだ。この手の笑顔で友好的に近づいてくるタイプは経験上、後ろ手に鋭い刃を隠し持っているパターンが多い。その上、普段の実力の半分も出せない少女の姿で、敵の領域に踏み込むのは少しばかり危険に感じた。

（せめて剣を持ってりゃな。くそっ、疲れたからって昨日、剣を取りに戻らなかったのが徒《あだ》になっちまったな）

絶対に何か仕掛けられているが、断るという選択肢はない。

「……そうだな」

勿体《もったい》ぶるようチケットをペラペラと揺らしながら、アルトは椅子から腰を上げた。

「酒が出てこなそうなのは残念だが、ちょうど腹も減ってた頃合いだ。いいぜ、お茶会とやらを腹いっぱい、楽しませて貰おうじゃねぇか」

「おお、乗り気だねアルトっち。じゃあじゃあ早速……」

「ちょっと待って」

善は急げとばかりに腕を取るアントワネット。しかし、彼女の動きを制するよう、背後から肩を掴《つか》む手が伸びた。掴まれた瞬間、常に笑顔を絶やさないアントワネットの表情、特に視線が鋭さを帯びたが、直《す》ぐに元の陽気な笑顔へと戻る。呼び止めたのはいつの間にか教室に戻ってきたテイタニアだ。

「あれ、テイタニア。飯食いに行ったんじゃなかったのかよ」

「別に、ただ忘れ物をしただけ。そしたら何だか面倒そうな奴に絡まれていたから」

「ええっ、面倒そうってあーしのこと？　ちょっとビックリなんだけどぉ」

振り向きながらアントワネットは肩を掴《つか》む腕を軽く払った。

「アルトっちが一人で寂しそうにしてたから、お昼のお誘いにきただけだよ。それより貴女の忘れ物ってもしかして……」

チラッと、彼女の右手に持たれたランチボックスを見る。

「貴女《あなた》もアルトっちをお昼に誘いに来た、とか？」

「それ、は……」

一瞬、動揺するような表情で此方《こちら》に視線を向けるが、直《す》ぐに冷静さを取り戻す。

「午後の授業中、横でお腹の音を立てられるのがウザいだけ。それ以外の理由なんてないわ」

（……昨日の午後はアンタ、教室にすらいなかったけどな）

あえて口には出さず内心でツッコむ。

「ああ、そうなんだ……それなら」

挑戦的な目付きでアントワネットは、少し屈《かが》んで下からテイタニアを見上げる。

「貴女もくる？　あーし達生徒会の本部、花の塔へ」

第五十八章　秘密の花園

花の塔と呼ばれたその場所は、噂に違わぬ美しき花園だった。

アントワネットに導かれ連れ出されたのは、女学園の裏手にある円塔。窓のない階層はそのまま庭園になっているらしく、外からでも壁を覆う蔦《つた》や日差しを求めて伸びる木々の枝、吊《つ》り下がるよう咲き誇る花々が塔全体を彩っているのが見えた。不思議なのは塔自体は学園の校舎より高いのにも拘《かか》わらず、裏手側に回るまでアルトがその存在を全く認識できなかったことだ。例えるなら砂漠を歩いている最中に、唐突に浮きあがった蜃気楼《しんきろう》のようなあやふやさで、この場所が学園内から切り取られているような印象がある。隔離された世界の、更に隔離された塔とは中々に意味不明だ。

校舎裏は小さな森になっていて、授業で戦闘の実技を行う際は、ここが使用されることがあるらしい。校舎と森の境目は広場のようになっていて、暖かい日差しの下、芝生に座って女生徒達が食事をしながら談笑している姿があった。最初はお喋《しゃべ》りに夢中だった彼女達だが、アントワネットの姿に気が付くと、慌てて居ずまいを直して敬うように礼を尽くす。それに返答するようアントワネットが笑顔で手を振れば、女生徒達は感激した表情できゃあきゃあと友人同士で騒いでいた。

「随分と人気者じゃないか。それが人柄なのか生徒会の威光なのかは知らねぇがな」

喜ぶ女生徒達を横目にアルトが前を歩くアントワネットに皮肉をぶつける。

「にゃはは。半分半分ってところじゃない。一応、生徒会は皆の憧れってことになってるから……まぁ、友達が作り辛いのは難点だけどね」

「生徒会は尊敬と同時に畏怖の象徴。表立って敵対心を露わにする生徒はいないわ」

笑うアントワネットの言葉を、横を歩くテイタニアが補足した。転入生であるアルトとは違い、長く在籍しているテイタニアの棘《とげ》がある言い回しに、少しは反応を示すかと思いきやお気楽な態度は変わらない。

「敵対心って言葉は好きじゃないけど、アルストロメリアは戦う女の子の学園だからね、そこら辺は仕方ないかも」

「下剋上《げこくじょう》を狙う輩《やから》が少なからずいるってわけか」

「逆にいないのは困るかも。その為の序列だしね」

「そういえば聞こうって思ってたが、その序列ってのは何なんだよ」

ここまで何度か耳にしてきたが、具体的な意味についてはまだ知らされていなかった。

「何となく強さの序列っぽいけど、まさかそれだけじゃないんだろ？」

「いんや、強い順番だよん」

てっきりもう少し深い取り決めがあると思っていたが、アントワネットは軽い口調で言い切った。

「言ったでしょ、アルストロメリアは戦う女の子の学園だって。序列はその強さの証明で、勝てば序列が上がるし負ければ下がる。単純明快なバロメーターだよ」

「……ここは戦中の傭兵団かなにかか？」

あまりの脳筋振りに呆《あき》れ返る。

「確かにわたしもそう思うけど、エンフィールの人間には言われたくないんじゃない？」

「にゃはは、確かにそうだ」

「んぐっ……否定できねぇ」

脳筋具合ならむしろ騎士団連中の方が上かもしれない。

その後も当たり障りのない会話を二言三言、交わしながら、三人は真っ直《す》ぐ敷かれた石畳を歩き、芝生の広場を越えて森の中を進む。森には小動物や小鳥もいて、人には慣れているのか木の枝や木陰から、興味深そうな気配を三人に注いでいた。

森に入って十分は歩いただろうか。既に昼休みの時間は三分の二を消費してしまい、これから昼食を取って教室に戻ると確実に午後の授業は遅刻してしまう。しかし、わかっているはずなのにアントワネットも、そしてテイタニアも時間のことに触れることはなかった。元々サボるつもりだったのか、授業などそもそも意に介してないのか、あるいはその両方なのか。少なくとも真面目に授業に出る理由はアルトにもないので、ここは口を挟まずに先を歩くアントワネットの後に続いた。

やがて森を抜け視界が開けると、いつの間にか花の塔は目の前にまで迫っていた。

「やっぱ、校舎よりでけぇな」

首が痛くなるほど見上げながら、アルトは素直な感想を零《こぼ》した。遠目から見た時に思った通り、やはり五層で構成されている花の塔は大きく、確実に校舎よりも高さがある。一方でこれだけ近づけば蜃気楼《しんきろう》のようにハッキリしなかった外観も、煉瓦《れんが》や蔦《つた》で覆われた壁の模様までしっかり確認できる上に、咲き誇る花々から香る甘い匂いも十分に鼻孔に感じることができた。ガーデンという異質な存在の中で、この花の塔の異様さは抜きんでている。石畳はそのまま塔の出入り口の手前まで伸びていた。入り口はアーチ状になっていて、扉のような内と外を遮る物は存在せず、離れた位置からでも草木が生い茂る庭園になっている一階部分を確認できた。入り口の手前で足を止めたアントワネットは、クルッと身体を此方《こちら》に向ける。

「ようこそお二人様。ここからがガーデンの聖域、生徒会本部になっている花の塔だよ」

「落ち着いて茶飲み話ができるような場所には見えねぇけどな」

「下の階層はね。一応、娯楽室とか休憩室とか、塔の中だけで過ごせる設備は一通り揃ってるんだよ。あんま、使ってないけどさ。さぁさぁ、遠慮せずにどぞどぞ」

アントワネットに促され、二人は揃って花の塔内部へと足を踏み入れる。一階部分は森のような光景で、外からの地続きのような印象を受けたが、学園の敷地内どころか王国でも見かけないような植物も植えられていて、庭園としての質の高さはそれら全てがきちんと管理されていることから窺《うかが》えた。

上へ続く階段は中央の螺旋《らせん》状の物で、出入り口と同じく扉は存在せず、それは上層に昇った際も同様だった。円塔自体の規模が大きいこともあって、螺旋階段は中々に急で上の階層に昇るのも一苦労。しかし、そこはガーデンで日々鍛え上げられている女傑二人、普通の人間なら息が上がってしまう階段でも、テンポを落とさず一気に最上階まで上り切ることができた。身体能力の中でも特に体力が低下しているアルトは、軽く息切れを起こしてしまったが、足を止めることはなかったので内心、安堵《あんど》をしていた。

「ほら、到着だよ。ここが我らが生徒会執行部」

アントワネットが先導した場所は花の塔の最上階。五層目の更に上に位置する屋上で、他の階層よりも色とりどりに咲き誇る草花が満ちるこの場所は、まさしく空中庭園と呼ぶのが相応《ふさわ》しいだろう。

「へぇ、こりゃ大したモンだ。花の塔って名前に偽りなしってところか」

アルトに花を愛でる趣味はないが、これだけの光景は中々に壮観だった。

「噴水まであるのはやり過ぎな気はするけど……ってかアレ、どんな仕掛けなんだ？」

「…………」

「テイタニア？」

特に深い意味なく問い掛けるが、横のテイタニアからの反応はなく、顔を向けると何やら神妙な面持ちで空中庭園を見回していた。

「何か気になるモンでもあるのか？」

「えっ？　……ああ、いや別に」

軽く肩で小突きながら声をかけると今度は気づいてくれたが、やはり別なところに意識が向いていたのか、肩をビクッと上下させて驚いてから、誤魔化すように否定して自身の髪の毛に隠れている右耳のピアスを弄《いじ》る。

「ほらほらご両人。お茶会の会場はもう目の前なのだ、急いで急いで」

急かしながら噴水の方へ小走りで近づいていく。アントワネットが駆け寄って行った場所には、お菓子や軽食が所せましと並んだ大きなテーブルと椅子、そして生徒会のメンバーらしき人物が、不本意そうな表情で腕を組んで腰を下ろしていた。整った中性的な顔立ちは、制服姿でなければ少年と見間違えていただろう。

「……あいつが生徒会長ってヤツなのか？」

「違う」

否定したのは横に立つテイタニアだ。

「彼女はオルフェウス。生徒会の副会長で現会長の右腕……いや、懐刀ってところね」

「強いのか？」

「序列は三位。一対一で彼女に勝てる生徒は、ほぼいないんじゃない」

「ほぼ、ってことは、少しはいるってわけか」

「そういう上げ足の取り方、どうかと思う」

横目で睨《にら》まれアルトは悪戯《いたずら》っぽく舌を見せると、テイタニアはちょっとだけ驚くような表情をしてからふんと顔を背けた。プリシア辺りがやる仕草を真似てみたが、軽い皮肉を中和するには中々に効果的だった。男のプライド的には今後も多用していこうとは、ちょっと思えなかったが。

「へいへい二人共、ぼさっとしないで座りなよ。ほら、オルフェちゃんもそんな怖い顔してるから、可愛い後輩ちゃん達が近寄れないじゃん」

「……ふん」

対面に座るアントワネットを、腕を組んだオルフェウスがギロッと睨《にら》む。円状のテーブルの左右、対面になるよう座る生徒会の両名。正面にはちょうど二人分の椅子が空いていた。

「おい、アントワネット」

「うん？　オルフェちゃん、そこのマカロン取って」

「……ほら」

眦《まなじり》を吊り上げながらも、マカロンの乗った器をアントワネットの方へ寄せる。

「サンキュ。もうお昼の時間過ぎちゃったから、お腹空いたんだよねぇ。いただきまぁす」

マカロンを一個掴《つか》むと、小さく口を開けて半分ほどパクッと齧《かじ》りついた。

「う〜ん、美味《おい》しい！」

「おい、誤魔化すなアントワネット」

マイペースな行動を一喝してからオルフェウスは二人、特にテイタニアの方を睨《にら》む。

「なぜアイツまで花の塔に招いた。ボクが許可を出したのは、あの転入生だけのつもりだ」

「もぐもぐ、ごくっ……オルフェちゃん細かすぎ。いいじゃん、一人くらい増えたって」

「ふざけるな。前回、自覚だ何だと文句を言っていたのは貴様だろう」

「覚えてな〜い、忘れちった。てへ」

上唇を舌でペロッと舐《な》めながら、アントワネットは茶目っ気を出すよう片目を瞑《つぶ》る。普通の小娘がやればムカつくあざとい仕草だが、甘え上手というか距離の詰め方が上手《うま》い彼女がやると様になる。だが、慣れているであろうオルフェウスには通じない。

「アントワネット……常々思っていたが貴様、生徒会の幹部である自覚が、いや、資格が足りていないのではないか？」

「そんなことないも～ん。常日頃から下級生を侍らせて喜んでる、オルフェちゃんよりマシでぇす」

「――なんだと貴様ッ！」

激昂したオルフェウスがテーブルを叩き立ち上がる。朗らかなお茶会の場に殺気が生まれるが、一方のアントワネットは全く取り合うつもりがなく、自分の分のお菓子を取り分けていた。

「あ～っと、仲良く喧嘩してるところ悪いんだが……」

キリがなさそうなので、仕方なく頭を掻《か》きながらアルトが割り込む。

「俺は生徒会長って奴に会いに来たんだ。見たところそれらしい姿は見当たらないが、もしかして今日は現れねぇのか？」

「……気に入らないな」

アルト的には比較的、穏便に問いかけたつもりだったのだが、オルフェウスが醸し出す殺気はそのまま此方《こちら》に視線と共に向けられた。

「会長に対する敬意の少なさも頭を抱えるが、それ以上にその男のような乱暴な口調。淑女を育てるアルストロメリア女学園の生徒には相応《ふさわ》しくない」

「そりゃ悪かったな。けど、口の利き方に関しては、アンタにとやかく言われる筋合いはないんじゃねぇのか？」

「にゃはは、言えてる言えてる」

楽しげに手を叩くアントワネットを睨《にら》みつけてから、オルフェウスは立ち上がる。

「ボクの言葉使いが女性的ではないことは認めよう。しかし、学園の生徒、そして生徒会副会長に相応《ふさわ》しい、気品と規律を備えている自負はある」

言葉が示す通りオルフェウスは両手を腰の後ろに回して、まるでお手本のような優雅な佇《たたず》まいで直立する。目にかかる前髪を指先で軽く除《よ》けてから、中性的でありながらも美しさの残る微笑を唇に乗せる。

「だからこそボクは断言しよう。転入生、君はこの学園の生徒には相応しくない」

「人を呼び付けておいて、大層な物言いをするじゃない」

反論を口にしたのはアルト……ではなく、テイタニアの方だった。彼女は布マスクの下の表情を、一際不機嫌そうに顰《しか》めながらオルフェウスを睨む。当然、オルフェウスが怯《ひる》むはずもなく、むしろ不敵な微笑みを湛《たた》えていた。

「勝手についてきただけのおまけが、口の利き方だけは大物だな。貴様のことは知っているぞ魔剣使い」

「副会長に知って頂けてるなんて光栄ね。勘違いされる前に言っておくけど、わたしは別にこの学園に馴染むつもりも、アンタ達生徒会に恭順するつもりもない」

「噂に違《たが》わぬ生意気さだな」

大仰に肩を竦《すく》めてから、オルフェウスは首をゆっくり左右に振った。

「元々、生徒会に反抗的だったのは認知していたが、これまでは表立って敵対する意思はみせなかった。それが威勢の良い転入生が現れた途端、水を得た魚のように泳ぎ始めたじゃないか。滑稽だよ、君は」

「どう思われようと構わないけど、でかい口を叩く割には生徒会の役割ってヤツを、真っ当にこなせてないんじゃない。それで尊敬しろとか言われても、ハッ、ヘソでお茶を沸かしちゃうわ」

露骨な皮肉を発した瞬間、堪《こら》え切れずアントワネットが飲んでいた紅茶を吹き出しかけ、苦しそうに咳《せ》き込みながら笑っていた。オルフェイスの殺気に怒りの感情が混じる。

「いいぞ魔剣使い。頭の足りない生徒に教育を施すのも生徒会役員の使命だ……一ヵ月ほどベッドの上で過ごす覚悟は、出来ているのだろうな」

「そっちこそ。休み過ぎて生徒会から脱退、なんてことにならなければいいわね」

一目で実力者と分かる圧に対してもテイタニアは一歩も引かない。まだ始まってもいない空中庭園のお茶会に、一触即発のキナ臭い空気が停滞するが、連れてきた本人であるアントワネットはお茶とお菓子を一人で楽しんでいるだけで、この二人の諍《いさか》いを止める気配すら感じさせない。これがアルトなら口を挟んだのかもしれないが、強引について来たテイタニアなど、どうなっても構わないと思っているのだろう。ただ、アルトからしてみれば、自分とは関係のない争いで、目的から遠ざかってしまうのは面白くない。

「おいテメェら、いい加減にしやがれ馬鹿共が」

嘆息しながら仕方なく口を出すと、二人の睨《にら》みつける視線が此方《こちら》に向けられる。

「何度も言うが俺は生徒会長って奴に会いに来たんだ。茶飲み話にもアンタらの諍《いさか》いにも興味はねぇ。話が進まないってんなら」

アルトはテーブルに近寄ると器に盛られたクッキーを掴《つか》み、それを大きく開けた自分の口の中に詰め込んだ。頬を膨らませバリボリと咀嚼《そしゃく》してから、少し苦しげな表情をしながらも一気に飲み下した。

「ぷふぅ……これで多少は腹も膨れたし茶会にはつき合った。後のことは知ったことじゃねぇ、俺は帰るから続きはテメェらでやってな」

つき合い切れないという態度に、オルフェウスの目尻が吊《つ》り上がり、テイタニアが申し訳なさげに視線を下げ、アントワネットがお茶のおかわりをカップに注ぐ。熱を持ち始めた場の空気が急速に冷え沈黙が訪れると、アルトがこれ以上の面倒事はゴメンだとばかりに身を翻そうとする瞬間、三人の誰かが呼び止めるより早く、背後から聞き慣れぬ少女の声が耳朶《じだ》を打つ。

「騒々しいわ。花園ではもっと優雅に振る舞いなさいと、いつも言っているはずだけど」

「――っ⁉」

誰かが近づいてくる気配は感じなかった。驚いたアルトが一歩分、足を引きながら振り返った先に立っていたのは、小柄な女生徒の姿だった。真ん中分けになった長い髪は真っ白で、下に伸びるにつれウェーブがかかっている。戦闘訓練があるからか血色のよい肌艶をしている女生徒達の中で、彼女の肌は驚くほど白い。けれども不健康さを感じさせないのは、眼力の強い金色の瞳と悠然とした佇《たたず》まいの所為《せい》だろう。だからだろうか、元のロザリンと同じか少し小さいくらいの背丈でありながら、実寸よりも大きく感じさせる風格があった。

制服を着た少女はアルト達が歩いて来た石畳の道を辿《たど》り、此方へと近づいてくる。形容し難い独特の空気感。シリウスのような圧倒的な強者でもなければ、フランチェスカ＝フランシールのような猛毒の如《ごと》きカリスマ性とも違う。手を伸ばしても届かない、覗《のぞ》いても底が見えない深淵のようなモノが彼女には垣間見えた。

「……ふふっ」

すれ違う際、此方を横目に微笑《ほほえ》みながら、彼女はそのままテーブルの奥の席へ向かう。位置的にはアルト達の対面、上座の席に近寄ると硬直するオルフェウスより早く、アントワネットが椅子を引いて彼女をエスコートした。

「ありがとう」

一言告げてから腰を下ろす少女は、改めてアルト達に視線を送った。

「色々と騒がせてしまったようだけど、まずは挨拶を先に済ませましょう」

足を組み膝の上に手を添える。

「ワタシの名前はウツロ。アルストロメリア女学園の生徒会長を務めている者よ」

「ウツロ、ね。俺は転入生のアルト……」

「会長をつけろ無礼者め！」

「オルフェウス」

怒鳴るオルフェウスを冷静な一言で制する。

「彼女は学園の右も左もわからない転入生。頭ごなしに此方《こちら》の常識を押しつけるのは、生徒会の人間がやるべきことではないわ」

「……失礼しました、会長」

窘《たしな》められてオルフェウスは、自身の浅はかさを恥じるような表情で頭を下げる。直前までテイタニアと言葉で殴り合うような真似をしていた人間と、同一人物とは思えないくらいの従順な姿だ。一方のアントワネットは変わらず菓子を食べる手を止めてはいなかったが、視線は常にウツロの動きを捉えていて、何かあれば瞬時に動ける状態にある。素早く彼女の為に椅子を下げた行動が、何よりも物語っていただろう。

「ではお茶会を始めましょう。どうぞおかけになって……テイタニアさんも、遠慮する必要はないわ」

「副会長様は気に入らないようだけれど」

チラッとオルフェウスに横目を向けるが、ウツロは薄く微笑《ほほえ》むだけ。

「テイタニアさんの事情は把握しているわ。生徒会に反感を持つのも理解できるから、貴女の態度が失礼だとは私は思わない」

「……ども」

会長自らそう言われてしまっては、オルフェウスも反論できないだろう。軽く会釈するテイタニアと共に、一度は立ち去ろうとしたテーブルについた。逆に立ち上がったのはアントワネット。彼女は手にティーポットを持ってアルト達の背後へと回る。

「今回の給仕はあーしが担当するよ。さぁさぁご遠慮なく」

目の前に置かれたカップに紅茶が注がれる。時間が経っているはずなのに湯気が立っているのは、いつの間にか温め直していたのだろう。代わりにウツロのカップにお茶を注ぐのは、オルフェウスが行っていた。注ぎ終えた二人が席に戻るタイミングで、ウツロはカップを右手に取った。

「では、我らの出会いをマドエル様に感謝を込めて」

ウツロは一口含んでから無言で此方《こちら》を見詰める。まずは飲めと促しているのだろう。これもお茶会の流儀かと理解して、アルトとテイタニアはほぼ同時に紅茶が注がれたカップに口をつける。淹《い》れたての熱いお茶だ。渋すぎることなく紅茶独特の香りや酸味がちゃんと残っていた。美味《おい》しいお茶であることは間違いない。

「結構なお点前ね」

「お、お点前だった」

涼しげに言うテイタニアに続くと、両幹部達はそれぞれ不機嫌と苦笑の表情を見せた。

「無理に合わせる必要はないわ。礼儀や作法は一朝一夕で身に付くモノでは非ず。それなのに相手の無知をあげつらって罵るのは、学園の淑女に相応《ふさわ》しくない。そうでしょう、オルフェウス?」

「会長は意地悪なお方だ」

遠回しに窘《たしな》められても、何故《なぜ》か何処《どこ》か嬉《うれ》しげな様子で肩を竦《すく》めていた。

続けてウツロは目の前のケーキを一つ自分の小皿に取る。

「お菓子も遠慮なく食べてくださいね。お茶会で用意される食べ物は全て、学園の生徒達が作った物なのよ」

「ほう、それは器用なこって」

アルトは多くの菓子の中からリンゴのタルトを選んだ。

「王都の著名な菓子職人の方々には及びませんが、女生徒のお茶会には十分すぎるくらい華やかにして頂けるわ」

「うん、確かに美味《うま》い」

果糖のほのかな甘さがちょうどよく、甘味が特別好きなわけでもないアルトでもつい次に手を伸ばしてしまう。それは隣のテイタニアも同じで、人に慣れていない猫のように警戒心バリバリだが、取り分けた菓子の数は増えている。ウツロは自慢げにならない程度、説明的にならない力加減で、すらすらと淑女然とした態度で茶会を彩る菓子達の説明をする。時折、冗談を交えた語り口調は実に流暢《りゅうちょう》で、欠片《かけら》の興味もなかったアルトもつい聞き手に回ってしまうほどだった。

「そういえばお二方は花園の見学はお済みかしら。まだでしたら……」

「……ちょっと」

「んぎゅ⁉　……ちょちょ、ちょっと待ってくれないか」

いい具合に腹も満たされ、暖かい日差しに眠気が差し込んできた頃合いに、油断していたアルトの脇腹をテイタニアの肘が小突く。ボサッしているなと活を入れられたのだろう。意識を眠気から引き戻したアルトは、慌てて広がり始めた話題を元に戻そうとする。

「楽しいお茶会に水を差すのは気が引けるが、会長さんよ。俺を呼び付けたのはわざわざ菓子や茶葉の、自慢話をする為じゃねぇだろう」

「あら、ご不満だったかしら」

ジト目を向けるがウツロはきょとんとした表情で、音を立てず茶を啜《すす》る。

「勤勉な学生の時間が奪われるんだ、不満に思われて当然だ」

ロザリンかカトレアがいれば即座に異を唱えただろうが、この場にいる人間にはまだ、怠惰な姿を見せていないので疑問に思われることはなかった。反応がないのは幹部連中も同じ。オルフェウス辺りは「無礼者！」と声を荒らげるかとも思ったが、視線の厳しさこそあったが、口を挟むような真似は堪《こら》えている様子だった。当然、ウツロが感情を露わにするようなこともない。

「それは申し訳ないわ。何分、初対面の方とのお話だから、緊張して余計な言葉を多く重ねてしまったようね。謹んでお詫びを申し上げます」

そう言って軽くだがウツロは頭を下げた。

「それならばお茶が冷めてしまう前に、ご足労頂いた理由をお話ししたいのだけれど……どうしましょう、少し困ってしまうわ」

頬に右手を添えてアンニュイな表情で息を吐く。

「何が困るってんだ。ただ、呼び付けた理由を話せばいいだけだろ」

「ええ、それはそうよ。でも……」

頬の手を今度は顎に添え上目遣いで此方《こちら》を窺《うかが》う。

「単純にお話がしたかった。そう説明してしまうと、もしかしたら貴女《あなた》のご気分を害してしまうのでは、と思いまして」

「……何を話したかったか、によるな」

「確かに。そうね、例えば……」

視線を彷徨《さまよ》わせ僅《わず》かに考えてから。

「授業の内容には確《しっか》りとついていけているのか、とか。寄宿舎の方の住み心地や不便はないか、とか……後は元気な娘が多い学園だから、不躾《ぶしつけ》なことで困ったことになったりはしていないか……そういう内容ね」

「……座学はまぁ、今のところは問題ない。部屋も相方のいびきがうるさいくらいだ」

「ちょっと⁉　えっ、うそ。冗談、でしょう？」

驚いたテイタニアが眦《まなじり》を吊《つ》り上げるが、寝ている時のことまでは責任が持てないらしく、直《す》ぐ不安そうな表情で問い掛ける。想像以上に慌てる姿が面白く、半笑いで「嘘だよ」と告げると、テイタニアは布マスクの下で歯を噛《こ》み鳴らしてから、不機嫌な表情を正面へと向き直す。

「なるほど。では、特に学園での生活に問題はないということで、よろしいかしら？」

「よろしいも何も編入してきてまだ一日だぞ。んな直ぐに善し悪しが判断できるかよ」

「正論だわ」

ウツロは微笑《ほほえ》みを深くする。

「人は適応する存在。最初は戸惑いや息苦しさがあっても、長く過ごせばそれが日常となって身体と精神に馴染んでしまう。勿論《もちろん》、過度に過酷すぎる環境は毒以外の何物でもないけれど、往々にして人は厳しさに順応できるよう作られている。成長、進化、言い方は色々あるのだろうけど、ガーデンが掲げる理想に沿う形で言葉にするのなら、それは自立の二文字だとワタシも確信しているわ」

「自立ね。確かにここは女達が外で生きる術《すべ》を学ぶ場所だ。聞いた話じゃ逃げ込み寺なんて揶揄《やゆ》する連中もいるらしいが、覗《のぞ》いてみりゃビックリ仰天。下手な騎士学校よりも立派に学びってモンを得てるぜ」

「装飾のない素晴らしい感想だわ。マドエル様や学園長もお喜びになるでしょう」

口調や態度にわざとらしさはない。本音だと言われれば信じてしまうだろう。

「女神様はともかく学園長が喜ぶのは、アンタには喜ばしくないいんじゃねぇのか？」

どんな反応を返すか突いてみる。が、ウツロの表情に変化はない。

「色々と耳にしているのね。でも、誤解をしているわ」

紅茶を一口含み喉を潤す。

「ワタシが学園長様と意見を対立させているのは事実。けれどもそれは全て学園を、いいえ、ガーデン全ての女性達を思っての考え。その思いは十人十色。なればある程度の権力を持つ者同士の意見が食い違ってしまうのは、致し方ないことだわ」

「対立してるってのは認めるんだな」

「ええ。でも、ワタシの想いの中に含まれるのは学園長様、クルルギ様も同じ。決して彼女らが不利益を被って、陰ながらほくそ笑むようなふしだらな行いはしませんわ」

絵に描いたような優等生の回答。性質《たち》が悪いのは本気で言っているように思えるところ。腹の中も言葉の裏も読めないから、此方《こちら》は言葉を額面通りに受け取るしかない。否定で突っかかる隙が彼女にはないのだ。

（……さて、どうしたモンか）

横目でテイタニアを窺《うかが》うが、渋い彼女の表情から同じ印象なのだろう。

どうにもやり辛い。言葉を重ねてはいるが全くお互いに響き合わないというか、何一つ手応えらしい手応えが得られない。現段階では露骨な敵対の意思は見えないので、もう少し突っ込んだ質問で切り込むべきか。いや、そうやって此方が何処《どこ》まで踏み込んでくるのかを、見定めている可能性も否めない。普段だったら考えるより早く口を開くが、この種の人間に力押しは悪手、罠《わな》に嵌《は》められて食い千切れる自信は現状では難しいだろう。

（かと言って、手ぶらで帰らされるのは癪《しゃく》に障るな……クソッ。こういう腹の探り合いってのが、俺は一番嫌いなんだけどなぁ）

どう切り崩すか。甘いお菓子で頭に糖分を送りながら考えを巡らせるが、流れを変えたのは他ならぬウツロ本人だった。

「どうやらワタシは少しばかり、貴女《あなた》を困らせてしまったようね」

静かにカップを置くと、備え付けてあるナプキンで唇を丁寧に拭う。

「人同士が争う最大の原因は、互いに互いを理解していないから。我が生徒会が定期的にお茶会を開催するのは、生徒達が談笑と共に心の内を語り合うことで、知らぬ間に築かれていた垣根を取り払うこと……相互理解こそが、コミュニティを良き方向に導く方法だとワタシは思っているわ」

「同じ釜の飯食うだけで相互理解ができんなら、序列制なんて必要ねぇな」

「そうね。理想論であることは認めましょう。悲しいことだけれど」

空いたカップと皿を素早くオルフェウスが片付ける。広くなった正面のテーブルに、ウツロは両肘を突くと口元の前で手を絡めた。

「ねぇ、アルトさん。生徒会の業務に興味はないかしら」

「……なに？」

思わぬ申し出に一瞬アルトの動きが止まった。隣のテイタニアも驚いて両目を大きく見開いていた。

「わかり易く説明するのなら、生徒会の一員となって学園の運営に携わって欲しいの」

「随分といきなりだな」

言いながらチラッと他の二人の様子を確認する。アントワネットはニコニコと笑っていて、オルフェウスは苦々しい表情で此方《こちら》を睨《にら》みつけている。恐らくは事前にこのことを知らされていたのだろう。

「ハッキリ言って正気とは思えねぇ提案だな。手元に置いて監視でもしたいか？　それとも俺を懐柔するつもりか？」

「どちらも正確性に欠ける認識だけれど、二者択一の質問ならばワタシの答えは後者ということになるわ……ワタシはあくまで貴女《あなた》と、学園長様の誤解を解きたいの」

金色の瞳が真っ直《す》ぐ此方を射抜く。

「クルルギ様はワタシがガーデンの秩序を破壊すると思っているようだけれど、それは全くの見当違いだわ。マドエル様がお造りになられ、学園長のヴィクトリア様が慈しみなさる愛に満ちた花園を、踏み躙《にじ》る人間なんてガーデンには存在しないわ」

「あのメイドは馬鹿じゃねぇ。アレがアンタをそう判断したってことは、明確な根拠があるはずだ」

心を溶かすような囁《ささや》きを、アルトは毅然《きぜん》とした態度で突っぱねる。クルルギだけの判断だったら迷ったかもしれない。しかし、この一件はヴィクトリアや女神マドエル、そして水神リューリカも何かしらの危険を察知して関わっている。

「相互理解ってのは確かに大事だな。会長さんよ、アンタと話してみてわかったぜ」

「なにがかしら？」

「アンタはヤバいってことだ。悪いけど、金詰まれても手を組みたくないね」

明確な拒否の言葉に庭園の空気が緊張に張り詰める。主な原因はオルフェウスが発する怒気と殺気。意外だったのは今にも噛み付いてきそうな眼光を、ギラギラとアルトに注いではいるが、椅子から立ち上がるどころか怒声の一つも上げることはなかったことだ。

(そういえばあのお喋《しゃべ》りも、全く口を挟んでこなかったな)

チラッとアントワネットを盗み見るつもりが、向こうも此方《こちら》を窺《うかが》っていたらしくバッチリ目線が合ってしまい、あっちは楽しげな顔付きで片目を瞑《つぶ》りウインクを飛ばしてきた。どこまでも正反対の反応を示す二人だが、ある意味ではバランスが取れているのかもしれない。そしてウツロはというと、心から残念そうに視線を伏せていた。

「そう、そうなのね。実に残念だわ。貴女《あなた》ならば学園の生徒達をよりよく導く指針になれると思ったのに……本当に残念」

ざわっと、アルトの肌が粟立つ。

「――っ⁉」

本能が警笛を鳴らし、アルトは素早く椅子ごと背後へ下がる。しかし、異変を感じさせた大本であるウツロは、テーブルをひっくり返したり殺気を露わにしたりすることなく、ゆっくり椅子から立ち上がって微笑《ほほえ》みながら此方に近づいてくる。

「――な」

「なんのつもりだ」

そう問い掛けたのはウツロの方だった。

「――どっ」

「どうして俺が言おうとしたことを」

「……っ⁉」

発しようとした言葉を飲み込むと、近づきながらウツロは微笑を深くする。

「言葉が先読みされていやがる。貴女は今、そう思考したわね」

「…………」

否定も肯定もせず無言のままアルトは椅子から立ち上がり、接近してくるウツロと対峙《たいじ》するよう軽く腰を落とす。妙な真似をすれば遠慮はしない。態度と視線で警告を促すが、彼女は臆するどころか他の二人も動く気配を見せない。

此方を見据える金色の瞳が怪しく輝く。

「ふふっ、勇敢な少女。ワタシを恐れていないのね。むしろ闘争心が燃え始めている」

「…………」

「知らないということは恐怖。知ろうとすることは勇気。貴女は今、必死でワタシを計ろうとしている。実に素晴らしいわ、互いにもっと理解を深め合いましょう」

ジリジリと近づくウツロ。妙な圧を感じ自然と足が後ずさる。そして動けないのはテイタニアも同じで、警戒心が顔に滲《にじ》み出てはいるモノの、縫い付けられたように椅子の上から立ち上がれないでいた。

既に二人の距離は、間合いと呼べぬほどの近さにある。

睨《にら》む視線と微笑《ほほえ》む瞳が交錯してウツロは歩み寄る足を止めた。

「俗世の言葉で評価するなら、肝が据わっていると言うのかしら。貴女《あなた》の眼差しは美しい、無理強いをするのは優雅ではないのだけれど、それを差し引いても欲してしまう不可思議な魅力が、貴女にはあるわ」

普通に聞けば口説き文句に思える台詞《せりふ》も、この状況下では鼻の下すら伸びない。無言のままのアルトに向かって、ウツロは右手を差し出した。

「もう一度、問わせて頂くわ。生徒会の一員に……いいえ」

金色の瞳の中に初めて邪悪さが滲《にじ》む。

「ワタシの物になりなさい」

明らかに声のトーンが変わった。網膜を通して頭の中に異物が染み込むような感覚。ピリピリと眼球からこめかみにかけて、痺れるような鋭い痛みには覚えがあった。

「あの金色の目、魔眼かっ⁉」

「――アンタっ⁉」

高圧的な一言に真っ先に反応したのはテイタニア。呪縛を振り払うようテーブルを叩き立ち上がるが、同時に風を切る速度で動く存在もいた。

オルフェウスだ。

「会長の邪魔をするな魔剣使い！」

テーブルを乗り越えるようにしてテイタニアを狙い蹴りを打つ。振り上げることでスカートの下から露わになる生足は、中性的であってもオルフェウスが少女であることを認識させるが、腕を交差させたテイタニアの防御を上から叩く一撃は、身長差もあって彼女の身体を後ろに飛ばすほど強烈だった。

「邪魔は、アンタの方でしょうっ！」

骨に響く痛みを感じながら、テイタニアが右手を横に翳《かざ》すと、呼応するよう花の塔の外から高速で何かが飛来する。彼女の右手に納まるよう握られたのは、禍々《まがまが》しい刀身の魔剣ネクロノムスだ。

「無駄だぁッ!!」

踏み込みながら打ちだす斬撃をオルフェウスは翳《かざ》した右腕で受け止める。鋭い刃が肌を斬り裂く、と思われたが響いたのは耳障りな金属音と手に伝わる硬い感触。驚いたテイタニアは、触れた部分に獣に似た茶色の毛が生え刃を阻んでいるのを見た。長く高い毛皮は腕全体に広がり筋肉は太く膨張、オルフェウスの手は獣のように爪まで伸びていた。

「獣人っ⁉」

「半獣人だ、間違えるな！」

肥大化した獣の腕を振り回して、力任せにテイタニアを押し飛ばす。

一方のアルトは魔眼に魅入られ、身体の動きを拘束されていた。

「……ぎぎっ⁉」

根が張ったような感覚が内部から全身を支配する。染み込んだ魔力はロザリンの魔眼より高圧的で、皮膚の下を這うような不快感をアルトにもたらしたが、この手の魔眼の跳ね返しかたは心得ていた。

「――ふっぐっ⁉」

下っ腹に力を込めるよう目の周辺に意識を集中させると、頭蓋骨が軋《きし》む感覚と共に全身を拘束していた魔力が外へと弾き出された。

「あら？」

「ぷはっ……はぁはぁ、しんど」

脂汗を流しながら息を切らせるアルトを、少し驚いた表情でウツロは見下ろす。

「貴女《あなた》、凄いのね。ワタシの魔眼の拘束をレジストするなんて」

「へっ。美人に睨《にら》まれて竦《すく》んじまうほど、初心《うぶ》な人間じゃないんでね」

「……下世話な」

テイタニアと鍔《つば》迫り合いを演じながらも、半獣人の耳には届いていたらしく、オルフェウスは表情に不快感を滲《にじ》ませていた。いつもの調子で軽口を叩いたが、確かに少女の発言としては相応《ふさわ》しくなかっただろう。

見るからにお嬢様なウツロも、てっきり不愉快そうな顔をしていると思いきや。

「やはり貴女はユニークな娘《こ》ね。気に入ったわ」

気に入られてしまった。

微笑《ほほえ》みながら一歩、ウツロは足を進めてくる。

「面白い娘は好きよ、意思と身体が強ければ尚更……三度目の問いよ」

更にもう一歩、アルトに近づいてくる。

「ワタシの物になれ」

「金貰っても嫌だね」

「……そう」

残念そうに目を伏せてから、再び微笑みウツロは握手を求めるかのよう右手を出す。

殺気はなかった。故に虚を突かれ避ける意識が生まれず、ウツロが伸ばした右手の指先がアルトの服の袖を軽く摘《つま》んだ。瞬間、背筋を駆け抜ける悪寒と、遅れて訪れた本能の警鐘が状況の危険さを呼び起こす。

「どうか、死なないでね」

「――くそっ⁉」

慌てて腕を引き抜こうとするが、次に宙を舞っていたのは自分自身の身体だった。

「魔技・陽炎《かげろう》」

上下反転する視界。実質、摘《つま》んだ指先だけの力で引っこ抜かれた身体は、踏ん張る間もなく逆さの状態でウツロの頭上に振り上げられた。怪力に引っ張られるような勢いがあったわけでも、自ら飛び上がったわけでもないのに、アルトの全身は軽々と持ち上げられてしまった。まるでこの瞬間だけ全ての体重を失ったような、不思議な感覚に支配されたアルトは、為《な》す術《すべ》なく両手足を空中でバタつかせるのみ。唯一の繋がりである袖を摘《つま》んだ指が離されると、アルトの身体はふわっと風船のよう軽く浮きあがって、大きく弧を描きウツロの背後、庭園の敷地外まで投げられた。即ち花の塔の外側だ。

「――ちょっ⁉」

アルトの顔が青ざめる。徐々に浮遊感を失う背中から落下への強烈な恐怖を覚えた。ここは五層からなる塔の最上階。ご丁寧に投げ飛ばされた位置は塔からも遠く、手を伸ばしたり落下中に強引に軌道を変えても届かない距離だった。せめて体勢くらいは整えなければと身を捩《ひね》るが。

「――なっ⁉　か、身体が……⁉」

自由に動かせない。完全に拘束されているわけではないが、痺れるような鈍さに支配され、とてもじゃないが落下速度に間に合わせて体勢を変えられない。浮遊感を失った身体は急速に地面へ向かって引っ張られる。

（ヤバい、これは……死ぬっ⁉）

受け身も着地もできない状態で、この高さからの落下は流石《さすが》に不味《まず》い。元の身体ならともかく、少女の未成熟な肉体で落下の衝撃に耐えられる自信はなかった。肝が冷える感覚と共に、脳裏には数人の知り合いの顔が瞬時に流れて、同時に生き残る為の術《すべ》も何とか思い巡らせるが、状況を打破するにはあまりにも考える時間が少なすぎた。いや、思い付く限りの手段は、既にウツロに潰されていたのだろう。

実質的な敗北。全ての言葉や理由は言い訳以外の何物でもない。

「くそったれがっ⁉　ぜっっったいに、リベンジしてやるからなあああぁぁぁぁぁ‼」

「──アルトっ⁉」

負け惜しみにしか聞こえない叫び声が花の塔の上層に響くと、オルフェウスとの鍔《つば》迫り合いを中断し、テイタニアは急ぎ庭園の縁まで駆け寄って蔦《つた》の絡んだ柵から身を乗り出すが、アルトは背中から地面に向かって真っ直《す》ぐ落下していく最中。それ以前に庭園から手を伸ばせる程度の距離では、間に合ったとしても掴《つか》むことは出来なかっただろう。

「そんな……アルトっ⁉」

表情に後悔を滲《にじ》ませてもう一度、名前を呼ぶが、返ってきたのは落下による衝撃音と、立ち上る黒煙のような砂埃《すなぼこり》だけだった。

「……くっ」

この高さから落ちては無事では済まないだろう。一刻も早く助けに行かねばと柵から離れて身を翻すが、走り出そうとした一歩目を制したのは、真後ろに迫っていたオルフェウスの姿だった。

「何処《どこ》に行くつもりだ、愚か者め」

「──なっ⁉」

アルトの落下に気を取られていた所為《せい》で、間合いに踏み込んできたオルフェウスへの対処が遅れ、肥大化した獣の腕から繰り出される一撃をモロに腹部へ受けてしまった。人間より強力な腕力での打撃に息が詰まり、耐え切れずテイタニアは身体をくの字に折ってしまう。それでも何とか踏み止まろうと、白くなる視界の中で下っ腹に力を込め、必死に遠のく意識を繋ぎとめようとするが、下げる形になった頭を、後頭部からオルフェウスの獣の腕が鷲掴《わしづか》みにする。

「貴様らの頭が本来どこにあるべきか、ボク自らが教えておいてやろう」

「──⁉」

そのまま掴んだ頭を力任せに地面へと押し潰した。意識が跳ぶ寸前だったテイタニアでは、半獣人の腕から繰り出される強烈な力に抗うことができず、綺麗《きれい》に切り揃えられた芝生に顔面を押し付けられた。庭園を荒らすことがないよう、絶妙な力加減で芝生が必要以上に抉《えぐ》れるような衝撃はなかったが、テイタニアを完全に刈り取るには十分の一撃で、彼女もまた口の中に土の味を感じながら意識をブラックアウトさせた。

「……んん？」

「ロザリンお姉様、どうかなさいまして？」

アルトが花の塔でお茶会を楽しんでいる同時刻。ロザリンもまた昼食を取る為、学園長室を兼用しているヴィクトリアの私室を訪れていた。

テーブルの上に用意された食事は、昼時に食べるには中々にボリュームのある物ばかり。サラダやパスタ、シチューにパンに肉料理に魚料理と更にまだ用意はされてないが、食後のデザートまでちゃんと準備してあるそうだ。フルコース並の食事量は少女二人が食べるには、過剰摂取のように思われるが、通常でも健啖《けんたん》家なロザリンは身体が成長したことで、量も大きく増えている為、準備したクルルギに抜かりはなかった。

ただ、反対に小食のヴィクトリアは、大量の食事に少し面食らっていた。

「す、凄いのね。トリー、見てるだけでお腹がいっぱいになりそう」

「それはいけません、お嬢様。感覚的ではなく、物理的にもお腹を満たさなければ、美しい肉体と健康を維持することはできません」

そう言って現れたクルルギはカートを押していて、上には大きな鉄製の蓋で隠された料理が運ばれる。蓋を取ると中の大皿に盛られていたのは鶏を一羽丸々使った蒸し料理で、大きな湯気と、焼き料理とはまた違う濃厚な香りが空腹を擽《くすぐ》る。

「美味《おい》し、そう。ごくり」

「そ、そんなに食べられないよぉ」

対面に座る二人はそれぞれ対照的な反応だった。

「まぁお太りにならない程度に。魔女殿の飢えたケダモノの如き食欲があれば、家畜の餌となる残飯の心配もないでしょう。遠慮なくお召し上がりください」

言いながら器用な手つきでナイフを扱い蒸し鶏を切り分けていく。

「クルルギは、食べないの？」

「愚かな質問だ。メイドは主人と食事を共にしたりはしない」

「トリーは別に構わないのだけど、クルルギは頑固だから」

「ご一緒するのはお風呂と寝床だけだ」

「そこはそろそろ、遠慮して欲しいのだけれど」

困り眉をするご主人様の意見を無視するよう、クルルギは切り分けた蒸し鶏を小皿に乗せ二人の前に置いてから、今度は冷やしてあったボトルを取り素手でコルクを抜き、空のグラスに赤い液体を注いでいく。ワインのように思えるが赤葡萄のジュースだ。それをテーブルの上に用意された空グラス三つに満たした。

「あれ？」

テーブルには三席。てっきり空いている席にはクルルギが座ると思っていたのだが、給仕に勤しむ彼女にその素振《そぶ》りはなく、先ほども自身の口で一緒に食事を取ることを否定していた。ならば、この席には誰が座るのだろう。

「あら、ロザリン様。空いているお席が気になります？」

視線に気が付いたヴィクトリアは楽しげな様子で問い掛ける。

「うん。気になる」

「うふふ、素直なお方なのね。魔女って呼ばれている娘だから、もっと怖い人を想像していたわ」

「お嬢様。楽しいのは理解しますが、足をぶらぶら揺らすのはお行儀が悪うございます」

背後に控えるクルルギに窘《たしな》められたヴィクトリアは、膝に手を置いて前後に揺らしていた足の動きを止め、舌を見せながら照れ笑いを浮かべる。

「アルが、来るとか？」

知り合いのいないガーデンの地で、思い当たるのはアルトくらい。しかし、ヴィクトリアは首を左右に振った。

「いいえ。学生として行動しているアルト様には、なるべく学生らしい生活を送って貰いたいから、何かしら状況に変化がない限りは、トリーの方からお呼びすることはないわ」

「なる、ほど」

ロザリンは少し考えてから。

「つまり、そこに座る人は、アルと関係があるって、わかったら困る人。つまり、秘密で、ヴィクトリアに協力してる人、ってことかな？」

「……ふぅむ」

表情の変化はなかったが、クルルギは感心したように顎を摩《さす》った。

「素晴らしいわロザリン様。ご明察、まるで叙事詩に登場する賢者様のよう、とってもとってても素敵だわ、カッコいいわ！」

「魔女、だけどね」

律儀に訂正するが、ヴィクトリアは両手を合わせ無邪気にキャッキャと笑っていた。

「まぁ、メイドである我の方が素敵で恰好《かっこう》いいですが」

クルルギもクルルギで何故《なぜ》か強い対抗意識を燃やしてくる。この場にアルトかカトレア辺りがいたら、ツッコミ過ぎて食事の前に胃もたれを起こしてしまいそう。ロザリンもこの手の空気を気にするタイプではないので、ここに混じる三人目、いや四人目がツッコミ気質の人間だったら、さぞかし気苦労の多い昼食になるだろう。

「当たり、なのだけれど……クルルギ？」

「はい。時間に正確な人物ですので、もう間もなくかと……」

一体、何者が現れるのだろうか。並べられた食事に手がつけられず、そろそろお腹が盛大な催促の音を鳴らそうと収縮を始めた頃、学園長室の扉がノックされた。ロザリンが音に反応して振り向くより早く、既に動いていたクルルギが早歩きで近づき、扉を開いて訪ねて来た人物を招き入れた。

「どうぞ、速やかにお入り願おう」

クルルギにそう言われて部屋に現れたのは学園の女生徒。透き通るような長いプラチナブロンドの、本来のロザリンと同じくらいの小柄な少女だ。ロザリンが受けた初見の感想を率直に述べれば、現れた少女はキラキラしていた。美しい髪の毛の輝きもそうだが、大きな瞳も星が散っているかのよう独特の眼力があり、他の女生徒と同じ学生服を身に着けていながらも、圧倒的な存在感を宿している。たとえ同じ背恰好《かっこう》で同じ制服を着た千人の女生徒の中に紛れても、見間違うはずのない天性の輝きが彼女にはあるのだろう。

近しいタイプの人間にロザリンは覚えがある。フランチェスカ＝フランシールだ。

「……っ」

その先入観があるからか、無意識に警戒心が呼び起され表情が強張る。

部屋に踏み入れた少女は、まず扉を開いたクルルギに顔を向けた。

「珍しいな、クルルギ。君が私をこんな風に、丁寧に出迎えてくれるとは思わなかった」

「口を慎め。お嬢様のメイドは常に完璧だ。お嬢様が招かれた客人に、失礼な真似をするはずがないだろう」

「失敬。それは確かに」

上品に苦笑を零《こぼ》してから此方《こちら》の方へ歩み寄ると、次にヴィクトリアに声をかけた。

「お招きありがとう、ヴィクトリア。お誘い頂けて嬉《うれ》しいよ」

礼を述べるとヴィクトリアも椅子から立ち上がり、スカートを摘《つま》んで挨拶をする。

「うふふ、喜んで頂けたのならトリーも嬉しいわ。さぁ、遠慮せずに座ってくださいな。新しいお友達にもご紹介しますわ」

そう言われれば当然、視線はロザリンの方に向けられる。

「彼女はロザリン。王都からのお客様で、トリーの新しいお友達なの。ロザリン様、此方のお名前はアカシャ。とっても面白い娘《こ》だから、仲良くしてあげてね」

「アカシャだ。よろしく、ロザリンさん」

微笑《ほほえ》みながら歩み寄ると、此方に向かって握手を求め手を伸ばす。

「あ、よろしく」

座ったままの体勢でペコッと頭を下げ、差し出された手を握り握手に応じた。触ったアカシャの手はちょっとひんやりしていて、すべすべの感触はいつまでも握っていたくなる心地よさがあった。

ふと、繋いだ手から顔を上げると、アカシャの凝視するような視線と交差する。

「え、えっと、なにか、変だった？」

「いや、ごめん。そういうわけじゃないんだ。中々に興味深かったモノだから」

戸惑い気味に問いかけると、慌ててアカシャは首を横に振った。

「ヴィクトリアはガーデンの中でも特殊な位置にいる人だから。本人が望む望まないに拘《かか》わらず、友人関係を築くことが難しい。その垣根を超えて彼女に友達と呼ばれるのなら、貴女《あなた》は聡明な女性なのだろう」

「まぁ、うん。聡明なのは、自信、ある」

「えっ？　ふふっ、ユーモアの素質も高いのなら、尚更だろうね」

一瞬、驚いたような表情を見せたが、直《す》ぐにアカシャは顔を綻ばせた。ロザリン的には別に冗談で言ったつもりではないのだが。

「それにしても、少し嫉妬してしまうな。誰かさんは私とヴィクトリアが友人になろうとした際、かなりごねられた覚えがあるから」

「あはは。あの時は大変だったわね、トリーもどうしたらいいか、わからなかったわ」

笑い合う二人は明言こそしなかったが、ロザリンの視線はクルルギに向けられた。

「当然だ。我にはお嬢様の人生を管理する宿命がある。我の目が黒い内は、不埒《ふらち》者をお嬢様の視界にすら入れるつもりもない」

てっきり恍《とぼ》けるか否定するかと思ったが、クルルギはアカシャの分のグラスに葡萄ジュースを注ぎながら力強く肯定する。流れで空いている椅子を引くと、微笑《ほほえ》みながらアカシヤがそこに腰を下ろした。

「相変わらずの過保護さだ。それではヴィクトリアが窮屈ではないかい？」

「本当に、そう、そうなの！」

力強く同意してヴィクトリアは頬を膨らませる。

「クルルギったら、何時《いつ》まで経ってもトリーを子供扱いするのよ。もう立派な大人、とは流石《さすが》に言えないけど……でもでも、朝から晩までお世話されていたら、素敵なレディになれないわ」

「これはこれは、異なことを仰る」

大皿の蒸し鶏を切り分け、アカシャの分を用意しながらクルルギは鼻で笑う。

「我はお嬢様のメイド。他の有象無象ならいざ知らず、真のメイドたるこの我がお嬢様に指先ほど、否、毛先ほどの気苦労すら与えないのが使命で御座います。掃除洗濯食事の用意は当然として、風呂やトイレ、就寝に至るまでお嬢様のありとあらゆるお世話は、クルルギの喜びであると同時に生きる意義であると断言いたしましょう」

「……重い、重すぎる」

「お望みならば性欲の処理も行いますが、残念ながらこのクルルギ。お嬢様に子を仕込むことだけは身体的な理由で……」

「クルルギ。流石にまだ日が高いよ」

「……失敬。昂《たかぶ》り過ぎた」

うら若い乙女達の耳には聞かせられない話題を始めたので、流石《さすが》にアカシャが苦笑いをしながら窘《たしな》めると、クルルギは佇《たたず》まいを直してから切り分けた蒸し鶏を静かに小皿に乗せ、アカシャの前に音も立てず置いた。ちなみにヴィクトリアは箱入り娘なので、後半部分の意味はあまりよくわかってない様子で、不思議そうに首を横に傾けていた。

「ええっと、難しくてよくわからなかったけど、親睦が深まったのならトリーも嬉《うれ》しいわ。じゃあじゃあ、準備も調ったことだしお食事会を始めましょう」

主催であるヴィクトリアの言葉を切っ掛けに、彼女とアカシャは両手を握るよう合わせお祈りを始める。祈りを捧げる相手は愛の大精霊マドエルだ。当然、エンフィール王国の様式とは違うが、ロザリンもこの場に倣《なら》って同じよう手を合わせマドエルに祈った。

「では、いただきましょう」

数秒間の祈りの後、ヴィクトリアの一言で待ちに待った昼食が始まった。

既に空腹が限界だったロザリンは、フォークやナイフ、スプーンを使い分けながら、パンなどは素手で掴《つか》み、並べられている料理を次々と口の中に詰め込む。勢いはあるが品のない食べ方にならないよう、詰め込んだ食べ物はきっちり咀嚼《そしゃく》して、ちゃんと味わいながらリズムよく食べ続ける。

「もぐもぐ……むぐ?」

視線を感じ左隣を見ると、アカシャがちょっと驚いたような顔をしていた。気を付けていたつもりだったが、やはり雑な食べ方をしてしまっていたのだろうか。食事はもっとゆっくり、よく噛んで食べなさいという、礼儀作法に厳しいカトレアの言葉を思い出して、料理を詰め込む速度を落とした。

「むぐ……もっきゅもっきゅ」

「あは、ごめん。気を使わせてしまったかな？」

明らかに食事のペースが落ちたのがわかって、アカシャは口元を隠しながら苦笑する。

「あまりにも美味《おい》しそうに食べるモノだから、見惚《みと》れてしまったんだ。でも、食事中の女性を凝視するのは、マナー違反だったね」

「別に、構わない、はぐはぐ」

蒸し鶏の濃厚な肉汁を味わい、飲み込んでから言葉を続けた。

「むしろ、お行儀が、悪くなかったか、心配」

「そんなことはないわ。ロザリン様の食べっぷりは、いつ見ても気持ちがいいものよ。クルルギもそう思うでしょう？」

「我が作った料理なのだから美味いのは当たり前ですが、健啖《けんたん》である部分に否定する要素はありませんね」

「トリーは沢山食べられないから、ロザリン様が羨ましいわ」

「同感だ、私も食が太い方ではないからね」

「……むぐむぐ」

思ってもみない方向で褒められ、ロザリンは気恥ずかしさから肩を狭める。

その後も他愛のない会話を時折交えながら沢山の料理に舌鼓を打つ。クルルギが調理した料理はどれも絶品で、パンの柔らかさから肉の焼き加減、スイーツの甘さまで完璧で、以前にラサラにご馳走になった高級レストランと同等、いや、それ以上の美味《おい》しさがあると評価しても過言ではないだろう。

食が進むにつれ会話も徐々に減少していく。ヴィクトリアはニコニコと笑顔を絶やさず、アカシャは涼やかな表情で。一人、同席せずに控えているクルルギは無表情で、何を考えているかわからない。二人の様子をチラチラっと窺《うかが》いながら食事を続けるロザリンは、いい具合に腹も満たされ空腹も解消された。まだまだ胃袋の容量もテーブルに並べられた料理にも余裕はあるが、気持ち的にはそろそろ本題に突入して欲しい気分でもある。自分から切り出しても構わないのだが、ヴィクトリアだけならともかく、ここにアカシャが同席した理由がわからない。恐らく何らかの意図があるのだろうが、それを把握できない内は此方《こちら》もあまり手の内を晒《さら》したくはなかった。

（と、言っても。話せる、ことなんて、仮面の人、くらいなんだけど）

形の上での紹介はされたが、アカシャが本当の意味で何者なのかはまだだ。向こう側もロザリンの存在は知らなかったようだし、そこら辺の諸々はこれからヴィクトリアの口から説明があるのだろう。表面上は気にも留めてないように見えたが、アカシャもまた心情的には同じなのか、僅《わず》かな視線だけをヴィクトリアに向ける瞬間が何度かあった。二人の期待を一身に受ける本人はというと、既にお腹がいっぱいになったらしく、クルルギが用意したアイスクリームを美味しそうに頬張っていた。やはり、此方《こちら》から口火を切るべきだろうか。ロザリンが戸惑っているのを察してくれたのか、葡萄ジュースを一口含み喉を潤してから、アカシャが軽くこっちに微笑《ほほえ》みかけてから一呼吸置いてヴィクトリアを見る。

「改めて昼食会にご招待して頂いてありがとう、ヴィクトリア。食事が美味し過ぎて忘れていたけど、そろそろ私達を呼んでくれた理由を、聞かせて貰っていいか？」

「んぐっ……ああっ、そうね、そうだったわ」

「お嬢様」

慌てて掬《すく》ったアイスクリームを口の中に入れ、スプーンを置くヴィクトリアの唇に付いたクリームを、横から手を伸ばしたクルルギがさっとナプキンで拭う。丁寧に口の端の汚れまでされるがまま拭いて貰ってから、ヴィクトリアは真面目な表情を作った。

「お待たせしてしまってごめんなさい。本日、お二人に来て頂いた理由は他でもないわ、お願いしている外敵因子について、改めてお知らせしておこうって思ったの」

外敵因子。その単語を口にすると一瞬、和やかだった昼食会の場にピリッとした空気が流れる。戸惑いの声はない。事情を知っているロザリンは当然としても、アカシャの方からも疑問の声がなかったのは、やはり彼女もガーデンに潜む存在についてある程度は聞かされていたのだろう。

「それって、この人も、目的は同じ、ってこと？」

視線を向ける先はアカシャ。彼女も何かを察したように、なるほどと頷《うなず》く。

「訳ありとは思ったけど、彼女も目当ては外敵因子だったのか。危うく、色々と邪推してしまうところだった」

「邪推？」

「失敬、此方《こちら》の話だ」

うっかりからの失言だったのか、アカシャは口元を手で覆い隠す。ロザリンも特に言及もしなければ、自身のことに触れることもしない。別に知られて困るようなことはないが、敵か味方かもハッキリとわからない相手に、わざわざ身の上話をする必要はないだろう。と、アルトなら判断するはず。そしてそれは、ヴィクトリアの眉間に皺《しわ》を寄せる事態でもある。

「ああ、そっか、そうよね。お二方にも色々と事情があるもんね。何処《どこ》からどの部分までお話をすればいいのかしら……ねぇ、クルルギ」

「大局に問題を及ぼさないのなら、個人の都合を説明するのは差し控えるべきかと。元より共闘を目的とした顔合わせではありませんので、大まかな情報交換さえできれば構わないでしょう」

「情報交換。やっぱり、目的は、外敵因子？」

アカシャも同じ質問をしたかったのか、ロザリンを見てから視線をアカシャに移す。

「ええっと……どうしよう？」

「肯定してよろしいかと」

「ええ、そう。その通りなのだわ」

後押しを受けたヴィクトリアは、困り顔を一転させ少し胸を張りながら断言する。

「実はトリーの困りごとは、お二方に解決をお願いしていたの」

「……それって」

僅《わず》かに表情を曇らせロザリンは前髪を弄《いじ》る。自分達がガーデンを訪れたのは一昨日のことなので、アカシャがヴィクトリアから『お願い』をされたのは、それ以前の出来事となる。金銭が発生しているわけではないので、依頼のダブルブッキングというわけではないが、先に調査に着手していたアカシャからしたら、面白い話題ではないだろう。ロザリン的にも成果の取り合いになるのは、あまり喜ばしい事態ではない。

チラッと盗み見たアカシャの表情は、特に不快感を示す色はなかったが、直《す》ぐに異議を申し立てない静かさが逆に不気味に思えた。

「勘違いするなよ」

微妙な空気を察したのか、誰かが口火を切るより早くクルルギが口を開く。

「確かに最初、外敵因子に対する調査と対応を依頼したのはそこの小娘だ」

指を差したのはアカシャ。そこから横にスライドするよう、ロザリンを指差す。

「そこについては我らにとってもイレギュラーな存在だ。何故《なぜ》ならば判断を下したのが、他ならぬマドエル様なのだからな」

「マドエル様が？」

まさか、その名が出るとは思わなかったらしく、冷静だったアカシャの瞳が戸惑いに揺れる。

大前提として精霊が人の世に介入することはまずあり得ない。国家神として崇められる大精霊も例外ではなく、契約者が願うならば大局に影響を及ぼさない程度に聞き入れてくれるが、根本からして人と精霊の価値観は違う。例えばガーデンが破滅の危機に瀕《ひん》しても、マドエルが自発的に行動を起こすことはないだろう。逆を言うならば大精霊が自らの判断で動くということは、人知を超えた世界の理《ことわり》に反する何事かが起こっている場合だ。

つまり、外敵因子はガーデンのみならず、世の理に反する可能性がある。

「確かに。マドエル様の判断ならば、私如《ごと》きが意見を言える立場ではないだろう」

事態は個人の都合に納まらない。そう理解したアカシャから緊張が抜ける。

「それなら今回は、改めて共同戦線を張る顔合わせ、と理解して構わないのかな？」

「そうなの。説明が遅くなってしまったけど、皆の目的は同じなのだから、やっぱり仲良く行動しないとね。お互い変な誤解とかが生まれてしまったら悲しいもん」

「此度《こたび》の昼食会は親睦を深める為のお嬢様のご配慮だ。存分に感謝しろ」

「……だ、そうだ。改めてよろしくお願いするよ、ロザリンさん」

此方《こちら》に顔を向けながらアカシャは軽く頭を下げた。

「ど、どうも。こちら、こそ」

ロザリンもペコッと頭を垂れた。

「事情を認識できたのなら、後は貴様らで情報交換でも何でも好きにしろ。我はお嬢様にケーキのおかわりと、温かいお茶の準備をしている」

「あ、私もお茶、欲しい」

「すまない、私も構わないだろうか」

二人が揃って手を上げると、クルルギが顔を上向きにしてふんと鼻を鳴らす。

「贅沢な連中だ。好みの茶葉があるなら言っておけ」

「いや、貴女《あなた》に任せるよ」

「同じく」

面倒臭そうに舌打ちを鳴らしてからクルルギはお茶の準備を始め、その姿をヴィクトリアは楽しげな様子で眺めていた。そうなれば自然とロザリンとアカシャ、二人だけで会話をするような形が作り上げられる。

「情報交換、と言っても難しいね。一応は生徒会が怪しいというのは聞いているのだろう？」

「うん。でも……」

一瞬だけ、相手に気取られないよう思考を巡らせる。

「私達は、まだ来たばっか、だから、話せるようなこと、なにも、ない」

地下での出来事は伏せた。もしかしたらあの仮面の人、ハイネスと名乗る女性とアカシャは、何らかの関係があるのかもしれないが、痕跡も含めてのあの場所はまだ調査が必要。手詰まりという状況ならともかく、現段階で突く必要性はないと考えた。

（もしも、知り合い、なら……向こうからリアクションが、あるはず）

ハイネスと繋がりがあるなら、地下でのことは報告されているだろう。此方《こちら》に対して探りを入れたいのなら、訂正してくるとロザリンは予想したが。

「そうか。確かに昨日今日の調査で、何か手掛かりを提示しろというのは乱暴な話だ。その辺りの難しさは、先に着手している私達の方も理解している」

「じゃあ、アカシャも？」

「申し訳ない。色々と調べてはいるのだけれど、生徒会側もガードが堅くて。共有できるような情報はなんとも……勿論《もちろん》、手をこまねいているわけではないし、色々と仕込みはしているから、近日中に何かしらの手かがりを得ることはできるはずだ」

彼女の方も持っている手札を晒《さら》しはしなかった。ハイネスに言及しなかったのは本当に無関係なのか、あるいは関係性を伏せておきたかったからか。どちらにしても何の牽制《けんせい》もなかったということは、こっちはこっちで好きにやれという考えなのだろう。

（……いや、チクッと、刺された、かな）

アカシャは会話の中で『私達』と発言した。ヴィクトリア達のことを含めているのか、ハイネスのことを指しているのか、あるいは他に協力者がいるのか。知的な印象のある彼女が、単純な言い間違いをするとは考え辛いので、僅《わず》かな匂わせ程度の牽制をしてきたのだろう。好きにやるのは構わないが、目は光らせているぞ、と。ヴィクトリアやクルルギが口を挟まないのも疑問だが、好意的に解釈すれば調査に関しては一任されているとも判断できる。

いずれにせよ、まだまだ足で情報を稼がねばならない。結果として手札を提示し、アカシャと協力することもあり得るだろう。その意味では今回の顔合わせは、ちゃんと意義がある出来事と言える。

（これを、作為的に、やったんなら、意外に性格、悪いかも）

視線の先にいるのは無邪気な笑顔で、甘いケーキを頬張るヴィクトリアの姿だった。

この後もお茶とデザートを楽しみながら、当たり障りのない話題で盛り上がり解散となるのだろう。安堵《あんど》と落胆が入り混じる感情とまだ食べ足りなさを胸に秘め、クルルギが淹《い》れてくれたお茶に手を伸ばすと同時に、何かに気が付いたクルルギが渋い表情で窓の方へ寄る。カーテンと窓を開くと縁の部分に、嘴《くちばし》に何かを咥《くわ》えた小鳥がちょこんと飛び乗った。咥えているのは小さなメモ帳で、クルルギがそれを指先で摘《つま》むよう受け取ると、確認した中身の内容に眉を顰《ひそ》めた。

「……あまりよくないお知らせかしら」

「そのようですね」

心配げなヴィクトリアの声に頷《うなず》いてからクルルギは落胆するよう息を吐く。

「悪い知らせだ、魔女の娘」

そう言うとロザリンの方に速足で近づくと、アカシャには聞こえないよう耳元で簡潔に事実だけを告げた。

「野良犬が生徒会の手に落ちた」

デザートに伸ばそうとしたロザリンの手を止めるには、十分過ぎる一言だった。

第五十九章　奴隷ちゃん

闇の中に沈んでいた意識が浮上すると同時に、感じ始めたのは全身の痺れるような痛みと、凍えるような肌寒さだ。

「んんっ……ぐっ、さむい……」

微睡《まどろ》みに揺蕩《たゆた》い、頭は覚醒し切っていなかったが、本能は暖を求め自身を抱き締めるよう身体を丸くする。触れ合う肌は最初こそ氷のような冷たさがあったが、逃げ場を失った熱でほんの一部ではあるが、冷え切った身体に温かさを与えてくれた。だが、たったそれだけのことで快適さを得られるはずはなく、寒さを実感し始めた所為《せい》か全身がぶるぶると震える。遂には耐え切れなくなってアルトは跳ね起きた。

「さっ、寒いっっっ……⁉」

歯をカチカチ鳴らしながら、まだ寝ぼけ眼《まなこ》のアルトは左右の二の腕を両手で摩《さす》る。

「なんだよこの寒さ……って、あれ？」

少しでも身体を温めようと、冷たく鳥肌の立つ肌を手の平で擦《こす》っているアルトは、寝ぼけてはいたが直《す》ぐに身体の異変に気が付いた。

「俺、裸じゃねぇか。通りで寒いわけだよ。くそっ」

薄暗い中で見下ろす身体は一糸まとわぬ素っ裸。凹凸の少ない貧相な身体つきも、そろそろ見慣れてきた頃合いではあるが、こうやって現実を突きつけられると、いつの間にか慣れ始めていたことに戦慄を覚えた。早く元の姿に戻りたい。湿ったため息を吐き出した。

「ようやく目が覚めたのね」

「ん？」

後ろから呆《あき》れたような声が聞こえ振り向くと、テイタニアが膝を抱えて座っていた。

「テイタニア……ってか、なんでお前、裸なんだよ」

「そりゃお互いさまでしょ」

立てた膝を抱き締めるようにして隠してはいたが、テイタニアも自分と同じく服を身に着けていない状態だった。普段からつけている布マスクも外されていて、気になるのかしきりに口元を手で擦っている。

そしてアルトも改めて置かれている状況の異様さに気が付く。

「寒いのも裸なのもそうだが、いったいここは何処《どこ》だぁ？」

薄暗い所為《せい》で直《す》ぐにはわからなかったが、ここは窓を厚手のカーテンで閉め切られた教室だ。机や椅子がない代わりに、四分の一ほどを鉄格子で仕切られていて、アルト達はその内側に閉じ込められていたのだ。ただ、教室自体は掃除が行き届いていて床に寝そべっても汚れないが、昨日座学を受けていた場所とは作りがちょっと違い、何処となく古めかしさが感じられた。寒かったのは裸なのもそうだが、日差しが全く入ってこないのもあるだろう。

「ここは女学園の旧校舎よ。一応、敷地内にある建物だけど、今は別の使い方をされてるわ」

「使わなくなった校舎に、どんな使い道があるんだよ」

「懲罰房」

女学園に相応《ふさわ》しくない単語に思わずギョッとする。

「何を驚いてるの、当たり前じゃん。喧嘩上等の連中が集まる場所だけど、自由に好き勝手できるわけじゃないんだから、度が過ぎれば罰を受ける羽目になる」

「それで懲罰房か。でも、これはやり過ぎなんじゃねぇのか？」

テイタニアの方に向き直ったアルトは、胡坐《あぐら》をかいた状態で大きく両腕を左右に広げる。

「ちょ⁉　なに見せつけてきてんの。アンタ、露出狂？」

堂々とした姿に動揺しながらテイタニアは顔を背けた。暗がりでわかりにくいが、頬がほんのり赤いかもしれない。

「なに照れてんだよ。女ばかりガーデンで暮らしてんだから、女の裸なんて見慣れてんだろ」

「見慣れてないし照れてもない。第一、大浴場でもない限り、他人の裸なんてそうそう見たりしないでしょ……ってか、そんなジロジロ見ないでよ」

「こりゃ失礼。ってか、部屋じゃお前が似たようなことやってただろう」

「自分の部屋と教室じゃ、精神的安心が違うから」

「はいはい」

かなりきつく睨《にら》まれたので、内心で残念に思いながら視線を外した。

「そんでテイタニア。何で俺達は、懲罰房なんぞに放り込まれてんだよ」

「生徒会に喧嘩吹っ掛けたからでしょ。堂々と真正面から挑んで、一発で負けてれば世話ないわよ」

「……ぐうの音も出ねぇな」

渋い表情でアルトは頭を掻《か》く。素手であったことや、身体が本調子ではないことなんて言い訳にもならない。恐らく万全の状態で挑んでも結果は同じだ。アルトは舐《な》めていた、油断していた。生徒会長を名乗っていようと所詮はいち学生、搦《から》め手ならともかく真正面からのぶつかり合いで、後れを取るようなことはないと過信していた。結果、ウツロに僅《わず》かな心の油断を見透かされ、相手の本気を引き出すことなく一蹴されてしまった。

（普段、小娘共に偉そうな口を叩いてこのザマかよ……情けなさすぎて誰にも見せられないぜ、まったく）

反省しつつも「ともかく」と顔を上げ気持ちを切り替える。

「つまり会長様に負けた結果、罰として懲罰房行きって訳か。ま、わかり易くていいな」

「……ねぇ。貴女《あなた》、本当に大丈夫なの？」

一呼吸分の間を置いてテイタニアが問いかける。

「花の塔の最上階から落ちたんだから、骨の二、三本は折れてるんじゃないの？」

「ん？　ああ……」

言われてアルトは両肩をグルグルと回してみるが、背中や脇腹に多少の違和感はあったモノの、骨や内臓に異状はなさそうだ。せいぜい打撲か打ち身くらいだろう。

「背中がピリピリするくらいで特に問題はねぇよ。正直、死ぬかと思ったけど、上手《うま》い具合に受け身が取れたっぽいな」

「いや、受け身とってもあの高さは死ぬって……どんだけ頑丈なの、エンフィール人って」

呆《あき》れを通り越して、若干引き気味の視線が素肌に刺さる。

「うるせぇよ、人を化物みたいに言うな。それより、なんでアンタも捕まってんだよ」

「……やっぱり寒いわね」

「なんだよ、負けたのか」

露骨な誤魔化しを無視すると、再びキッと鋭い目付きで睨まれた。

「負けてない。ただちょっと……隙を突かれただけ」

「それを負けたって言うんだろうよ。どんだけ負けず嫌いだ……ったく」

胡坐《あぐら》をかく膝に肘を置きアルトは頬杖を突く。

「結局のところ、アンタ何者なんだよ。生徒会に恨みでもあんのか？」

「…………」

ずっと思っていたことを問うが、テイタニアは唇を結んで黙り込む。彼女の行動は色々と歪《いびつ》なのは、少し見ていればわかる。浮いているというのは言い過ぎだが、クラス内で積極的に友好関係を築こうとする様子はみられず、その癖、転入生のアルトに対して妙に世話焼きというか、面倒見のよい部分が見え隠れする。おまけに生徒会に喧嘩を売る発言をしても、手の平を返すどころか、むしろ余計に歩み寄りを見せているように思えた。

「昨日のことといい、今日のことといい、アンタ、生徒会と何か因縁でもあるのか？」

「どうでもいいじゃん……それって貴女《あなた》に関係あるの？」

「アンタの都合なんざ知ったことかよ。んなのいちいち気にしてたら、知りたいことも知らないで終わっちまう」

「……ふん」

強く膝を抱き寄せテイタニアは不機嫌な顔を晒《さら》す。

「別に、大袈裟《おおげさ》な理由があるわけじゃない。気に入らないじゃんか、ああやって、何でも思い通りにいきますって顔してる連中」

「まぁ、わからねぇでもない」

「貴女こそ、他人の事情に踏み込むんだから、自分語りする度胸くらいあるんでしょ？」

「俺だって大仰な理由があるわけじゃねぇよ」

乱暴に頭を掻《か》き毟《むし》る。

「学園長に頼まれて、生徒会の連中を探ってるだけだ……アンタ、外敵因子って言葉に聞き覚えはねぇか？」

「外敵因子？」

怪訝《けげん》な顔をしながら、テイタニアは考え込むよう視線を左右に動かす。

「……聞き覚えは、ないかな」

「本当か？」

「なにそれ。信じる信じないは、そっちの勝手だけど」

疑うような視線に表情をムッとさせるが、誤魔化している様子はないように思えた。

「んじゃ、もう一つ」

「……まだあるの？」

嫌そうに嘆息するが、答えてくれる気はありそうだった。

「学園の生徒の行方不明事件。これに関して何か……」

「知らない」

言い終わる前にぴしゃりとテイタニアは言い切った。

「そもそも、うちは学園の娘とそんな話したことないから。仲良い友達とかもいないし」

否定が露骨すぎると自分でも思ったのか、すぐさま早口で捲《まく》し立てた。焦っている所為《せい》か一人称もちょっと違っている。指摘しようかとも思ったが、この様子だと認めないだろうし折角開いた口が閉ざされるのはよろしくないだろう。

「なんで？　アンタ、ガーデンの人間なんだろ」

「ガーデンの人間だから、全員が友達で顔見知りってわけじゃないから。うちがここに来たのは一年前で、その頃にはもう学園の人間関係は出来上がっちゃってる。その輪にずけずけと入っていけるほどうち……わたしは厚顔無恥じゃないってだけ」

「なんだよ、ただの人見知りか」

呆《あき》れるような声に対して、テイタニアは舌打ちを鳴らす。

「人見知りで結構。わざわざ赤の他人と本音で語り合うなんて気が知れないわ。貴女《あなた》みたいな変わり者代表みたいな娘に、人の性格をとやかく言われたくない」

「おいおい、俺の何処《どこ》が変わり者だってんだよ」

「性格と喋《しゃべ》り方。何を気取ってるのか知らないけど、まるで男の子」

「……そりゃお前」

俺は男だから。言いかけて口を押さえる。

「言いかけて止めるの、すっごく気分が悪いんですけど」

「そりゃお前……俺って、かっこいいだろ？」

「……馬鹿じゃないの」

ジト目で呆《あき》れ顔をされた。

「まぁ、素っ裸じゃ恰好《かっこう》も付かないってな……おお、寒い！」

行方不明事件に関して心当たり、あるいは個人的な事情があるらしいのは明白だが、この様子だと簡単には話してくれないだろう。内心を悟られないよう日の当たらない教室で全裸は冷えると、大袈裟《おおげさ》に言いながらアルトは両肩を抱き手の平で擦《こす》った。

「アンタ、魔剣呼べんだろ。それでこの鉄格子、ぶった斬ったりできねぇのかよ」

「やれないこともないけど、ここからどうやって帰るつもり？　悪いけど全裸で学園の敷地内を突っ走るなんてゴメンだから」

「……くそっ。それを計算ずくで身ぐるみ剥ぎやがったか」

元の性別が男でも全裸でお天道様の下を歩くのに抵抗はある。暗がりの室内で座っている程度なら我慢できるが、流石《さすが》にこれで人前に出るのは正直勘弁して貰いたい。アルトでもこれなのだから、テイタニアに至っては現状でも激しく羞恥心が刺激されていることだろう。悪い男心的には羞恥に震える姿を含めて眼福ではあるが、本当の性別を含めて妙な下心が知られてしまえば、魔剣が飛んでくる先はアルトの脳天に、なんてことになりかねない。

「とりあえず、大人しくしてるのが吉ってわけか」

「ま、そういうことね」

現状維持という方向性が固まり二人の会話が途切れた。互いに歩み寄りがない以上、必然的に口数は皆無になるが、二人共、雑談を好むタイプではないことも、この静けさの要因の一つだろう。身体の痛みも残っているし、暫《しばら》くはおとなしくしているのが妥当ではあるが、当面の問題点はというと……。

「しっかし、寒いな」

口元を両手で覆い、頬を膨らませて息を吹きかける。息が白く染まるほどではないが、冷たくなった口の回りと手の平が吐息に温められた。服さえ着ていれば特に肌寒い程度でも、裸になると中々に堪《こた》える。寒さを感じる要因の一つとしては、教室の床が石造りでひんやりとしているから。座っているだけで剥き出しの尻から体温が奪われるので、座っている体勢がしんどくなったからといって、横たわったら間違いなく風邪を引いてしまうだろう。

「毛布の一枚でも欲しいところだな」

「同感」

テイタニアも寒さが辛いらしく、抱えた足の爪先をパタパタと動かしたり、しきりにもみ込んで冷えた末端を温めようとしている。再び沈黙が訪れるが、寒さが和らぐわけでもなければ、教室に誰かが訪ねてくる気配も感じられない。

「……寒いな」

「しつこい。わかり切ったこと、何度も言わないで」

「そりゃ悪かったな。けど、考えてもみろ。このまま夜になったらもっと冷えるぞ」

ギクッと、テイタニアは唇を歪《ゆが》めて首を上に伸ばす。

「嫌な想像させるな。真冬の雪山じゃあるまいし、凍死なんかするわけない」

「ちなみに俺は安くねぇから。肌で温めあう時は料金が発生するんで、あしからず」

「言い方が気持ち悪い。うちにそっちの趣味はないから」

寒さを紛らわせたくて、二人は意識して会話を多くするがやはり長くは続かない。お互いにあえて触れはしなかったが、やはり生徒会の連中にしてやられたことは、肉体以上に精神的なダメージが大きかった。

(負けるにしたって、もうちょいマシな負け方があるだろ……くそっ)

自身の不甲斐《ふがい》なさに内心で毒づく。相手の情報をまるで引き出せず、必要最低限の動きであしらわれてしまえば、それは気落ちの一つもしたくなる。

「……別に」

不意にテイタニアが口を開く。顔は何故《なぜ》かそっぽを向いていたが。

「別に必要以上に気に病む必要はないよ。連中はガーデンでもトップクラスの実力者だし、普通は勝てなくて当然……っていうか、勝てるって思ってる方が自意識過剰だから」

「なら、同じく喧嘩を売った誰かさんも、自意識過剰ってわけだ」

「うちは貴女《あなた》に巻き込まれただけ。もっと穏便にことを進めたかったのに、これで生徒会に目をつけられる羽目になった……責任をとって貰いたいくらい」

「そりゃ申し訳ないが、感謝してるぜ。アンタのお人よしには」

「その言い方がいちいちムカつくんだけど」

「ちゃんと責任取りますって。ここから風邪もひかず、無事に出られたらな」

そう言ってアルトは視線を教室の扉の方に向けた。一瞬、テイタニアは怪訝《けげん》な顔をするが、直《す》ぐに彼女も気づいた様子で同じ方向を見る。廊下から数人の足音が聞こえ、教室の前で止まった。ノックもなければ声をかけることもなく、スライド式の扉が開かれると教室内に踏み込んできたのは、三人の女生徒だった。気怠《けだる》げというかやる気が感じられない態度で現れた女生徒達は、先端を厚い布で覆った長い棒と、一人が折り畳まれた毛布らしき物を小脇に抱えている。

知ってる顔か？　視線で問い掛けるとテイタニアは首を左右に振った。

「何処《どこ》の誰かは知らないが、その毛布は差し入れか？　ついでに腹が膨れる食い物も、持ってきて貰えるとありがたいんだけど」

まずは出方を窺《うかが》う為に軽口を叩いてみるが、女生徒達は此方《こちら》をチラッと一瞥《いちべつ》するだけで、何やら廊下の方の様子を窺っているだけ。何をやっているんだとアルトが眉を顰《ひそ》めておると、更に追加で女生徒が二人、何か大きな物体を引き摺りながら、息を切らせて教室へと入ってきた。二人がかりで運んできたのは薄汚い布切れに包まれた何かで、それが何か気が付いたテイタニアは動揺と共に息を飲む。

「あ、あれって……人間？」

女生徒二人に左右の足を掴《つか》まれ、動けないよう布切れ、いや布袋のような物でグルグル巻きにされている人物は、生きているのか死んでいるのかもわからない。ぐったりとした様子の人物を鉄格子の前まで引っ張ると、引っ張っていた足を乱暴に投げ捨てる。

「ここでいいんだっけ？」

「問題ないはずよ」

簡単な会話を交わしてから、一人が鉄格子の入り口に近づき取り出した鍵を鍵穴に差し込んだ。

「おい、ちょっと待て。まさかそのよくわからんボロ布を……っと⁉」

座ったまま入り口に近づこうとするが、棒を持った一人が威嚇するよう鉄格子を叩く。

「騒ぐな。質問も受け付けない……ほら、さっさと終わらせるわよ」

「わかってるわ、よっと！」

開けた出入り口からアルト達が逃げ出さないよう、格子の隙間から棒を構えながら、倒れたまま動かない布に巻かれた人物を、足で乱暴に鉄格子の中へ何度も蹴るようにしながら押し込んだ。身体が完全に納まると最後に持っていた毛布を投げ込んで、出入り口を閉め鍵をかけて足早に去って行った。

「んだよ、俺達は家畜かなんかか。養豚場の豚だってもうちょっと丁寧に扱われてんぞ」

「要するに豚以下ってわけ。毛布、わたしの分も取ってよ」

そう言って膝を抱えたままテイタニアは右手を伸ばす。位置的に毛布までの距離はどちらも変わらないが、無暗に動いて裸が見えてしまうのが嫌なのだろう。仕方なく毛布を取ろうとアルトが立ち上がると。

「――ちょっ⁉　隠すくらいしてって言ってるでしょ、本当に変態かっ！」

「気になるんなら目ぇ閉じとけよ、面倒くせぇな……ほらよ」

「うわぷっ⁉」

振り返りながら二枚ある毛布の一枚をテイタニアの顔に向け投げつける。残りを背中から羽織るようしてみると、思っていた以上に大きく身体をすっぽり覆い隠してくれた。ただ、古い上に安物なのか肌触りが悪く、生臭いような悪臭がちょっと気にかかった。

「恥ずかしがり屋のテイタニアちゃんも、これなら大丈夫ですか？」

「……そうね。露出狂の誰かは、不満かもしれないけど」

茶化す軽口に対して、毛布を同じよう羽織りながらテイタニアも皮肉で返す。素肌を隠せたのもそうだが、古くても臭くても毛布一枚あるだけで、震える寒さが大分緩和されたのが何よりの収穫だろう。そうなると次に問題になるのは。自然な流れで二人の視線は、倒れたままぴくりとも動かない布きれを被った人物に注がれる。

「アレ、どうするつもり？」

「どうするって言われてもな……捌《さば》いて食うわけにもいかんだろ」

悪趣味な冗談を言いながらアルトが近づき、爪先で太腿あたりを突《つつ》いてみる。

「反応はないな。死んでんじゃねぇのか？」

「死体と寝泊まりするって、冗談でも笑えないんだけど」

「潔癖だねぇ。戦場じゃよくある話だぞ。顔見知りだとちょいとキツイが」

「もっと笑えない」

流石《さすが》に趣味の悪い軽口と思われたのか、テイタニアの視線が冷たかった。毛布を身体に巻いたことで余裕が生まれたのか、肌が露出しないよう片手で押さえながら、ボロ布を纏《まと》う少女の下へ近づく。

「これ、巻いてるだけかと思ったけど、袋になってる」

「あん？　……本当だ」

軽く布を前後に引っ張ってみるが、剥き出しの足以外の部分が露出することはなかった。

「頭のところが縫い付けられてんな」

「かなり頑丈な布。これって人間を詰める用に作られてないよね」

「人間を詰める用ってなんだよ物騒だな。果物とか野菜とか、詰める為の袋じゃねぇのか」

「そうかもだけど。これって、ちゃんと息できてる？」

言われて布袋に触れてみると、あまり風の通りは良くなさそうだった。

「……マジで死体と寝泊まりになりそうだな」

詰め込まれている布袋は作りが粗く、多少、乱暴に触った程度では折り目がつかないほど硬い。縫製や仕立てが甘いので、中の空気が完全になくなることはないだろうが、人間一人がギリギリ納まるサイズ感は、健全な呼吸が可能かどうかは微妙なところだ。

「一応、忠告しておくけど。懲罰房に放り込まれる生徒は大概、碌《ろく》なモンじゃないよ」

助けるのは構わないが、素直に感謝するような手合いではないぞと、暗にテイタニアは言っているのだろう。どうするか迷いながらアルトは自分の頬を掻《か》く。

「ま、手の届く範囲で窒息されんのも、目覚めが悪いじゃねぇか」

「……それもそうね」

頷《うなず》いたテイタニアは反対側に回り、恐らく首だと思われる部分に手を回すと、力を入れて上半身を起こす。

「うわっ、軽っ」

脱力している人間を起こすのは大変だが、中の人物は想像よりずっと華奢《きゃしゃ》だったのだろう。驚きながらもテイタニアが、背中を支えるよう体勢を固定するのを確認してから、背後に回ったアルトが、ちょうど天辺になっている布袋の縫い付けられた部分に合わせて、前後に掴《つか》み思い切り引っ張った。

「――ふんにゅっ!!」

瞬間、ブチブチブチッと縫製していた糸が千切れ、解れた先から真っ白い髪の毛に包まれた頭部が露出する。

「思ったより簡単に破けたぜ。後はこのまま袋を引き裂けば……」

「ああっ、ちょっと。袋は縦に破かないで顔だけ露出させた方がいい」

破こうとした体勢のまま「あん？」とテイタニアに怪訝《けげん》な視線を向ける。

「もしも、気が付いて暴れられた時に、拘束具の代わりになるから。どんな相手かわからないんだから、それくらいの用心はしとかないと」

「……なるほど。そりゃ正論だ」

納得したアルトは一度手を離してから、縫製が破れた縁の部分を掴み、耳や鼻に引っ掛からないよう注意しながら袋を下げていく。人を詰める用に作られていない布袋はやはりキチキチで、注意していても途中で引っ掛かり、その度にアルトは揺すったりしながら何とか肩の辺りまで下ろすことに成功した。

「やっぱり、女の子だったんだ」

真っ先に彼女の顔を見たのは、抱きかかえる形になっているテイタニア。乙女の園であるガーデン内ならば、布袋の中に詰められた人物が少女であるのは必然だが、テイタニアが驚いたのは彼女の顔があまりに綺麗《きれい》だったから。容姿が整っている、という意味だけではない。

「この娘、顔に傷一つない」

眠るように瞳を閉じている少女の顔は、日焼けとは程遠い青白い不健康な肌色をしている以外、かすり傷もない綺麗なモノ。ぐったりした様子だったたし、てっきり手酷くやられているのかと思ったが、確かに露出している素足も汚れてはいるモノの、傷らしい傷は確認できなかった。ただ、前述の顔色が悪いことも含めて、少女がかなり衰弱しているのは間違いないだろう。テイタニアは少女の口と鼻の辺りに耳を近づける。

「一応、呼吸はあるね。変な音も聞こえないし、本当に眠ってるだけみたい……まぁ、医者じゃないから本当のところはわからないけど」

「そうか。なら、そのまま寝かせておくか」

外傷や目立った異変がない以上、知識のないアルト達にできることはない。そう判断してテイタニアは後頭部を支えながら、ゆっくりと少女の身体を床に横たわらせる。その体勢になってようやく、アルトは少女の顔をハッキリ見ることになった。

「……ん？」

離れようと腰を浮かせたアルトは、思わず少女の顔を二度見する。

「テイタニア。こいつに見覚えあるか？」

問われてテイタニアは少女の顔を確認する。

「いいや、知らない娘《こ》。白い髪の生徒なんて目立つから、見かけたことがあれば忘れない」

「……なるほどな」

予感が確信に近づく。眠る少女の顔立ちにアルトは心当たりがあったが、正直、最初は見間違いや他人の空似だと言われれば、納得してしまうほどあやふやなモノだったが、女学園の生徒ではないことと、アルトの現在の状況を鑑みれば、自分の記憶より幼いこの顔立ちにも説明がついてしまう。困惑するアルトの様子にテイタニアも察する。

「この娘、貴女《あなた》の知り合い？」

「知り合いだ……ってハッキリ言えるほどじゃあねぇが……ふぅむ」

思わず自分の手の平に視線を落とす。数十人、数百人と斬ってきた手は、嫌なモノで忘れたと思っていても呼び起こされる。皮膚を斬り肉を断つ感触は、誰一人として同じだったことはなく、少女なら尚更、鮮明に手の中に刻まれてしまう。故に理解している。あの時に一撃は、命に届いてはいなかったことが。

「まさか、こんな場所で会うとは……」

感想を零《こぼ》しかけた瞬間、パチッと少女の目が前触れなく開いた。灰色の瞳の三白眼。視界に入る者は全て敵だと言いたげな獣じみた瞳は、覗《のぞ》き込むアルトと自然に視線が交錯する。刹那《せつな》、身の毛もよだつ殺気が膨れ上がり、油断していたテイタニアが思わず声を漏らしそうになる中、真っ先に飛んだのは疑問や怒声などの言葉ではなく、少女の頭突きだった。

「──痛っ⁉」

反射的にのけ反ったことで直撃は免れたが、硬い額が鼻先を押し込み、鼻孔の奥の方を突くような痛みにアルトは顔を顰《しか》めた。涙で滲《にじ》む視界のすぐ近くでは、目を血走らせて此方《こちら》を睨《にら》む少女が、唾を顔面に飛び散らせながら怒鳴る。

「なんらテエべぇぇえ、ぐちゃぐじゃのひぎにぐにぃされたいのかぁ、あぁッ‼」

暫《しばら》く声を発してないからか、声が掠《かす》れ舌が上手《うま》く回らないのも構わず、頭突きの勢いに乗せ身体を持ち上げながら恫喝《どうかつ》する。掴《つか》みかかろうとしたのか露出した左右の肩を、大きく前後に振るよう動かすが、ぴっちり納まった袋に拘束され腕を伸ばすことはできない。

「ああぁっ、んがぁぁぁ、くっそうぜぇぇらぁぁぁぁあああああ‼」

半狂乱の状態で叫び散らし足をバタつかせながら暴れるが、雑でも作り自体は頑丈な硬い布袋は、ブチブチと他の縫製が千切れる音が断続的に聞こえるも、破れて身体が自由になるまでには至らなかった。頭突きを喰らったアルトは、鼻の奥に血の味を感じると同時に、ブチッとこめかみ辺りから何かが切れる音が聞こえた。

「――ちょ」

テイタニアが声を漏らした時には、既にアルトの手は少女の顔を鷲掴《わしづか》みにしていた。

「テメェ……痛ぇじゃねぇかこの野郎があああぁぁぁ!!」

羽織っていた毛布がはだけるのも構わず、掴んだ少女の後頭部を鉄格子に叩き付けた。ぶつかるなんて表現は生温《なまぬる》い。ガンッという想像以上に鈍い音と共に檻全体が大きく揺れると、ちょっとやそっとでは曲がらない太い鉄格子が頭の形にひしゃげる。はっきりいってその衝撃は、後頭部を鉄棒でぶん殴られるのと相違はないだろう。

これにはテイタニアも絶句してしまう。

「ちょ、ちょっと……流石《さすが》にそれは、死んだんじゃないの?」

「馬鹿言うな、こいつがこの程度で死ぬかよ」

ドン引きするテイタニアに確信をもって告げてから、掴んでいた手を顔面から離す。白目を向いて気絶くらいしているかと思いきや、苦悶の表情こそ浮かべているモノの、睨みつける瞳には確《しっか》り意思と殺気が宿っていた。

「ぐぎぎッ……ッメェ、死にたいらしいなぁ、この腐れ雌豚がッ!」

身体の反動だけで飛び掛かろうとするが、寸前でアルトが腕を喉に当て少女の背中を鉄格子に押し返してから、袋の所為《せい》で身動きが取り辛くぶつかった衝撃で檻を揺らしながら尻餅を突いた彼女の動きを封じるよう、振り上げた足で胸元を押さえる。

「おいゴラぁァぁッ⁉　舐《な》めた真似してんじゃあねぇぞッ‼」

「一発喰らって口が回るようになったじゃねぇか。相変わらずの狂犬っぷりだな」

「ああッ⁉　誰よテメェッ⁉」

「……知り合い？」

当然の疑問と共にテイタニアが視線を向けてきた。

「まぁお互い、記憶よりちょいと違っちまってるがな……まさか、アンタが生きてるとは思わなかったぜ、ミユウ」

「……ああ？」

暴れる動きが止まり、睨《にら》みつける目付きはそのまま表情だけ怪訝《けげん》なモノになる。

ミユウ。王都の北街の一部を仕切る天楼という組織と対立した際、刺客として送り込まれ何度か戦った人物だ。常軌を逸した再生能力と凶暴性で手を焼かされたが、地下水路での対決でシリウスの乱入により、激流に飲まれ行方知れずになっていた。引っ掛かるのは彼女の容姿。以前も小柄ではあったが今は更に一回り小さく、今のアルトと同じかそれ以下の年齢に思えた。

「他人の空似かとも思ったが……」

踏みつけるのを止めてその場にしゃがむと、おもむろにミユウの片足を持ち上げ足裏を確認する。小さくまんま子供のような足は、砂や埃で汚れ黒ずんではいるが、軽く叩いてみると傷一つない綺麗《きれい》な足裏が現れる。足裏だけではない、脛《すね》や太腿も汚れでわかり難いだけで、怪我《けが》らしい怪我は欠片《かけら》も見受けられなかった。

「あんな乱暴な扱いされてりゃ痣《あざ》の一つや二つ、出来そうなモンだがアンタの身体にそれらしい傷痕はなかった」

「人の身体をジロジロと見てんじゃないわよ。なに、アンタ。そっちの趣味があるわけ？」

「ガキの貧相な身体に欲情する趣味はねぇよ。理屈はわからねぇが俺もこんなザマだ、多少縮むくらいの現象はあるかもしれねぇって話さ」

「……………」

睨《にら》みつけてくる視線は鋭いままだが、いつの間にか力が抜け暴れるのを止めていた。

「それでミュウ。王都で流されたはずのアンタが、何だってガーデンなんかにいやがる。もしかしてアンタが噂《うわさ》の外敵因子、ってヤツなのか？」

「さぁ、知らないわね」

恍《とぼ》けるな。口を開き恫喝《どうかつ》しようとするが、それより早く嘲笑するような言葉をミュウが発する。

「だってわたし、なぁんにも覚えてないもん」

自分のことなのにも拘《かか》わらず、小馬鹿にするよう肩を竦《すく》めた。

「覚えてないってお前……記憶喪失なのか？」

「しつこい。同じ質問を繰り返すな……それより聞かせなさいよ」

「なにをだ？」

「わたしのこと。ミユウってのがわたしの名前ってのは初めて知ったから、次にわたしが何処《どこ》の誰か……いちいち説明しなくても理解しろよ、灰色チビ娘」

イラッとくるが、大きく深呼吸して頭に昇りかけていた血を下げる。

「俺も詳しくは知らねぇよ、仲良しこよしってわけじゃねぇからな」

「役に立たないわね。知ってることだけ話せ」

無礼な態度にアルトは舌打ちを鳴らす。

「スラム街のボスの娘で頭の悪い喧嘩馬鹿。斬っても突いても死なない異常体質だ」

「……厄介に厄介が重なってる」

後ろで聞いていたテイタニアが率直な感想を漏らす。事細かに生い立ちを知っているわけもないので、どう話を盛ってもこの程度の情報しか教えられないが、催促した割りにミユウはさほど興味がない様子で、ぼりぼりと袋の中で腹を掻《か》いていた。

「こっちは知ってることを話したぞ。次はアンタの番だ」

「わたしも聞きたいことがある」

惚《とぼ》けさせないと圧をかけてくる二人に、ミュウはウザったそうな顔をする。

「アンタ、どうしてガーデンにいる？　記憶がなくなっても、そっちの方はわかるだろ」

「だから記憶がないって言ってるでしょう。いい加減、理解しなさいよ」

気怠《けだる》げな様子で面倒臭そうに答えた。

「ふざけんな」

布袋を掴《つか》み顔を自身の方へ引き寄せた。

「王都でのことを覚えてなくても、こっちに流れ着いた後のことはわかるだろ」

「はぁ？　テメェ、何を勘違いしてるわけ？」

両肩を大きく横に回すようにして、強引に掴まれた手を振り払う。

「わたしにある記憶はさっき目が覚めて、テメェにぶん殴られたことだけ。それ以前のことは知らないわ」

「……なんだと？」

思わずアルトとテイタニアは顔を見合わせた。てっきりガーデンに流れ着いた以前のことを忘れているのかと思っていたが、今の発言が本当だとするとこの数分以前の記憶は全てないということになる。

「それって、ついさっき記憶を失ったってこと？」

「……そいつは」

どうだろうかと直《す》ぐに同意は出来なかった。他人どころか自分の命も顧みないミュウが、たとえ同じよう大幅に弱体化していたとしても、運び込んできた女生徒にされたような扱いを許容したとは思えない。何よりも肉体の変化だ。可能性として一番考えられるのは、水神リューリカの影響なのだが、だとしたら若返っていることに何かしらの理由があるはず。

「唐突過ぎて、私にはその場凌《しの》ぎの嘘《うそ》にも聞こえるけど」

「だったら一生勘違いしてなさいよ陰気女。テメェの陰キャがここまで臭うぞ」

「……喧嘩売ってるんだ」

「待て、テイタニア」

前に出ようとするテイタニアの毛布を掴《つか》み制止する。

「こいつは考えるより先に殺しにかかる馬鹿だ。んな回りくどい真似はしねぇよ」

色々と腑《ふ》に落ちない点は多々あるが、少なくとも記憶喪失なのは本当なのだろう。嘘だとしたら、王都での出来事に関して見ず知らずの少女が語っていることに、もう少し何かしらのリアクションがあるはずだろう。どちらにせよ記憶がないのでは、これ以上の進展はなさそうだ。

「この手の問題なら、アイツの眼が適任なんだがな」

「アイツ？」

独り言のつもりだったがテイタニアの耳に届いてしまったようだ。

「いや、なんでもない」

「あっそ……でも、記憶がないんならわたしが質問する意味もないみたい」

「何を質問するつもりだったんだ？」

自然な流れで問い掛けてみるが、テイタニアは無言でもといた場所に戻る。露骨に無視されてしまい思わず苦笑が零《こぼ》れた。鉄格子の中は二人から三人に人が増えたが、やはりミユウも無駄口を叩くタイプではないらしく、袋を被ったまま居心地が悪いのか不機嫌そうな顔で身を捩《よじ》っているが、彼女が本気になれば多少丈夫でも、内側から引き千切るのは余裕なはずだから、単純に面倒臭いだけなのだろう。

「くわっ……ふぅ」

アルトもやることがなく寝そべりながら大欠伸《あくび》をする。今度は毛布を羽織っているので、冷たい床の上に寝転がっても体温が奪われることはない。唯一の辛い点であった寒さえ凌《しの》げれば、薄暗く静かな教室の檻の中の居心地は悪くないかもしれない。これで後はまともな食事が出てくれれば、当面の文句はないのだが。特にやるべきこともなくなって、退屈と心地よさから眠気が込み上げてきた頃、不意にミュウが盛大なくしゃみを飛ばす。

「……くせぇ」

ポツリと呟《つぶや》き大きく鼻を啜《すす》った。唐突な奇行に二人から怪訝《けげん》な視線が向けられる。

「甘ったるい糞《くそ》みてぇな臭いが近づいてきたわ……気色悪い」

ミュウが誰に言うでもなく吐き捨てると、アルトは周囲を見回しながらクンクンと鼻を動かす。

「おい。アンタの方は何か臭うか？」

「毛布の臭い……じゃ、なさそうだけど」

疑問に首を傾《かし》げる二人だったが、彼女の警鐘が何を示していたか直《す》ぐに判明する。廊下の方から足音が聞こえた。今度は一人分だけで、早歩きでもしているのか軽快な足取りをリズミカルに鳴らしている。ミュウが妙な言い回しをした所為《せい》か二人に緊張感が宿り、何が起こっても対処ができるよう身体を起こした。足音が教室のドアの前で止まり、強めに数回ノックした後、返事も待たず開かれた。

「はぁい、アルトっち。元気してるかな、かなぁ♪」

警戒心に満ちた空気を壊すよう、軽薄な声を響かせながら入室してきたのは、生徒会幹部の一人アントワネットだ。彼女は満面の笑顔を湛《たた》えながら、鉄格子の中で呆《あき》れ顔をするアルトに向け、手の甲を此方《こちら》に向けたピースサインをしている。

「テメェは生徒会のピンク頭」

「はいそのセンスのない呼び方はバツで〜す。マジで傷付くんですけど」

頬を膨らませながら近づくと、鉄格子の前で膝だけ曲げてしゃがみ込む。

「ってか本当に無事だ。ねぇねぇ、怪我《けが》とかしてないの？」

初対面の時と変わらず人懐っこい笑みと馴れ馴れしさで接してくるが、二人、特にティタニアの視線は厳しく警戒心を緩めない。ミュウも両目を閉じて関係ない素振《そぶ》りを見せていたが、忙《せわ》しなく爪先を動かしているのは苛立《いらだ》ちからなのだろう。問い掛けに対して何の反応も示さないでいると、再びアントワネットは頬を膨らませた。

「ちょっとちょっとぉ、無視するとか酷くない？　これでも心配してるんですけど」

「自分を突き落とした連中のお友達と、仲良く談笑できるとでも思ってんのか？」

「ええっ、あーしは別に手ぇ出してないじゃん。あっさり負けたからって逆恨みだよ」

「んぐっ」

負けたことは事実なので、咄嗟《とっさ》に何も言い返せなくなってしまう。

「それにあーし個人としては、アルトっちと仲良くしたいんだけどなぁ……最初っからそのつもりで接してきたと思うんだけど」

「確かに、アンタは初対面から馴れ馴れしかったな」

その意味ではアントワネットのスタンスに変化はない。立場だけでいうなら敵対関係ではあるが、花の塔での一件も終始、此方《こちら》を敵視し続けていたオルフェウスとは違い、あからさまな形でどちらかに肩入れをする様子は見られなかった。だからといって、決して味方とは思えないのも事実だ。

「随分とこの娘《こ》に固執するんだね。そんなに好み？」

当然の疑問を皮肉交じりに問うと、アントワネットは微笑《ほほえ》んだままチラッとだけ、質問主であるテイタニアを見た。

「好みだよ、だって可愛いじゃんアルトっち。貴女《あなた》と違って」

「……ちっ」

皮肉を返され舌打ちを鳴らすテイタニアを無視して、にへへと照れるよう表情を更に崩す。

「可愛い可愛いアルトっちはさ、見てて飽きないんだよね。いやマジで」

「あんま嬉《うれ》しい呼ばれ方じゃねぇな。俺は可愛いより、恰好《かっこう》良い系だからな」

「いや、どう見ても可愛い系でしょ」

「そうそう、可愛いよアルトっち可愛い♪」

こんな時ばかり意見が一致して、口を揃えて可愛いと言い切られ、アルトは微妙な表情で口をへの字に曲げた。実際の性別を知らないから仕方がないと言えば仕方がないが、テイタニアも真顔で断言することはないだろうと内心で毒づいていた。

「ふん、んなこたぁどうでもいいんだ。おい、ピンク頭」

乱暴に頭を掻《か》き毟《むし》ってから、アルトは強引に話を元に戻す。

「俺達をここにぶち込んだ生徒会の役員様がいったい何の用件だ。飯の時間か？　それともここから出してくれるってか？」

「う～ん、そうだねぇ」

ワザと苛立《いらだ》った口調で捲《まく》し立てて威圧してみるが、アントワネットは動揺する素振《そぶ》りすらなく、むしろもったいつけるよう言葉を溜めながら、下唇に人差し指を添えて此方《こちら》を焦らすよう左右にゆっくり身体を揺らす。ハッキリしろよと怒鳴りたくなる気持ちが、喉元まで込み上げるもアルトはグッと堪《こら》える。ワザとなのは明白だ、ここで余計な一言を挟めば面白がって話題を混ぜっ返すだろう。だが、そんなことは関係なく、アントワネットの返答を逸《そ》らす対象は他にあった。

「あれぇ、あれあれあれぇ？」

大袈裟《おおげさ》に驚いたような声を上げながら、アントワネットが丸くした視線の先には、我関せずと曲がった鉄格子を背に、両目を瞑《つぶ》っているミュウの姿があった。薄暗いとはいえ視界が利かないほどではないので、部屋に入った時点で居るのは気づいているはずなのに、アントワネットはワザとらしく声をかける。

「奴隷ちゃんじゃん。やっほー、元気してる？」

微笑《ほほえ》みながらアントワネットが手を振ると、ミュウはウザったそうに舌打ちを鳴らす。

「……うるっさいわね。ドブくせぇ口で話かけてくんな」

ガンッ、と後頭部を鉄格子に打ち付けると、アントワネットは振っていた手を止め、今度は本気で驚いたよう息を飲んだ。

「あれ、奴隷ちゃんが、ちゃんと人の言葉を喋《しゃべ》ってる……」

初めてアントワネットが戸惑う表情を浮かべた。

「おい、ピンク頭。アンタ、こいつのことを知ってんのか？」

「……ん～、まぁ、一応。知ってるちゃ知ってるかな」

戸惑いから返答がワンテンポ遅れたが、直《す》ぐに元の人懐っこい笑顔に戻る。

「この娘《こ》は奴隷ちゃんって呼ばれてて、会長がペットとして飼ってるの」

「ぺ、ペットって人間を？　呆《あき》れた、悪趣味にもほどがある」

嫌悪感を表すテイタニアに同意するよう、アントワネットも苦笑しながら肩を竦《すく》めた。

「会長の趣味は独特だから。人前に連れ出すことは滅多にないし、あーしも顔を合わせたことは数回だけかな。ねぇねぇ、あーしのこと、わかる？」

「…………」

問い掛けるがミュウは完全無視を決め込む。それでも足元が忙《せわ》しなく動いているのは、アントワネットに対して強い苛立ち、あるいはストレスを感じているからだろう。この様子だとミュウ自身に此方から質問しても、結果は返って来そうにはない。

しかし、この反応もアントワネットには新鮮だったようだ。

「凄い、ちゃんと無視してる。前は聞いてるのか聞いてないのか、わかんなかったのに」

「最初っから無視されてたわけか。よっぽど嫌われてたんだな」

そう皮肉るが、アントワネットの返答はちょっと違っていた。

「ううん、違う違う。無視どころの話じゃないって、全くの無反応だったんだから」

アントワネットは首を左右に振る。

「数日前までコミュニケーションどころか、まともに喋《しゃべ》ることも出来なかったんだよ。正直、とっくの昔に壊れちゃった娘《こ》だと思ってたんだけど……もしかしてアルトっち、なにか変なことした？」

逆に此方《こちら》に疑惑の目を向けられてしまう。

「知らねぇよ。それを言うならこっちだって、ここに連れてこられて目を覚ました時にはこの状態だったんだ。お前の言う無反応ってことも、今知ったばかりだっつーの」

「……ふ〜ん」

自分の膝の上で頬杖を突きながら、アントワネットは訝《いぶか》しげな視線をミュウに送る。

「ま、会長の奴隷ちゃんのことなんてどうでもいっか♪」

と、一転して笑顔に戻ると、再び視線をアルトに戻した。

「ってなわけで、ここから出よ、アルトっち」

「どういうわけだよ、話が急すぎるだろ」

「にへへ、鈍いなぁアルトっちは……要するにぃ」

アントワネットはスカートのポケットから、鍵を取り出して右手の指先で弄《もてあそ》ぶ。

「助けてあげるってことじゃん。アルトっちだって、いつまでも裸でこんなところにいたくはないでしょ。風邪ひいちゃうし」

「……なにぃ？」

驚きよりも疑いが先に立ち、アルトは睨《にら》むよう視線を細めた。その目付きや態度が不満なのか、アントワネットはぶすっと唇を尖らせる。

「なによぉアルトっち。あーしの善意を信じられないって顔してる」

「当たり前だ。アンタ、生徒会側の人間だろ。ほいほい付いてく馬鹿がいるかよ」

「もしかして、ビビっちゃってんのぉ？　勢いよく挑んでった癖に、あっさり返り討ちにされたんだもんねぇ。そりゃ、ビビっちゃうかぁ」

「あはは、んな安い挑発に乗るとでも思ってんのかぁ？」

笑顔で笑い飛ばしてから素早く鉄格子の向こう側にいるアントワネットに近づき、頭突きをする勢いで鉄格子に顔をぶつけ目尻を吊《つ》り上げた。

「上等じゃねぇか。今日の俺は安い挑発に乗っちゃう気分だぞピンク頭っ」

「いいねぇ、あーしは好きだよその言い回し」

歯を見せながら笑いアントワネットは鍵穴に鍵を差し込む。

「ならアルトっち。ここから出るってことでアンサー？」

「おうよ……出るのは俺一人か？」

「んん？」

アントワネットは黙って成り行きを見守るテイタニアと、無関心を貫き続けるミュウを交互に見た。

「奴隷ちゃんを連れ出すのは流石《さすが》にヤバいかなぁ。魔剣使いちゃんは……まぁ、オルフェちゃんが煩《うるさ》いだろうけど、どうしてもって言うなら連れてっても構わないよ。あーし的にはアルトっちだけがいいんだけどさ」

「わたしはここに残る」

判断を待たずにテイタニアはそう告げた。

「なんだよ、あっさり負けて心が折れちまったか？」

「そんなんじゃない。ただ……」

睨《にら》みつけると呼べるほどの険しさはないが、何処《どこ》か一枚壁があるような意識を持って、微笑《ほほえ》むアントワネットを一瞥《いちべつ》する。

「あんまり歓迎されている様子じゃないから。そんな場所、うちも居辛いでしょ」

若干、冗談めかして言うが、至って真面目な視線は一瞬だけミュウの方に向けられる。

彼女なりに聞きたいこと、調べたいことがあるのだろう。

「……そうかよ。わかった」

彼女の考えを肯定するように頷《うなず》くと、テイタニアは軽く微笑《ほほえ》んでからアルトの左手を両手で握る。その際、素早くだが人差し指に何かを巻き付けた。

「一応、気休め程度のお守り。過信はしないで」

周囲に聞こえないよう小声で囁《ささや》いてからテイタニアは離れた。前髪を掻《か》き上げる振りをして確認した指には、細い一本の赤い糸のような物が結ばれていた。恐らくテイタニアの髪の毛なのだろうが、それを問う暇はなくアルトは誤魔化すように欠伸《あくび》をしてからアントワネットの方を向く。

「付いていくのは構わないが、服くらいは着せて貰えるんだろうな」

「当たり前じゃん。会長と違ってあーしは、全裸の女の子を連れ歩く趣味はないってば。超変態じゃん」

「なら、ついでにアイツらの分も用意することで、変態じゃないって証明してくれよ」

そう言ってアルトはしゃくった顎でテイタニア達を指した。

「う〜ん、魔剣使いちゃんくらいなら融通が利くけど、奴隷ちゃんは……」

「余計な真似してんじゃないよ。甘ったるい雌の選んだ服なんざ、身体が痒《かゆ》くなりそうでゴメンだわ」

ここまで無視を貫いて来たミュウが初めて口を挟んだ。アントワネットは彼女がちゃんと喋《しゃべ》っていることがやはり慣れないのか、戸惑うような視線と表情でマジマジと見詰めるが、そんな視線を遮るようミュウは袋の中に潜り顔を隠す。

「ってなわけで、本人のご希望で奴隷ちゃんはこのまま。何で袋被ってるのか知らないけど、これもひっくるめて会長の性的嗜好《しこう》ってことでいいよね」

「……お前がいいんなら別に構わんけどな」

無邪気、というより無責任な笑顔で、アントワネットは閉ざされた牢の鍵を回した。錆も歪《ゆが》みもない鉄格子は、軋《きし》む音も小さくスムーズに入り口が開くと、手前で中腰になっていたアントワネットがより深い笑みを浮かべながら手招きをする。

「えっへへ。色々と邪魔ばっかだけどさ、ようやくデートが出来そうだね、アルトっち♪」

何処《どこ》までも無邪気。一見すると友好的に思えるが、アルトを招くアントワネットの姿には一切の隙がなく、闇雲に張り倒そうと行動を起こしても不発に終わるだろう。後ろで見守るテイタニアの視線にも、僅《わず》かに心配の色が浮かんでいたことも不安を掻《か》き立てる。

（この女……見た目以上にヤベェかもな）

それでも状況を進める為には虎穴に飛び込まねばならない。覚悟を決めたアルトは毛布で紛れていたはずの寒気を、再び感じながら鉄格子の外へと踏み出した。

第六十章　禁じられた遊戯

アルトが出て行ってから暫《しばら》く、鉄格子の中での会話は皆無だった。

元々、テイタニアが口数の多い方ではないこともあるが、それに輪をかけてミュウ……と呼ばれていた少女は無口。

いや、無口という表現は少し違うかもしれない。彼女は元からテイタニアをコミュニケーションを取るに足りるとは思ってないからか。何かを問いかけるどころか、皮肉をぶつけるなど喧嘩を売る行為も一切してこなかった。

相変わらず何が楽しいのか袋の中に顔まで潜り込んで、時折、もぞもぞと芋虫のように蠢《うごめ》いている姿は、無関心を装っていても気味が悪いという感想を懐《いだ》いてしまう。

しかし、そうしているのも飽きてきたのか唐突に、袋の中からテイタニアに声をかけてきた。

「そういえばお前。上手《うま》い具合に押し付けたわね」

「……それってわたしに聞いてるの？」

少し間を置いて問い返すと、向こうは面倒臭そうに舌打ちを鳴らした。

「この場にはテメェ以外いないじゃない。恍《とぼ》けるな」

「…………」

乱暴な物言いに顔を顰《しか》めるも、視線だけは布袋の方に向けられる。

「無関心を気取ってる割に、こっちを意識してんのはバレバレなのよ。なに？　わたしってばアンタの好みだった？」

「全くの見当違いね。下品な女は嫌いなの」

「それは奇遇。わたしもテメェみたいな陰キャ女は大嫌いさ。だからさ、とっとと腹を決めて言ってこいよ……何か知りたいことがあるんだろ？」

躊躇《ためら》いや含みなど全くない率直な言葉にテイタニアは息を飲んだ。威勢は急激にそがれ言葉を濁すよう口籠もる気配を、袋の中でも感じ取ったミュウは、苛立《いらだ》ちを表すようバタバタと露わになっている素足を動かした。

「イラつく、イライラするッ……何にビビッてやがるのか知んないけど、こっちが強引に聞き出そうとするのを待ってる態度、反吐《へど》が出るくらいムカつく」

「べ、別に待ってなんか……」

「図星突かれてるから口籠もるんだよ」

視線は逸《そ》らすが話題まで逸らさせないとミュウは言葉で追い詰める。

「どうせ今までそうやって、やらなきゃならないことを先送りにしてきたんだろ。さっさと出てったあの小娘の方が思い切りがいい……ハッキリわかったのはテメェが、他人に背中押されなきゃ前に進めない臆病者ってことだけだ」

「そん、なこと……」

無いとは自信を持って言えなかった。やるべきことを先送りにしている。事情を何も知らない癖に好き勝手言うなという憤りもあったが、それ以上に的を射た言葉だとテイタニア自身が納得してしまっていた。自分にはやらなければならない使命、見付けると決めた真実があったが、全てをつまびらかにすることを、都合の悪い真実を見付けてしまうことを恐れて、具体的な行動を殆《ほとん》ど起こしていなかったのは、誰よりも自分がよく知っていた。故に反論する言葉に詰まってしまったのだ。

一方でミュウも自分自身の違和感に気が付いていた。

(他人を諭すなんて真似、胸糞わるい……人でなしのやることじゃないっての)

記憶のないミュウでも一つだけ自覚しているのは、自分が人として取り返しのつかないくらいに壊れ果てていること。獣同然の品性しか持ち合わせてなく、言うなればこの場所に放り込まれる以前、奴隷の名に相応《ふさわ》しい扱いをあのウツロという女にされてた時の、生存本能だけで生を繋いでいた頃の方が、ミュウという存在を的確に表していただろう。それが何故《なぜ》、偉そうに他人に説教を垂れるような衝動が湧いてしまったのか、他の誰でもない自分自身が困惑していた。ただ、本人は認めがたい事実ではあるが、こうして人並みの言葉を発している状況は、内心で愚痴るほど悪い気分ではなかったということだ。

「ねぇ……ミュウ、っていったっけ」

迷うような長い沈黙を経て、テイタニアは僅《わず》かに震える声を絞り出した。

「ハルバードを持った女戦士を、知らない？」

「記憶がないんだから聞くんじゃねぇよ……いや、そういえば」

否定しかけたところで思い当たる節があるのか、考え込むような素振りにテイタニアは
思わず逸らしていた顔を勢いよくミュウに向けた。

「その女は知らないけど、ハルバードっぽい物だったら見た覚えがある。ま、その頃の記憶は曖昧だから確証はないけど」

「——何処《どこ》で見た⁉」

言い終わると同時に四つん這いになって布袋に迫る。

「あの女。ウツロの多分、部屋」

「ウツロ、会長の？」

「アイツの細腕には似合わない、無骨なモンが飾ってあったから、壊れてた意識でも妙に引っかかってた……なに。アレ、テメェのだったの？」

「……いや」

落胆か安堵《あんど》か。どちらとも取れない大きく息を吐く音と共に、テイタニアは否定する。

「親友の、物よ」

呟《つぶや》いた言葉は必死に感情を押し殺そうとしていて、袋を被っているミュウには彼女が今、どんな表情をしているかはわからない。ミュウもそれ以上、質問を重ねるような真似はしなかった。憐れんだわけでもなければ、気を使ったわけでもない。興味がなかった、というのもちょっと違うかもしれない。ミュウは自身を獣だと思っている。獣に人の感傷を理解できるわけはなく、何も言わなかったのはテイタニアの胸中に今、どのような感情が渦巻いているのかがわからなかったからだ。あるいは人の心に寄り添って例えるのなら、言葉がなかった、という表現は、こういう場合に使用するのかもしれない。

互いの方向性の違う気まずさを滲《にじ》ませながら、鉄格子の置かれた教室に再び沈黙が宿るかと思いきや、重苦しい空気は意外な人物によって破られる。

唐突に、何の前触れもなく教室の戸が開かれた。

「――だ、だれっ⁉」

反射的に腰を浮かせテイタニアが叫び戸の方に顔を向けた。開けた戸のところに立っていたのは、白いコートを着て大きな傘を持った、長い前髪で右目を隠したミステリアスな女性だった。背中には布に包まれた長物を背負った彼女は明らかに学園の関係者に思えないが、鉄格子が置かれた異様な教室の様子に驚く素振《そぶ》りもなく、きょろきょろと何かを探すような様子で足を踏み入れてきた。

そして視線は自然と、警戒しながら睨《にら》みを利かせるテイタニアに向けられる。

「アルは、何処《どこ》に行った、の？」

小首を傾《かし》げながら、少女のような純粋さで鉄格子越しに問いかけてきた。

「アル？　……アルって、もしかしてアルトのこと？」

「うん。その、アルト」

「アンタ、あの娘《こ》の知り合いなの？」

「うん。恋人同士、と言っても、差し支えは、ない」

「……ええっ」

何故《なぜ》か自信満々にふんすと鼻を鳴らす姿に、嘘や冗談の類ではないことがわかった。アルトの味方であることは、まず間違いないのだろうが、この浮世離れした風変わりな女性がテイタニアにとっても味方であるかはまた別の話だ。

チラッとミュウの方を見るが、彼女は関わり合いになるのを嫌がったのか、それともただ面倒臭いだけなのか、何のリアクションも示さない。テイタニアは僅《わず》かに警戒を緩め嘆息してから。

「アルト。彼女だったら一足先に、ここから出て行ったよ。残念だったね」

「そう」

短く呟《つぶや》くと彼女の表情には目に見えて落胆の色が浮かぶ。素性どころか名前もわからない彼女に、此方《こちら》から何かを示してやる義理は全くないのだが、その落ち込みようが目尻に涙を溜めてあまりに悲しげだった所為《せい》か、直前までのミュウとの会話の気まずさも手伝ってか、テイタニアの内心に切り捨てたと思っていた良心というモノが疼《うず》きだす。

「ねぇ、アンタ。名前は？」

「えっ。えっと、ロザリン」

「じゃあロザリン、手を出しなさい」

言われて不思議そうに顔を横に傾けるも、ロザリンは素直に鉄格子の隙間から左手をテイタニアに向け差し出す。自身の髪の毛を一本引き抜きながらも、そのあまりに疑わない様子にテイタニアの方が呆《あき》れてしまう。

「ちょっとは疑った方がいいよ。世の中、悪人ばっかりだから」

「うん、知ってる。でも……貴女《あなた》は、きっと、良い人」

差し出された手を取ったテイタニアの動きが止まる。

「……馬鹿じゃないの」

呆れるよりも、何処《どこ》となく拗《す》ねるような言葉を零《こぼ》しながら、ロザリンの薬指に自分の髪の毛を巻き付けた。

「簡易的な魔術。使い方は……」

「大丈夫。なんとなく、わかる。ありがとう、ね」

巻かれた髪の毛を眺めてから、ロザリンは微笑《ほほえ》みながら感謝を述べた。

「牢屋、開けなくて、平気？」

「……あ～」

少し悩みながら再び布袋のミュウを見る。元々、彼女に聞きたいことがあって残ったのだが、結局は有意義な情報は得られなかった。後はアントワネットと出て行ったアルトが、どのような結果を迎えるかだが、もしかしたらあっちの方が『当たり』だったかもしれない。

「……開けられるなら鍵だけ頼める？　脱出するにもこの恰好《かっこう》じゃね。着る物を調達してから適当なタイミングで、ここから抜け出すことにする。彼女によろしく伝えておいて」

「うん。わかった」

頷《うなず》くと扉に巻かれた鎖に付いている錠前を指先で触れ、魔力を集中しながら呪文を唱えることなく全てのカギを外してしまった。ロザリンが錠前を引っこ抜くと同時に、支えを失った鎖がジャラジャラと音を立てて床へと落ちていく。一見簡単そうに思えるが錠前には魔術除けが施されているので、それを無効化した上での開錠はかなりの高難度魔術だろう。魔術師なのは察していたが、ここまでなのは予想以上だ。

「アンタ、本当に何者？」

思わず問いかけた瞬間、ロザリンは待ってましたとばかりににんまり笑う。

「通りすがりの、野良犬魔女、だよ」

「……はぁ」

微妙な反応が返るも名乗ったことで満足したのか、ロザリンは軽く手を振ってから意気揚々と教室を後にした。

第六十一章　乱れ裂き、狂い裂く

外に出ると遠くの空に赤味が差していた。花の塔に招かれた時には昼を少し過ぎていたから、鉄格子の中に放り込まれていたのは数時間程度になる。久しぶりの娑婆と呼ぶには時間は経っていないが、洋服に袖を通しているというだけで安心感が段違い、薄汚い毛布一枚をありがたがっていた自分が不憫《ふびん》に思えた。欲を言うならば、着ているのが制服ではなくいつものコートだったら文句はなかったが。

監禁されていた旧校舎は木造で全体的に古臭く、現行の校舎と違い人気《ひとけ》がなく何処《どこ》か寂しげな外観をしていたが、夕暮れが近づくにつれおどろおどろしさが増しているように感じるのは、学校特有の閉塞感故だろうか。残っているテイタニアには申し訳ないが、あの場で一夜を過ごすことを考えると、ちょっとだけ背筋がブルッとしてしまうのは、精神的にも少女の姿に影響されているからだろうか。

「冗談じゃねぇや。ぞっとしねぇ」

夜の校舎よりも恐ろしい想像を、アルトは首を左右に振って否定した。

「ん？　どったのアルトっち。裸でいた所為《せい》で風邪でもひいちゃった？」

唐突に不審な行動をした所為《せい》か、隣を歩くアントワネットが心配げな顔をする。

「別に何でもねぇよ。それより、俺は何処《どこ》に連れてかれるんだ？」

「オシャレなカフェでデート……って言いたいけど、時間が時間だからね。とりあえず、あーしの別荘にご招待、みたいな」

「学生の身分で別荘たぁ豪気だねぇ。学園の外にでも行くつもりか？」

「へへん。まぁ、期待して待っててよん♪」

期待を煽《あお》るような口調に悪意は感じられないが、やはり少し不安だ。

学園内の敷地は基本的に変わり映えがしない。花の塔のように視覚の認識が阻害される魔術が仕掛けられているような場所は稀で、運動や訓練に適した広場やグラウンドの他は簡単な庭園や、均等に木々が並んだ森のような場所が点在するだけ。勿論《もちろん》、校舎や寮の他に研究施設や屋内の訓練場などがあるけれど、アントワネットが導くのは校舎や寮がある場所から大きく離れ花の塔の更に先、学園の外れに位置する場所だ。基本的に学園内の施設には大小に限らず、石畳の道が敷かれているので迷うことはないが、住宅や施設が密集しているガーデンの市街地とは正反対に、アルストロメリア女学園は木々に包まれている為、良く言えば閑静で落ち着きのある、悪い言い方をすれば変わり映えのない景色が広がるだけだ。訪れてまだ二日程度のアルトがそう感じるのだから、ここに暮らす生徒達の大半はさぞかし退屈に感じるだろう。

「……ふわぁぁぁっ」

思わず大欠伸《あくび》をかますと、そんな心中を察したのかアントワネットが苦笑を零《こぼ》す。

「流石《さすが》は会長に喧嘩を売る女傑。アルトっちにはのんびり散歩するのは退屈かにゃ？」

「馬鹿言うな。俺は基本的に平和主義者だ、のんびりとか退屈とか最高じゃねぇか」

「にゃはは♪　あーしも同感。学園の娘達《こ》って色々とガツガツしてるから。まぁ、そうなる理由はあるんだろうけど、国も故郷も違う本当だったら一生、顔も合わせることもなかったような間柄じゃん。だったら楽しく生きた方がお得って、あーしは思ってんだけど」

「アンタら生徒会は、その真逆の生き方をしてるように思えるがな」

そうツッコむと笑顔を絶やさない彼女の表情が僅《わず》かに陰った。

「皆、血気盛んが過ぎるんよ。特にオルフェちゃんとかは、精神を戦時中に置き忘れちゃったような娘だからさ。多分、次に顔合わせたら速攻で喧嘩売られちゃうよ」

「ふん。上等だ、そっちの方がわかりやすくていいじゃねぇか」

スカートのポケットに手を突っ込み横目を向けると、言わんとしていることを察したのかアントワネットは唇を尖らせた。

「むうっ。それってあーしが油断ならないって意味？　ちょっと傷付くんですけど」

「理解してんじゃねぇか。昔からの教訓でな、睨《にら》みつけながら刃物振り翳《かざ》してくる奴《やつ》より、笑顔で背中を刺してくる奴の方が厄介なんだよ」

「えーっ。そんなことしないよ、あーしも平和主義だし♪」

主張するよう歩きながら裏ピースをしてみせる。この気安い感じはどうにも慣れない半面、裏があるんじゃと疑っていた気持ちが僅《わず》かに薄まる。正直、人気のない場所に連れていかれて、闇討ちでもされるのかと警戒していたが、他に人の気配がない場所ではあるモノの仕掛けてくる様子はなかった。それはそれで、拍子抜けというか据わりの悪い感じがする。

「……なぁんか振り回されっぱなしだな、気に入らねぇ」

「ん？　なにか言った？」

「なんでもねぇよ」

思わず出てしまった独り言を誤魔化すよう、アルトは乱暴に髪の毛を掻《か》き毟《むし》った。

その後も一方的にアントワネットが話しかけてきて、アルトが適当な相槌《あいづち》を打っても気分を害する様子もなく会話？　が途切れることはなかった。旧校舎に閉じ込められていた時とは正反対だ。ただ、性格の面でも彼女とテイタニアは正反対だが、妙に絡んでくるところは似ているのかもしれない。何かしらの目的があるテイタニアのことを考えれば、アントワネットに対して油断するのはよろしくないだろう。そうこうしている内に、目的地らしき場所が見えてきた。

木々に囲まれた変わり映えのしない石畳を歩いていれば、道の先の建造物に直《す》ぐ気が付ける。赤煉瓦で組み立てられた二階建てのオシャレな建物。窓にはカーテンが引いてあって、外側から中の様子は窺《うかが》えないが、煙突もあって家の周りにはよく手入れされた花壇や、鉢植えが並べられていたりと、繊細な女性らしさが垣間見えた。建物を観察するようアルトが歩く速度を緩めると、反対にアントワネットは小走りに正面へ回り込んで、大きく両腕を左右に広げた。

「ようこそアルトっち。アントワネットちゃんの工房へ♪」

「工房？　アンタ、魔術師だったのか？」

確かに煉瓦作りの建物は、魔術関係の工房と言われればそれっぽい。

「真っ当な魔術師かって言われれば、ちょっと違うかもしれないけどさ。一応、あーしはそこそこの腕前と知識は自負してるつもりだよ。専用の工房が貰えるくらいはさ」

「……ふぅ～ん」

「さぁさぁ。今日は色々あったから疲れてるっしょ。早く中へ入った入った」

今度は後ろに回り込んで来て、急《せ》かすようアルトの背中を押してきた。

「ちょっ、おい。わかったから押すな！」

「早く、早く♪」

何がそんなに楽しいのか、かなりの上機嫌な様子のアントワネット。今の身体だと彼女の方が背丈は大きいので、背中から押されると本気で踏ん張らない限り、前へ前へと足が動いてしまう。他人、しかも警戒心を抱いている相手に、身体を安易に触られるのは愉快ではないが、アントワネットの人懐っこい強引さには、怒りや苛立《いらだ》ちよりも困惑の方が強く立ち、不思議と強く拒否し辛い雰囲気が出ていた。

（俺ってこんなに押しに弱かったかな？）

油断ならない。頭ではわかっていながら、花の甘い匂いに誘われるようアントワネットの工房に招かれる。

普通の家屋よりも分厚く、丈夫な木製の扉の鍵を背後から手を伸ばしたアントワネットが外すと、重い音を立てて内側に開かれた。まず最初に感じたのは薬剤の匂い。魔術工房には付き物で、ロザリンが工房化している自宅の二階に上がると、稀にツンとする刺激臭に満ちていて、掃除をする為に訪れるカトレアに「換気くらいはしなさいっ！」と常日頃から叱られている。しかし、アントワネットの工房はロザリンの物とは違っていた。確かに薬剤や薬草が持つ独特の匂いはあるモノの、顔を顰《しか》めるような刺激臭ではなく、どちらかといえばアロマに近い甘い香りが立ち込めている。入り口で足を止めていると、背中を軽くツンツンと突《つつ》かれた。

「さぁさぁ、遠慮しないで。そこに椅子があるから座って座って♪」

指さす先に実験機材が乗せられた大きなテーブルと、背もたれのない木製の椅子が置かれている。そのままアントワネットに背中を押され、アルトは椅子の一つに半ば無理矢理座らされた。アントワネットは対面、ではなく、もう一つの椅子を引き寄せ隣に座る。テーブルの上に並んでいる機材の中から、アルコールランプと鉄製の五徳を正面に組み立て、上に陶器のポットを置くと、乱雑に置いてあったマッチを使い火を点けた。熱せられるポットの注ぎ口から、独特の香りがほのかに香る。

「茶かと思ったらこいつ、薬湯か？」

「おお、ご名答。鼻がいいねアルトっち」

にへへと笑いながら木彫りのカップを二つ用意した。潔癖症の人間なら置きっぱなし、出しっぱなしの物に対して嫌悪感を示すのだろうが、アルトの場合は慣れているのであまり気には留めない。逆に気になったのは工房の内部。色々と実験をする為か、仕切りはなく広い一室として活用している一階部分は、一人では持ち運びができなそうな大釜、薬草や霊薬の類と思われる植物が、乾燥させる為か束になって複数吊《つ》るしてあったりと、乱雑ではあるがそこかしこに魔術師としての痕跡がある。一方で機材関係は少なく、小さな棚にガラス製の器具があるのと、後はテーブルの上に置いたままになっている天秤《てんびん》などの小物類ばかり。流石《さすが》に酒瓶などのアルコール類や、放置された食器などはなかったが、書物や書類が山積みになっていたり、皿に盛られたままのクッキーなど菓子類、衣類らしき物が畳まれておいてあったりと整理整頓には無頓着のようだ。

「おやおや。あーしの工房に興味津々かにゃ？」

「そりゃ魔術師の工房なんて誰だって珍しく思うだろ……ま、こんな立派な工房を頂ける生徒会役員様には、理解できないのかもしれねぇがな」

「あ～っ、それ心外」

椅子の上で器用に身体を前後に揺らしながら、彼女は頬を膨らませ怒る。

「あーしが工房を貰えるのは、あーしが優秀だからなんだかんね」

そう言いながらテーブルの方を向き、無造作に置いてある枯れた花の茎、恐らくは霊薬か何かを精製する際に使用した花の使わなかった部分なのだろう、完全に水分が飛んでいて軽く力を入れればポキッと折れてしまいそうな枯れた茎の端を、アントワネットは指の先端で摘《つま》む。それを上に立てるようアルトの眼前にまで持ってくると、もう一方の手の指先をペロッと唾液で湿らせる。

「山に燦燦《さんさん》、枯れ尾花……なぁんちって」

と、ふざけながら唾液で濡れた指先で茎を下から上になぞった。すると枯れて茶色に変色していた茎はみるみる緑化していくと、切断された先端部分が盛り上がり蕾《つぼみ》をつけ、蛹《さなぎ》が羽化するよう小さな白い花を咲かせた。

「……成長促進。いや、再生魔術か」

「へっへ～、凄いっしょ……まぁでも、ここまでなんだけどね」

自慢げに笑う手の中で花開いた茎だったが、色鮮やかさを取り戻したのもつかの間、今度はゆっくりと萎《しお》れていくと花弁は散り、力を失うよう倒れていく茎は元の枯れた姿に戻るのかと思いきや、萎れる過程でより過剰に水分を失い、最後には形を保っていられず粉砕、アントワネットが吹きかける息に跡形もなく散っていった。粉……いや、灰よりも細かい粒子に還った茎が空気に溶けると、アントワネットは渾身《こんしん》のどや顔を此方《こちら》に向けながら悪戯《いたずら》っぽく笑った。

「魔法陣も術式も描かなかったらこの程度かな。アルトっちの前だから、ちょっと張り切っちゃったよ」

「なるほど。自慢するだけのことはあるじゃねぇか」

素直に褒める。が、何故《なぜ》かアントワネットは不満そうに視線を細めた。

「ええ～、なぁんか微妙な反応なんですけどぉ」

「……そんなことはねぇだろ。ってか、魔術なんて専門外なんだから、凄い凄くないのちゃんとした判断なんか、俺にできるわけねぇだろ」

「んんっ……それは、そうか、にゃ」

渋々といった様子ではあったが、言い分は筋が通っているので納得はしてくれた。

本音を言えば、彼女が期待するほどの驚きはなかった。当然だ。アルトは日頃からアントワネットが今、行使した以上のハイレベルな魔術を目にしてきている。魔眼という半ば反則気味な力を持ってはいるが、それを差し引いてもロザリンの魔術師としての才覚は、決して一流どころに引けを取るモノではないだろう。

「んなことより、そろそろ俺を連れ出した理由ってのを、教えて貰ってもいい頃合いじゃないのか」

「んん？　理由って言われてもねぇ」

「ふざけるなよ」

惚《とぼ》ける態度にアルトはテーブルを軽く指で叩き苛立《いらだ》ちをアピールする。しかし、アントワネットは慌てる様子もなく、逆に「まぁまぁ」と笑顔でアルトを諫《いさ》めてくる。

「落ち着きなって、軽い冗談。怒らせちゃったんなら謝るからさ」

言いながら熱せられたポットを五徳から上げ、温かい薬湯をカップに注ぐ。

「どうぞどうぞ。お茶と呼べるほどの物じゃないけど、身体にはとっても良いんだ。花の塔から落ちた時の傷、まだ痛むっしょ？」

「……まぁな」

のらりくらりと躱《かわ》される。やはりこの女はやり難い。勧められるまま薬湯の注がれたカップを手に持つが、口をつけるのはアントワネットが飲むのを待ってから。流石《さすが》に敵地かもしれない場所で、出された物を無防備に口にするのは警戒心に欠けるだろう。アントワネットもそんなアルトの意図に気が付いて、湯気の立つ薬湯を半分まで喉を鳴らして飲んでから、口を離し人差し指でセクシーに唇を拭う。

「怪しい物は入ってないでしょ？」

　そう言ってまた無邪気に笑った。アルトは無言で手に持ったカップに視線を落とす。色合いは薄い紅茶で、湯気に乗って香る匂いも爽やかなミントに近いモノで不快感はなかった。アントワネットは急《せ》かすような言葉は続けなかったが、ジッと見つめてくる笑顔は気のせいか圧のようにも思えた。

　このまま固まっていても仕方がない。一度、深呼吸をしてからアルトはグッと薬湯を飲み下す。湯気は立っているがお湯自体の温度は温《ぬる》く、勢いで多めに口に含んでしまったが火傷《やけど》をするようなことはなかった。ゴクッと大きく喉を鳴らしてからカップを離すと。

「……ん、美味《うま》い」

　と、素直に味を賛辞した。自覚はなかったが、どうやら自分はかなり水分が不足していたのだろう。温い薬湯の飲み易さは渇いた喉に染み込み、薬湯としてのほのかな苦みこそあったが、香草独特の清涼感が後味となってそれらを全て洗い流してくれた。紅茶のような味わい深さは足りないが、渇きを潤すには中々、最適な飲み物なのかもしれない。

　一息つくことで、自然と苛立ちもやわらぎ語り口も穏やかなモノになる。

「まさかとは思うが、茶だけ一緒に飲む為に連れ出してきたのか？」

「うぅん、概ね間違いじゃないけどさ、根本的にはちゃんと下心もあるよん」

　今度は誤魔化さず素直に答えた。此方《こちら》に会話する準備が整ったと判断したのだろう。

「あーしはさ、何度も言うとおりアルトっちと友達になりたいんさ」

「何度も言うが理由がわからん。わざわざ、俺と仲良くするメリットがねぇだろ」

「ええっ、アルトっち。メリットがないと友達を作ったり、仲良くなったりしないのお？」

「俺はしないね」

悪びれもせず返すと、流石《さすが》に予想外だったのかちょっと引いたような顔をされる。

「ま、まぁアルトっちはそうかもしれないけど、あーしは違うってことで。ああ、でも面白さを求めてるって意味じゃ、アルトっちにはすっごい期待してるんよ」

「ふざけたことを言うな」

心外だと渋い表情で薬湯を啜《すす》る。

「俺は地元じゃ面白味の薄い、真面目が服着た人間で通ってんだ。人聞きの悪い言い方はやめてくれ」

「ほら、そういうところ」

楽しげな様子で指を差され、アルトは乗せられたと視線を外す。

「ってか、いいよいいよぉその軽口。大分あーしに心を開いてくれたじゃん。いやぁ、やっぱ会話って大事だよね、お互いの信頼関係を築くのにはさ」

嬉《うれ》しそうなアントワネットに、不機嫌な表情をしながらアルトは舌打ちを鳴らした。

上手《うま》い具合に転がされてしまった。

「仲良くしたいってのは結構な事だ、世の中は平和な方がいいからな」

「うんうん、そうだね。良いこと言うじゃんアルトっち」

調子の良い合いの手に面倒臭そうな顔をするが。

「それはそれとして、アンタの立場ってモンがあるだろ。生徒会長様に近しい人間が、喧嘩を売ってきた俺と仲良くしてたら、不都合なんじゃないのか?」

「そりゃね、よろしくはないでしょ」

あっけらかんとアントワネットは答えた。

「敵対心バチバチのオルフェちゃんは当然として、会長もお嬢様っぽい雰囲気を出してるけど、オルフェちゃんやクイーンビー以上の武闘派だから。アルトっちだってその片鱗、垣間見たでしょ?」

「ま、アレは喧嘩慣れしてる奴の戦い方だったな」

花の塔での戦いを背中の痛みと共に思い出して苦い表情をする。

「ガーデンの序列一位ってのはただ強いだけじゃなれないんだよ、頭が回るだけでもダメ。心技体、何よりも売られた喧嘩を全て弾き返すような闘争心が必要ってわけ。そんな生徒会長のウツロさまが、平和主義なわけないっしょ」

「……中々、説得力のある言葉だな」

思わず納得してしまう。

「その行き過ぎた闘争心が、学園長との対立を生み出したってわけか」

「まぁね。序列一位っていっても、その上にはクルルギ様がいて、更にはマドエル様との契約者の学園長がいる。危険視はされていても排除されないのは、そこら辺が理由なんでしょ。学園長やマドエル様にとって生徒会は、厄介ではあっても結局のところ、可愛い身内の我儘《わがまま》に過ぎないってわけ」

「そりゃま、そうだな」

事態の収束に外部の人間であるアルト達が駆り出されたのは、そこら辺の事情も絡んでいるのだろう。だが、やはり一番のネックとなる部分は外敵因子だ。クルルギやヴィクトリアが何処《どこ》までを想定しているかはわからないが、少なくとも国家神であるマドエルは外敵因子を危険だと判断している。大精霊が人の理《ことわり》に口を挟む以上、ことはマドエルの領域、つまりはガーデンそのものに被害が及ぶ可能性が高いのだろう。そして外敵因子として現段階で可能性が高いのは。

「一つ、聞かせて貰っても構わないか」

「いいよん。答えられることなら」

「ミユ……あの牢屋の中にいた女、テイタニアじゃない方。あいつは何者なんだ？」

「あいつって、奴隷ちゃんのこと？」

アントワネットは怪訝《けげん》な表情を浮かべる。

「ああ、そうだ。生徒会長の関係者ってんなら、役員のアンタだって何かしら知ってるだろ。それを教えてくれ」

重ねて問うとアントワネットの眉間の皺《しわ》がより深くなる。

「知ってるも何も、会長のペットって以外は全然、さっぱりだよ」

「本当に何もねぇのかよ。ちょっとくらい何かあるだろ」

「知らないってば」

アントワネットはウザがるよう片手を振る。その仕草は誤魔化しているわけでも、隠し事をしているわけでもなさそうだった。

「あーしが知ってることっていったら、たまに会長が全裸の奴隷ちゃんに首輪とリードをつけて、花の塔の中を連れまわしているのを見たくらいで、感想としてはうわぁ、変態がいる。って思っただけ」

当時の光景を思い浮かべ、流石《さすが》に不快だったのか表情を顰《しか》めている。

「そもそも奴隷ちゃん、まともに言葉も喋《しゃべ》れないどころか、自我があるのかどうかもわからない状態だったし……逆にどうしてあんなに元気だったのか、あーしの方が聞きたいくらいなんですけど」

「なら、いつから側《そば》にいるかはわかるか？」

「う〜ん。正確に何日かって聞かれたら困るけど……姿を見かけるようになったのは、一ヵ月以内だと思うよ」

彼女が本物のミュウなら、王都で行方知れずになった時と合致する。

「ってことは、やっぱりアイツが……」

ガーデンは愛の女神マドエルが作り出した異界、普通の世界とは隔絶された存在で、偶然に流れ着くなんてことはあり得ない。資格のある者が正しい手順で扉を開くか、創造主であるマドエル自身が招くか、あるいは同等の力を持つ大精霊による干渉があったか。王都の水神リューリカならば可能だが、それをやる理由がわからない。誰が、ということを差し置いて考えても、ミュウをガーデンに送り込んで何ができるのか。さっぱり見当がつかなかった。

「……ん？」

考え込んでいると不意に視線を感じ、顔を向けた先には不満げに頬を膨らませるアントワネットがいた。

「アルトっちってさぁ、女ったらしとかよく言われない？」

「……おいおい、女同士で使うには似つかわしくない単語だな」

危うく声が上擦《うわず》りそうになった。が、怪しむアントワネットの視線は変わらない。

「前時代的な考えだね。そも、ガーデンは女の子ばかりの街だよ。それでなくても男に酷い目に遭わされて、逃げ込んできた娘《こ》も少なくないんだから、恋愛対象が女の子になっちゃう娘も少なくないんさ」

「だったとしても、俺は女ったらしじゃない。人聞きの悪いことを言うな」

王都だったら意義が上がるだろう。不本意なのは否定しても尚、アントワネットが疑惑の視線を向けてくることだ。

「まぁ、あーしも別にゆりゆりしぃ趣味があるわけじゃないけどね。どっちかってーと、イケメンの男の子の方が好きだし。実際、恋愛に飢えてる女の子も多いんだよ。その辺りの欲求不満に付け込んで、ちやほやされてるのがオルフェちゃんなんだけどさ」

「意外に辛辣だな。イケメン好きならあの手の中性的な顔立ちが好みだろ」

「顔は嫌いじゃないけどさ、オルフェちゃんナルシーだから」

苦笑しながらの言葉に、思い出されるのは芝居がかった仕草の多いオルフェウスの姿。

確かに人前であのような言動を取る人間は、ナルシストである可能性が高いだろう。

「それに意外に純情。何回かガチ恋に迫られてるの見たことあるけど、平然を装っても頬が引き攣《つ》ってるのがわかるんだもん。笑っちゃった」

「恰好《かっこう》つけてても、中身は箱入りってわけか」

「その手の話は逆に会長の方がお盛んかもね」

喋《しゃべ》りが乗ってきたのか、アントワネットの饒舌《じょうぜつ》さが増す。

「会長、ああ見えて来るもの拒まず、だから。泣かされた娘《こ》も多いって噂《うわさ》だよ。ああ、勿論《もちろん》、泣かされたって、二つの意味でだから」

「下ネタかよ。頭の中までピンク色か、お前」

「ええっ、下ネタって直《す》ぐに理解するアルトっちも、中々のむっつりだと思うな」

「俺は清純派だぞ。ってか、誰だってわかるだろ、それくらい」

「前に似たようなこと、オルフェちゃんに話したけど、怪訝《けげん》な顔をするだけでまるで意味を理解してなかったよ」

「……本物の清純派はあっちだったか」

つくづく、顔の中身が合致しない娘だ。

「そうそう。オルフェちゃんってば、武闘派の強面《こわもて》ってイメージを持たれてるけど、弄《いじ》ると中々にユニークなんさ。この前もさ……」

楽しげな様子でアントワネットは、つらつらと学園内での出来事、エピソードを身振り手振りを駆使して語り出した。最初は聞く気のなかったアルトも、あまりにも迫真な語り口調をされる為、自然と耳は傾き、気が付けば相槌《あいづち》を打ちながら聞き入っていた。話はそれだけでは途切れず、アントワネットは学園での出来事を中心に、ガーデンでの生活、日常に感じる些細《ささい》な不満、勉強や運動に関してなどの様々なことを語り続けた。基本的には一方的に彼女が話すばかりだったが、退屈に感じなかったのは語り口調が名人芸のよう巧みだからだろう。付け加えるのなら、ただひたすら喋《しゃべ》り倒すだけではなく、お茶が空になればすかさずポットから注ぎ、口寂しさを感じれば素早くそれを察知して、テーブルに置かれているお菓子を、さりげなくアルトの方へ近づけたりしていた。あまりにさり気な過ぎて、つい手を伸ばしてしまったが、よくよく考えると食べたクッキーは来た時からテーブルの上に置かれていた物だ。しかし、湿気《しけ》っている様子がなかったので、もしかしたら前もって用意してあった菓子なのかもしれない。長く途切れることのない話は続き、ふとアルトが窓から外を見ると、いつの間にか太陽が落ちて日がどっぷり暮れていることに気が付く。

「……マジかよ」

思わず顔を顰《しか》める。そんなに時間が経っているなんて、表を確認するまで全く考えていなかったからだ。ちょうど話の区切りもよかったので、アントワネットも窓の方を見る。

「おやおや、もう暗くなってんじゃん。いやぁ、喋り過ぎたわぁ、喉が痛い痛い」

満足そうに笑いながら、温くなったお茶で喉を潤した。頬杖を突いた状態でアルトもお茶を飲み、同じタイミングだったことに気が付いて内心で舌打ちをする。なんだか、上手《うま》い具合に転がされている気がしたからだ。いや、ここまでアルトにとってなんら有益な話が聞けなかったのにも拘《かか》わらず、憎まれ口の一つも叩くことがなかった事実に、今更ながら呆《あき》れが浮かんできた。いや、もしかしたら前提が間違っていたのかもしれない。

「いやぁ、喋《しゃべ》った喋ったぁ……ごめんねアルトっち。あーしばっかが一方的に喋って」

「……いや、それは別にいいんだけどよ」

間を空けるよう軽く嘆息する。

「アンタ、本当に何も知らないみてぇだな」

「何もって、アルトっちが知りたがってる、外敵因子のこと？」

「ああ、そうだ」

話に聞き入ってしまったのは事実だが、それでも無駄話と思える内容の節々には、何かしら手掛かりに繋がるような情報は全くなかった。故意に隠している可能性も、考えられなくもないが……。

「ん？　どったのアルトっち。そんな見つめられると、照れちゃうにゃあ♪」

締りのない表情でアントワネットは無邪気に笑う。

「いや、なんでもない。アンタを色々と疑ってた俺が、間抜けだってわかっただけだ」

「おっ、なになにぃ？　ようやくあーしの誠実さに気が付いたってわけ？」

「アンタが器用な腹芸ができるような、回転のいい頭をしてないってのが、わかったんだよ」

「えーっ、酷いよアルトっち」

思い切り頬を膨らませ怒る様子に、アルトは自然と笑みを零《こぼ》していた。人間というのは単純なモノで、居心地の良い空間を作られると警戒心が緩んでしまう。見た目は派手で不真面目そうな印象を与えるが、明るいハキハキとした喋り口調は耳に心地良く、聞き手の心を上手い具合に掴《つか》んでくる。そうなるとアルトの心情に、ある種の安心感まで生じ始めていた。

　要するに「話してみると案外、悪い奴じゃないのかもしれない」ということだ。

（ま、本当に外敵因子については知らなそうだからな）

　落胆半分、安堵《あんど》半分と奇妙な感情があった。

「やっぱり、思った通り。アルトっちってば面白いよね」

　不意にアントワネットは嬉《うれ》しそうな表情でそう告げる。

「面白いか？　ただ、アンタの話を聞いてるだけだぞ」

「それがいいんじゃんか。聞き上手ってのはモテ女の必須スキルだよ」

「別にモテ女になる気はねぇんだがな」

　男だし。という返答を胸に秘め、アルトはジト目だけを返す。

「聞いて貰えるだけであーしは嬉しいってことだよ。だって生徒会の娘《こ》達って、いい意味でも悪い意味でも個人主義だから……最近、それが行き過ぎてちょっとついてけないんだよね、あーし的には」

　テーブルの上で頬杖を突き、アントワネットはアンニュイに息を吐く。

「行き過ぎてるってのは、学園長と対立してることか？」

「それもある」

クッキーを咥《くわ》えながら、アルトは次の言葉を待った。

「実力主義なのは元からだけど、生徒会が今の体制になってからさ、色々と殺伐としてきてるっていうか、みんなが必死過ぎるっていうか。昨日、アルトっちもクイーンビーに絡まれてたでしょ」

「ああ、そうだな」

「あの娘《こ》も過激な方だけど、初対面の相手にいきなり喧嘩を吹っ掛けるような娘じゃなかったんさ」

アントワネットもクッキーを一つ摘《つま》む。

「決闘するのだって本来だったら順序があるんだよ。でも、会長が面倒だからって全部、取っ払っちゃったんだ」

「それであんな問答無用な感じになってんのか」

「うん。でも、だからって直《す》ぐに順応するわけじゃないじゃん。現に最初はみんなちゃんと手順を踏んでたんさ。けど、一人、また一人と手順を省く娘が出てくるとさ、結局はルールを守ってる方が馬鹿をみるって話じゃん」

「そりゃそうだな。なんでもありありだってんなら、そっちに乗っかった方が勝てる。でも、そうなると生徒会の連中も、狙われるんじゃねぇのか？」

「そこがさ、会長の……ウツロちゃんの怖いところなんよ」

そう言って目の前で摘んだクッキーを揺らし、パクッと口内に放り込む。

「むぐむぐ。血気盛んな娘はさ、我先にって会長に挑んでったわけ。けど、当然のように全員返り討ち。それも不意打ち上等、多勢に無勢上等、罠《わな》でも毒でもなんでもござれってデスマッチでだよ」

「……ま、別に驚きゃしないがな」

ウツロという女と正攻法で戦えるのは、それこそ騎士団の団長クラスだろう。

「ところがどっこい、驚きを通り過ぎてドン引きするのはここから」

上体を倒し前のめりになると、座っている椅子が音を立て軋《きし》む。

「会長はさ、卑怯上等、その他盛り盛りで襲ってきた連中を、徹底的に叩き潰したの」

「皆殺しにしたのか」

「いや、そこまでは……ってか、その発言にあーしがドン引きだよ」

引き攣《つ》った笑みを見せてから、咳払いをして仕切り直す。

「殺すまではしなくてもさ、襲撃した娘達は殆《ほとん》どが再起不能。未だに病院のベッドから起き上がれない娘もいるくらい」

「それでブルっちまって、絶対王政の出来上がりってわけか……情けない話だぜ」

「似たようなことは、クルルギ様も言ってたけどね。結果、序列上位には手が出せなくなった代わりに、それ以外の部分での争いが熾烈《しれつ》になったってわけ。ガーデンを出れば役に立たないのに躍起になって、正直あーしはついてけないって感じ」

憂鬱さがため息となって吐き出された。

「あーしはさ。好きなことをやって、もっと自由な学園生活を送りたいの。会長の駒として権力闘争に利用されるのは、真っ平ごめんってわけ……だからさ」

椅子ごとズッと前に動かし、アントワネットはアルトに近づく。

「アルトっち。あーしと組もうよ」

「……生徒会を裏切って、学園長側につくのか？」

率直な言葉に再び警戒心が疼《うず》くが、首を左右に振って否定された。

「学園長ちゃん側ってのも微妙。クルルギ様、今回の件が片付いたら絶対に、学園内の締め付けを強化するもん。ある程度は好き勝手できるって魅力があるから、生徒会とその役職はあーし的にも切れない」

「だったらどうする気だ。二兎を得るなんて、都合よくはいかないぞ」

「いかせる為にアルトっちと組むのさ……ウツロちゃんを失脚させて、現行の権限そのままであーしが生徒会長の代行になる」

大胆不敵な提案にアントワネットの視線が鋭く光る。

「外部のアルトっちはわからないかもしれないけど、生徒会の解散はガーデン内では結構、大きな出来事なんさ。次に選ばれる娘達《こ》が実質、学園のトップになるんだからね」

「そうなると、序列争いで煽《あお》られた闘争心が一気に火を噴くな」

なるほどと頷《うなず》きながらアルトは顎を摩《さす》る。序列上位がごっそりいなくなるという好機を、下位で小競り合いを繰り広げている連中が見逃すはずはない。ただでさえ無法地帯になりかけている序列争いに、権力闘争が加われればそれこそ収拾がつかなくなるだろう。

「収拾がつかなくなれば、最終的に学園長とクルルギ様が介入するから、すっごく大きな問題にはならないと思うけど……あーし的にはしんどいんだよね」

「そこまで生徒会長になりたいのか？　意外に野心家だな」

「あーしが欲しいのは権力じゃなくて自由、フリーダムだよ」

アントワネットは翼を表現するよう両腕を左右に広げる。

「こう見えてもあーしも魔術師だかんさ、もっと色々と実験とか研究がしたいわけ。個人じゃ金銭面とか機材、材料の関係で中々難しいことでも、生徒会役員の立場があれば融通が利く……だから、このまま学園長の側についても、泥がついちゃってるあーしは、次の生徒会役員からは絶対に外されちゃうもん」

「何か取引できる材料とかねぇのかよ」

「あったらお願いしてないよ。そもそも、クルルギ様は取引に応じるタイプじゃないし」

クルルギが行動を起こすということは、全ての事柄を力尽くで解決するのと同意。つまりは、彼女が介入した段階で最早、第三者との交渉の余地はないのだ。だが、問題となる生徒会解散を阻止して、空いた席に丸っとアントワネットが納まってしまえば、過激な序列闘争は起こらず、学園長側も介入する口実を失ってしまう。

「ってのがあーしの考えなんだけど、どうだろうアルトっち」

「どうだろうも何も、全部が全部テメェの都合じゃねぇか。ふざけんな」

中々に面の皮が厚い発言に眉間に皺《しわ》を寄せながら、前のめりになるアントワネットの膝と膝の間を蹴るよう、彼女が座る椅子を身体ごと後ろに押し退ける。

「あん。でもでも、聞いてよアルトっち」

それでもめげず再び椅子を引きながら、今度は先ほどよりも接近する。

「あーしが欲しいのは権力じゃなくて自由。本気で生徒会長をやるわけじゃなくってさ、学園長と交渉して自由を勝ち取れたら、後のことはお任せするつもり。生徒会にもそれ以降は関わるつもりはありません。ウツロちゃん達だって個人的には好きだから、生徒会から外れれば普通のお友達だよ」

「向こうがそう思ってくれるか疑問だけどな。それにどっちにしろ、得なのはテメェだけだろ」

「それな。でもね、アルトっち」

更に更に上半身を突き出し、鼻が触れる距離まで顔を近づけてきた。

「こういう言い方は好きじゃなけど……なんの切り札も持たない状態で、学園長の言いなりってのは、ちょぃと危険じゃないかな」

「……それは」

あり得ない。とは言えなかった。アルト達がガーデンを訪れたこと、行方不明の捜査や外敵因子を探す羽目になったのは、全てがやむを得ない事情の積み重ねだ。無条件で受け入れられるほど、ヴィクトリアやクルルギの人となりを知っているわけでもないし、悪と断じられるほどウツロら生徒会の面々と言葉を交わしたわけでもない。正直、得体が知れないという意味では、ウツロもヴィクトリアもそう違いはないというのが本音だ。

「言いたいことはわかる。が、それを言ったらアンタを信用する理由も義理も俺にはない」

「だから、信用を得る為にお話の場を設けたんじゃん。もっとあーしに関して知りたいことがあるなら、じゃんじゃん質問してよ」

「……そうだな」

少し考えてから、人となりを知るには良い方法があると気づいた。

「アンタがそこまでして、多少の無茶も必要なほどやりたいことって何なんだよ」

「おっ、いい質問じゃん。そういうの待ってたよん♪」

実は密かに話したかったのか、アントワネットの表情はひと際大きく華やぎ、正面に座るアルトの両肩に手を置いてから勢いよく立ち上がる。

「んじゃ、あーしの秘密の工房にご招待しよう。百聞は一見に如《し》かずって言うもんね」

そう言うと軽やかな足取りで、部屋の奥にある階段の方まで駆け寄る。振り返ると急かすよう両手でアルトを招く。

「ほらほら、早く早く。アルトっちみたいな可愛い娘《こ》、皆もきっと喜ぶはずだよん♪」

「みんな？」

訝《いぶか》しく思いながらも腰を上げ、パタパタと手を振るアントワネットに近づいた。再び向きを変えた彼女は上に続く階段、ではなく、直《す》ぐ側《そば》にある衝立《ついたて》に隠れていた扉を押し開いた。中は二階ではなく地下に続く階段。生活感があった一階部分とは違い、ゴツゴツとした石組みの壁と階段が下層へと伸びている。如何《いか》にも魔術師の工房といった雰囲気だ。

「足元とか壁に気をつけてね。角とか鋭利になってるから、下手に触ったり転んだりすると、全身切り傷だらけになっちゃうよ」

「物騒過ぎるだろ。ダンジョンか何かかここは」

アントワネットの背を追い階段を一歩、踏みしめた。石自体は頑丈に組み立てられているので、安定性に問題はなかったが、微妙に滑るというか油っぽい感触が気にかかる。特に縁の部分。下りるのに支障があるほどではないが、急いでたり慌てたりしていると、誤って踏み外してしまいそうになるくらいには滑る。石壁には魔力灯が掲げられているので、足元が見えなくて転ぶということはないだろう。慣れているはずのアントワネットも、階段を下りる足取りは慎重だった。地下に続く階段は短く、直ぐに突き当たりの扉の前に到着すると、アントワネットは取り出した鍵を鍵穴に差し込む。大事な工房だけあって鍵は見た目以上に頑丈なのか、ガチャンと重々しい音が響いた。扉を開く前に、アントワネットは此方《こちら》を振り向く。

「色々と珍しい物が多いと思うけど、びっくりしないでね」

「魔術師なんて大概、ヤべェ連中だろ。別に驚きゃしないよ」

前置きに対してそう返すと、アントワネットはにこっと微笑《ほほえ》んで扉に向き直る。鍵と同様に防犯を意識しているのか、木製の扉は思っていたより分厚く重量もあるらしく、アントワネットは体重をかけて、前のめりに身体で押すようにしながらゆっくりと押し開いた。少しずつ見える室内は光量が抑えられているのか薄暗く、扉の隙間からではハッキリ中の様子は窺《うかが》えなかった。

「……えへへ♪」

よほど、工房を自慢したいのか、アントワネットは満ちた自信を笑みとして零《こぼ》す。

半分まで開かれると勢いがついたのか、扉は一気に開け放たれる。背中に続いて工房内に足を踏み入れたアルトは、目の当たりにした光景に絶句する。

「――なっ⁉」

これがカトレア辺りだったら、悲鳴を上げていただろう。工房。アントワネットがそう呼んだ室内は、学園の教室と変わらない広さがある。想像では実験機材が所狭しと置いてあるのか、あらゆる種類の薬草や霊薬を栽培しているのか、あるいは大小様々な魔物のはく製、骨格標本が置いてあるのか。だが、アルトの想像は最悪な方向に裏切られた。工房に並べられたのは横に二列、縦に四列の間隔で綺麗《きれい》に並べられた棚で、五段に区切られた棚には青く発光する瓶詰が均等に置かれている。恐らく何かしらの薬液と思える液体と一緒に、瓶詰めされている物体は……腕や足、眼球など人体の一部だった。予想外の光景に流石《さすが》のアルトも直《す》ぐに声が出せないでいた。

一方のアントワネットは悪びれる様子も、此方《こちら》を欺いたことに愉悦を浮かべるわけでもなく、変わらぬ人懐っこい笑顔を向けていた。

「どうかな、どうかなっ♪　あーしの工房、あーしの夢の塊っ♪」

「……っ」

絶句したままアルトは視線と首を左右に泳がせる。薬液漬けにされているのは人体の一部だけではない。手の平ほどの大きさの妖精や、毛が全て刈り取られた小動物、見たこともないような小型の魔物までもが、瓶詰めにされて棚に並べられている。そしてアルトを最も戦慄させたのは左右の壁際。そこには木製の椅子が並べられていて、目隠しをした少女が全裸の状態で両の手首と足首、腰を革の頑丈そうなベルトで拘束されている。腕や首筋に針が刺され無数の管が伸び、緑色に発光する液体が詰まった瓶に繋がっていた。意識は失っている様子で開けっ放しの口からは唾液が、鼻からは鼻水が垂れ流し状態で、それが薬物によるモノなのか、既に自我が崩壊してしまった故の結果なのかは、傍目《はため》からはわからなかった。その人数は六名。行方不明になっている女生徒の数と一致していた。

「……ぐっ」

残酷な所業に込み上げた吐き気を堪《こら》え、にこやかな笑みを絶やさない彼女を睨《にら》む。

「おい……こりゃ、いったいどんな状況だ？」

低い声で問うと、アントワネットは待ってましたとばかりに喜々として答える。

「勿論《もちろん》、実験じゃん、生体実験♪」

悪びれることなく自慢するように恐ろしい響きの単語を言い切った。

「生体、実験だと？」

「うん、そうなのだ」

頷《うなず》くと近くの棚に駆け寄り、瓶詰めを一つ手に取ってアルトに見せる。生物の目の周りを繰り抜いたような物体で、僅《わず》かな鱗《うろこ》と瞼《まぶた》、濁った色の眼球が確認できる。

「これはとある水生生物と魔物を掛け合わせた一部。水中で視界をどう確保するのかっていうのをテーマに作ったんだ……ほら見て見て、こんな状態でもちゃんと生体反応はあるんだよ」

青い液体に浸された生物の目は時折、瞬きをする瞬間があった。

「こいつは……生きてるのか？」

「う～ん。難しい言い方になるけど、生きてはいないかな、死んでないだけで」

「…………」

視線を手に持った瓶に戻すと、眼球がギロリと此方《こちら》を見たような気がした。

「脳とは切り離されてるから思考能力はないけど、中に入ってる薬液の効果で最低限の生体維持はされてるんだ。だから……」

アントワネットは人差し指を立てた手を瓶の前、目が確認できる場所に翳《かざ》すと、上下左右にゆっくりと動かす。すると指の動きに反応するよう、瓶の中の視線はそれを追いかけるよう上下左右に動いた。他の瓶詰めもよく観察してみれば同じだ。僅《わず》かだが小刻みに動いているように見える。そしてアルトの視線はもう一度、壁際に座る少女達に向けられた。

「……あの娘連中は、学園の生徒か？　行方不明になってるって噂《うわさ》の」

「うん、そうだよ」

さも当然のように頷《うなず》き、一番近くに座る赤髪の少女の横に歩み寄る。

「ああ、心配しないで。意識を含めた五感の殆《ほとん》どは、薬剤の投与で奪ってるから。裸でも寒さを感じないし……」

横にある器械台の上から長い針を取り、拘束された少女の手の甲に突き刺した。ビクッと微かに痙攣《けいれん》するが、刺された少女の口から悲鳴が上がるどころか、痛みを感じたような様子もなかった。針を引き抜くと手の甲に穴は空いているが出血はほぼない。

「ほら、御覧の通り。痛覚が遮断されているだけじゃなくて、投与した薬剤が全身に浸透してるから、外傷による出血も最小限に抑えられてる。凄くない？」

まるで褒めてくれと言わんばかりに此方へ駆け寄ってくる。

「どうかな？　ビックリしちゃった？　ねぇねぇ、感想を聞かせてよ」

アルトの身体を中心にグルグルと回りながら、アントワネットは挑発行為のような負の感情は一切なく、単純な好奇心で問い続ける。正気とは思えない所業。魔術師の行いが狂気染みているのは、魔道を探求するのならいずれは辿《たど》り着く果てでもあるだろう。実際、外道、外法に身を堕《お》とし、倫理観すら失われた魔術師は数多く、その一部は悪名と共に偉大な功績を残しているのも事実だ。しかし、多くの魔術師はそのギリギリの一線を見極め、踏み止まることで神秘に至る門戸を閉ざすことなく繋いでいる。何よりもこんな光景、ロザリンの教育に悪すぎる。

「……おい、ピンク頭」

「ん？」

声をかけるとちょうど、アルトの正面に立つ形で足を止めた。

「なにか――っっっ!?」

瞬間、満面の笑みを浮かべるアントワネットの顔面にアルトの拳が叩き込まれた。

殴られるなんて想定は一切なかっただろう。少女の身体で放てる全開の筋力を駆使して、打ち込んだ渾身《こんしん》の一撃は、無防備なアントワネットの顔面を容赦なく穿《うが》ち、その勢いのまま彼女の身体は宙に浮くと、背後にあった瓶詰めの置かれた棚まで吹っ飛び、盛大な破壊音を響かせ倒壊させた。瓶詰めが大量に割れた影響か、鼻を突く薬剤の匂いと共に、石畳の床が青く発光する液体で水浸しになった。

アルトは拳を突き出したまま、崩れた棚の上で倒れるアントワネットを睨《にら》む。

「立てよクソピンク頭っ。どうせ今の一撃くらいは、屁でもねぇんだろっ」

怒気の滲《にじ》む声に反応するよう、倒れた棚の上に乗っかるアントワネットの身体が小刻みに揺れる。聞こえてきたのは落胆に彩られたため息だ。

「……あ～あ、ざぁんねん。アルトっちとは、親友になれると思ったのになぁ」

上半身を起こすと音を立ててガラス片が下へと落ちていく。此方《こちら》に向けるアントワネットの顔は、殴られた頬の部分が少しだけ赤くなっているだけで、鼻血や骨折などの目に見える外傷はなかった。

「悪いが、人様の身体を勝手に弄《いじ》り回す女と、馴れ合う趣味は持ってねぇよ」

「勝手じゃないよ、人聞きが悪いなぁ」

言いながら「よいしょ」と立ち上がる。

「そもそもあーしを狙ってきたのは彼女達だよ。こっちが負けたら、下手したら役員の座から引きずり降ろされちゃうかもなのに、あっちが負けてもノーリスクってのは、フェアじゃないと思わない？」

「俺には対等な取引には見えねぇけどな」

「死ななきゃ安いモンっしょ。研究が完成したら解放するつもりだったよ、いつ完成するのかは未定だけど、きひひ♪」

普段と変わらない笑顔を見せるが、今のアルトにはその顔が心底不気味に映った。

「アルトっち。あーしの言葉に嘘はないよ。アルトっちと友達になりたいのも本当だし、会長のやり方はいまいち合わないのも本当。だからさ……」

アントワネットは右手を差し伸ばす。

「手を取りなって。あーしと一緒に愉快な学園生活を送ろうよ」

「悪いが、俺の相棒枠はとっくの昔に埋まってんだ。他を当たりな」

「他じゃダメだからアルトっちをナンパしてんじゃん。会長もオルフェちゃんも、戦いは強いけど他は全然ダメ。あーしの美的センスにビビッとこないし」

「テメェの悪趣味に付き合うつもりもねぇよ」

「……そっか」

少し寂しそうな表情で後ろに手を回した。

「そっかそっか。あ～あ、フラれちゃった……悲しいなぁ、悲しいよ」

ふぅと息をついてから顔を伏せ、一拍の間を置いてから上げた。向けられる眼光に元の無邪気な少女の色はなく、狂気に満ちた魔術師の瞳が爛々《らんらん》と輝いていた。

「──っ⁉」

「それじゃあさ。アルトっちを手に入れるにはさぁ、もうこうするしかないよねぇ」

禍々《まがまが》しい圧に一瞬アルトが怯《ひる》むと、その隙を突くようアントワネットは口の中で素早く呪文を紡いだ。同時に後ろから離した手を胸の前でパチンと音を立てて叩く。刹那《せつな》、棚に乗せられていた瓶詰めが一斉に砕け散ると、中に閉じ込められていた肉片達が膨張して、質量を増した肉塊となって蠢《うごめ》きながら床を蝕《むしば》む。

「なっ──っと⁉」

驚くアルトが慌てて後退《あとずさ》るが肉塊の浸食は止まらず、足元にまで迫った赤黒い肉を上げた足で踏んだ。ぐちゅりという嫌な音を立て、靴裏越しに泥や砂の塊とも違う柔らかい気持ちの悪い感触が伝わる。肉塊の浸食は床を覆うだけでは留まらず壁際に到達して、駆け上がるよう壁を汚し、天井まで届き室内の全てを赤黒く染め上げた。肉と臓物が入り混じったような塊は、室内の全てを覆い尽くした後、鉄臭い匂いを充満させながら、自らの生命力を伝えるかのよう脈動している。壁際に拘束されていた少女達も、肉塊に身体の半分を飲まれた状態だった。

この醜悪な部屋の主であるアントワネットは両腕を広げて嗤《わら》う。

「デッド・ヴァージン・サイコロジック……ようこそ、禁じられた乙女の園へ」

「随分と悪趣味な模様替えだな。今夜の夕飯を、美味《おい》しく食べれる気がしねぇぜ」

警戒しながらも皮肉を飛ばすと、一瞬だけ驚いたよう目を丸くしてからケラケラと笑う。

「さっすがだね。あーしの芸術を見ても驚かなかったの、アルトっちが初めてだよ」

「馬鹿言うな。十分、驚いてるっつーの」

心外だと顔を顰《しか》めるが、アントワネットは笑いながら首を左右に振る。

「他の娘《こ》に見せた時はもっと酷い反応だったモン。あの会長ですら絶句してたし、オルフェちゃんに至ってはその場で吐いちゃったから。意外に繊細なんだよ、あの娘」

確かにまともな精神の持ち主なら、この悪夢のような光景を目の当たりにすれば、嫌悪感から胃の中をぶちまけてしまうのもわかる。いや、ガーデンでもトップクラスの彼女らでもそうなのだ。健全な一般人が迷い込めば発狂しかねないだろう。

「あの連中の方が頭の中身はまともだったか……俺も人を見る目がねぇぜ」

舌打ちを鳴らし身体を支える足の重心を変えると、一点に集中する負荷に耐え切れなかったのか、踵《かかと》に当たる部分の肉塊が破損して、圧迫された他の血管と連動して次々と血が噴き出る。それにより室内に満ちる生臭さ、鉄臭さがより濃いモノになった。

生き物のよう脈動する肉塊に、アルトも思わずビクッと身体を震わす。

「安心していいよ思考も痛覚もないから。最終的には与えたいんだけどさ」

「ああ、そうかい。んで、こいつはいったい何の真似だ？　肝試しするってんなら間に合ってるぞ」

「肝を試すという意味なら正しいかもね」

クスクスっと肩を上下させて笑う。

「このデッド・ヴァージン・サイコロジックはあーしが作った生体魔術。死霊魔術のように生き物の死骸や彷徨《さまよ》う魂を扱わずに、生命をそのまま変化させる術式なのだ」

「錬金術の神秘、不老不死とかその手の類の術か」

「根源的には同じだけど、そんな俗っぽい古魔術と一緒にしないでよ。あーしが求める真理は人の生体の限界とその先。錬金術は魂を人の根源と考えるけどあーしは逆。肉体そのものが生命の源だって考えたの」

気が狂いそうな世界の中で、アントワネットは瞳に爛々《らんらん》と好奇の色を輝かせる。

「デッド・ヴァージン・サイコロジックの特性は吸収と成長。生身である以上、時間の経過による劣化は避けられない。筋肉、皮膚、骨、網膜、臓器。経年劣化による損傷は培養した部位で移植は可能だけれど、拒絶反応を考えれば同一存在の細胞が望ましい。けれども、延々と複製を繰り返せば齟齬《そご》が生じ、いつしか致命的なエラーとなって生体そのものの限界に辿《たど》り着くんさ。けれど……」

アントワネットは片足を床から離すと、爪先を突き立てるよう肉塊を抉《えぐ》る。ぐちゅりと耳障りな音を立てながら、肉塊は破損し穴の空いた部分から粘度の高い血液が溢《あふ》れる。顔を顰《しか》めるアルトに微笑《ほほえ》みかけてから、彼女は倒れて肉塊に半分飲まれた棚から、割れてない瓶詰めを手に取ると、蓋を開けて中の液体ごと破損した部分に中身をぶちまけた。

瓶の中身は毛が全部剃られたネズミ。傷口から溢れる血溜りの中に落下したネズミは、それに反応するよう盛り上がった肉塊に包まれる。咀嚼《そしゃく》でもするかのよう数回、大きく痙《けい》攣《れん》すると肉塊は元通りの形に戻っていた。いや、微妙ではあるが元の状態よりほんの少しだけ、大きくなったような気がする。

「どう、どう？　びっくりしなかった♪」

瓶を投げ捨てながらアントワネットは興奮気味に問いかけてくる。

「異なる種族ですら分解、吸収して破損を修復、更に成長を促す。まだまだ試作段階で肉塊の状態でしか維持できないけど、いずれは一つの生命体として昇華させて、完全なる不老不死を実現するのがあーしの夢なの」

恍惚《こうこつ》とした表情で語る。

「なるほど、理解したぜ」

「ほんとっ♪」

嬉《うれ》しそうに表情を綻ばせるが、アルトは殺気の籠もった視線で彼女を制する。

「他人の主義主張に口を挟む気はねぇ。アンタの頭がイカれてようが何だろうが、俺には関係のないことだからな」

「え～っ、一緒に頑張ろうって話してるじゃん」

「だったらハッキリ言ってやる。テメェの悪趣味に付き合う気はねぇ」

スッと、アントワネットの表情が消える。

「……そっか。アルトっちも人の命がどうこうとか、つまらないことに拘《こだわ》るんだ」

「馬鹿言うな。他人の命なんざ知ったことかよ。ただ……」

アルトは横目で肉塊に半分埋まる少女を一瞥《いちべつ》する。

「未来の美人がテメェの悪趣味で廃人になっちまうのは、もったいないだろうが大馬鹿野郎」

予想とは違う答えにアントワネットはにっこり笑う。

「いい、いいよアルトっち！」

喜色満面で両腕を指揮者のよう回すと、室内全体を覆う肉塊が呼応するようドクドクッと連続して大きく脈動する。それは波打つ海のようで、アルトの立っている場所も同じく脈動して身体を上下させた。

「やっぱりアルトっちが欲しいよ。だから、自我だけ潰してあーしだけの肉人形にしてあげるっ!!」

「黙れよ変態ピンク頭っ！　テメェはこの部屋の肉塊諸共、挽肉にしてやんよ！」

血の狂気が香る肉塊の真ん中で戦いの火蓋が切られる。

第六十二章　少女達の楽園は野望と血に萌ゆる

アントワネットは代々、古い魔術師の家系だった。

魔術の家系が古いこと自体は、さほど珍しいことではないが、魔術師達の全盛期は百年以上昔の話で、現代に残っているのはその半数以下。更にその殆《ほとん》どが数百年単位の歴史を持つ家系であることから、魔術師とは本人の素養や努力以上に、脈々と繋がる魔術因子が必要とされている。アントワネットの一族も例にもれず古き魔術の血筋ではあるが、その成り立ちは非常に血腥《ちなまぐさ》い存在であった。

血と肉の外道魔術。彼らが継承する魔術系統をそう呼んで侮蔑する者も多い。神秘と真理を追究する魔術学において、一般の倫理観から考えれば眉を顰《ひそ》める異常な事柄が、当たり前のように行われる場合も多い。生贄や人体、生物を使った実験、大規模なモノになれば、森を焦土と化した上に砂や空気すら腐る死の大地に変える実験も、過去には行われたという文献も存在する。現代ではその多くが禁術や封印など、様々な方法で規制されてはいるが、国家に属さない魔術師の家系の一部は、現代でも深い森や山の中で、あるいは薄暗い町の片隅で、脈々と禁断の血筋を繋げていた。

アントワネットの一族、血の肉の魔術師も隠匿された魔術家系である。

彼女の実家が存在したのは大陸北西部にある小国で、父親は魔術師であることを隠しながら、貴族として小さな町の領主を務めていた。取り立てて目立った武功や功績もなければ、無理難題を吹っ掛けるような真似もせず、領民との関わり合い自体が薄かった所為《せい》もあってか、存在するのかしないのかよくわからない領主様というのが、当時の領民が今もいるのならば、出てくる率直な感想なのだろう。

表向きは何の変哲もない凡庸の領主。実際は古い魔術師の家系ではあったが、実際にどのような実験、研究を行っていたのかは定かでは無い。

何故《なぜ》ならばその領主と領地はある日、忽然《こつぜん》と姿を消してしまったからだ。

虐殺があった痕跡はおろか、建物一つ、壁一つ残さず消滅してしまっていた。取引の為に町へ訪れた行商人は、忽然と消え去ってしまった状況に驚きを通り越して、唖然《あぜん》としたまま暫《しばら》く動けなかったそうだ。建物があった形跡や、石畳を剥がしたような跡が残っていなければ、行商人は道を間違えたのだと勘違いしただろう。後に異変を知らされた国王が調査隊を派遣するが、領主の屋敷があった痕跡がある場所を調べた際、我が目を疑う光景が広がっていたと報告している。

存在していたのは、おびただしい数の人骨の山だった。

肉片や頭髪、血液の痕《あと》や衣類の切れ端さえ残らず、逆に骨そのものは一切の破損や欠損がなく形そのままで、まるで不要だった骨だけを捨て去ったような異様な光景。完全な形で残っていたからこそ、頭蓋骨の数から算出した合計が、行方不明となった住人の数と完全には一致していないことがわかった。積み上げられた骨の数は、住人の合計から差し引いて一人分足りなかったのだ。その人物こそがアントワネット。この事実を知る人間は存在しない。現在、つい興奮が達して口にしてしまった相手以外には。

「アレの時はテンション爆上げだったわ！　パパやママ、兄弟の皆に町の人達全員が、物理的に一つになる感触……ああ、ボキャブラリーが貧困なあーしじゃ、上手《うま》く表現することができないってのがもどかしい。伝えることができればきっと、アルトっちも興奮でぶっ飛ぶこと間違いなしなのに！」

「気にするな、伝わってるよ。テメェの頭のぶっ飛び具合がなっ！」

怒鳴りながらアルトはぐにゃぐにゃと踏み込み辛い地面を駆ける。アントワネットがハイテンションで自分の半生を語り始める中、室内で戦うのは不利と判断したアルトは一目散に扉を出て建物の外を目指した。しかし、工房だけではなく地下から上に昇る道筋も、壁や天井、階段に至るまで肉塊が浸食していた。踏み潰すと嫌な感触と同時に血が噴き出るだけで、気持ち悪い以外の悪影響は特に感じられなかったが、本当に悪夢のような光景は一階に戻ってからだった。一階部分も肉塊に変わっているのは想像していたが、おぞましいことに肉塊自体が肥大化しているらしく、こぢんまりとした印象だったアントワネットの家は、肉でできた不気味な巨大迷路に早変わりしていた。右に左に進んでも進んでも脈動する肉塊に囲まれ、生き物の体内に取り込まれているような錯覚に陥る。正直、これが普通の女生徒だったら気が触れていただろう。

おまけに何処《どこ》まで逃げても、アントワネットの声が直《す》ぐ側にいる近さで響く。

「ほらほらアルトっち。早く外まで逃げないと……食ぁべちゃうぞぉ～」

「――なにっ⁉」

ふざけるような声と共に左右から肉塊が迫ってくる。

「にゃろう、圧し潰すつもりかよっ⁉」

踏ん張りが利かない足元を無理やり蹴って、アルトは走る速度を上げた。遊んでいるだけなのか、肉塊が迫ってくるのはアルトが立っている位置の左右だけで、全体的に狭まったり進行方向を塞いだりはしない。しかし、少しでも躊躇《ためら》ったり躓《つまず》いたりすれば、瞬く間に背後からぐちゅぐちゅと気持ちの悪い音を立てて、閉じていく肉塊に飲み込まれてしまうだろう。明らかに遊ばれている。

「クソが、あのピンク頭っ！　人様を舐《な》めやがって！」

「あっはは！　言葉遣いがチョー下品じゃん♪」

振り返る余裕もなく全力疾走で肉塊の中を駆け抜ける。右、左と曲がり角があったり、急勾配の坂を上り下りしたりと、一本道の通路をひたすら走るが、外に向かっているのかはおろか、自分がどの地点にいるのかすら判別不能だ。いや、これだけ自由自在に肉塊を操れるのだから、出口までの距離どころか有無すらアントワネットの自由自在なのだろう。

その気になればあっさり潰せる癖に、逃げ惑う姿が見たいのか遊んでいるのだ。

「舐《な》めやがって。おい！　わかってんのかっ！」

何処《どこ》で聞いているのかわからないので、走りながら周囲を見回す。

「大体のお約束で、んな余裕をぶちかましてる奴が、後になって足元を掬《すく》われるんだよ。このすっとこどっこいが！」

「へぇ、余裕じゃん。じゃあ……」

「――げっ⁉」

唐突に進行方向の肉壁が広がり開けた空間ができたかと思うと、そこに足を踏み入れた瞬間、天井や床に突起が顔を出すと更に触手がうねうねと生えてきた。

ぬらっと粘液を垂らしながら、無数の触手が一斉にアルトを目掛け伸びてくる。

「ちょっと待てよ、その手のヤツは美少女相手が定番だろうがっ⁉」

「だからアルトっちを狙ってるんじゃん。前に同じことをやった時の娘《こ》は、簡単に壊れちゃったから、アルトっちは頑張ってね♪」

「冗談じゃ、ねぇっての！」

伸びてくる触手を必死で回避しながらアルトは出口を探す。通ってきた道は既に塞がれてしまっていたが、律儀にも正面にぽっかりと次の通路に続く入り口が開いていた。しかし、そこに向かうには触手が伸びる突起を越えなければいけないが、近づくと狙ったように襲ってくる触手を、全部躱《かわ》すのは中々に厳しい。できることと言えば手や足で払うくらいだが、強い弾力のある感触から引き千切るのは難しいだろう。

剣さえ持っていればこの程度の触手、簡単に切り払えるのだが。

「……馬鹿言うなよ、俺。この程度のピンチ、いつだって乗り越えてきたじゃねぇか」

無いものねだりをしていても仕方がないと、自分の言葉で自分を奮い立たせる。

幸いなことにアントワネットは、自分自身の享楽を優先しているからか、完璧に此方《こちら》の逃げ道を塞ごうとはしてない。いよいよとなればわからないが、少なくとも現状を打開するのは不可能ではないはず。問題は触手にどう対応するかだが。

思考を巡らせている内に、徐々にだが触手はその数を増していく。

「ほらほら気をつけないと。ぼんやりしてたら、アルトっちの初めてが奪われちゃうぞ」

「そいつは勘弁だ――なっ！」

気合一閃。独楽《こま》のような横回転で手刀を放つと、絡めとる為に迫ってきた触手を一気に刈り取った。切断面からは血が噴き出し、アントワネットが驚いた所為《せい》か呼応して動きを止める正面の触手に目掛け、アルトは頭上からの手刀を更に放った。

「――うりゃあああ！」

濁った血腥《ちなまぐさ》い空気諸共、正面でイソギンチャクのように絡まる触手をまとめて切断、溢《あふ》れる血に構わずアルトは一気に部屋を踏破した。

「ええっ、ズルいズルいぃ⁉　アルトっちってば、そんな裏技隠し持ってたのぉ⁉」

「隠し持ってねぇよ、今思いついたんだっ！」

叫びながら顔や腕に付着した触手の粘液と血液を拭う。

今のは隠していた特殊能力や魔術の類ではなく、単純に瞬発的な速度による物理的な斬撃。オメガやミュウなど、無手で化け物じみた戦い方をする連中との経験を生かした、見様見真似の殺法であったが、思いのほか上手《うま》く成功した。正統な戦闘では使い物にはならないが、触手を切り払う程度には役に立つ技だろう。だが、下手に抵抗する手段を見せてしまった所為《せい》で、アントワネットの本気度が上がってしまう。

「ふぅん、なるほどね。やるじゃんアルトっち……じゃあ」

クスッと耳元で微笑されるような感覚に、アルトは首筋に寒気を覚えた。

「これは突破、できるかにゃ♪」

言った瞬間、飛び込んだ通路の正面が盛り上がった肉壁で埋まり、そこから更に同じような触手が、先端に手のような形を作りながらアルトに向かって伸びてくる。

「ええぃ、クソっ。悪趣味にもほどがあるだろっ！」

叫びながら手刀を放つが、切断できるだけの速度を保つ為、一撃一撃が大振りになってしまい二刀目を放つまで僅《わず》かな間が空いてしまう。そのタイムラグを狙うよう更に数を増やした触手は、もう手刀だけで切り払える許容量を超えていた。

「ちょっ、これは……無理だぁっ⁉」

流石《さすが》に弱音が口に出た。触手が腕に絡まれば抗う手段は失われ、肩や足、胴体や胸、首など次々に巻き付くと、アルトの身体を正面の肉壁に取り込むつもりなのか、ずるずると足を引き摺るよう引っ張り始めた。

「こっの、はな、せっ。離しやがれっ！」

力任せに腕を引っ張り触手の一、二本を引き千切ることに成功するが、直《す》ぐに新たな触手が倍の数で巻き付き完全に拘束されてしまう。ペチペチと手の形をした触手の先端が顔を掴《つか》み、独特のぬめりと生臭さと血の匂いが吐き気を呼び起こす。

「んぐっ、うぎゅ……こっ、こなくそ⁉」

一度、取り込まれると身体が埋まり、もがくことすらできなくなる。柔らかく生温かい感触がゆっくり全身を包んでいき、内側へ引き込むような脈動と音だけが、肉塊に密着した頭蓋を通じて頭の中に響く。油断すれば口の中、鼻の穴にまで侵入しようとする細い管のような触手から、逃れるよう必死で顔を横に背けてみるが、既に右側頭部が肉塊に飲まれ始めているので時間の問題だろう。

「あ～あ、これでおしまいかな。アルトっちにはもうちょっと、頑張って欲しかったんだけど……まぁまぁ、ここからは別のお楽しみがあるしね♪」

落胆したような口調から直《す》ぐに明るいモノへと切り替わる。

「ごめんねアルトっち。あーしはせっかちだから、命乞いだとか改めてのお願いとかしない主義なんさ。ここからはお仕置きの時間、それが終わったら徹底的に調教してあげっから。アルトっちはどんな風に泣き叫ぶのか、今からチョー楽しみじゃん♪」

「か、勝手な、こと……んぐぐ」

既に腕と足は完全に肉壁に飲まれてしまっていた。弾力のある柔らかさの所為《せい》で、包まれていても多少の稼働は可能だったが、強引に抗おうとすれば肉塊はそれに反応するよう、強弱のある伸縮で締め付けてきて動きを制する。

（く、くそっ……完全に、見誤ったたっ）

ここまでえげつないやり方をする少女だったとは、思いもよらなかった。これは少女の姿云々、剣を持ってない云々の話ではなく、単純にアルトの見通しが甘かった。

要するにアントワネットを舐《な》め過ぎたのだ。

（全く情けねぇ。情けな過ぎてロザリンどころか、あの世でアイツに、あの女に合わせる顔がないぜ）

口元まで肉塊の浸食が進み、いよいよ呼吸もまともにできなくなった頃、息苦しさでぼんやりし始めた脳裏に浮かぶのは、アルトの師匠のような存在、竜姫の姿だった。もしも、彼女が同じ立場、同じ状況だったらどうなっていたか。

『語るまでもないわ。雑魚《ざこ》のお前と違って、ピンチになること自体あり得ない』

（……あの女なら言う。絶対に言う）

嘲笑《あざわら》う表情までおまけ付きで、頭の中で正確に再現された。

すると不思議なモノで、足りなくなった空気の代わりに熱い血が脳天まで達すると、好き勝手言われるのは我慢ならないという反骨精神から、アルトは残った力を振り絞り全身を肉壁とは反対側、背中方向に力を叩き込んだ。

「んんんぎぃぃぃぃあああああぁぁぁぁぁ!!」

「――――えっ⁉」

何処《どこ》からか見ているアントワネットが驚きの声を漏らす。

ぶちぶちと繊維質の束が千切れる音と共に、肉壁に飲み込まれていたアルトの身体が、少しずつだが這い出してくる。特に力が入れやすい両腕は如実で、引き千切られ繊維が糸となって伸びる肉片を振り払い、粘液と僅《わず》かに滲《にじ》む血に濡れる腕が露出していく。肉塊は再び触手を伸ばしアルトを捉えようとするが、腕だけではなく肩、背中、顔と掴《つか》む触手は肉塊すら引き剥《は》がす剛力は抑えきれず、音を立てて逆に切断されてしまう。ただ、これだけの力を振り絞るのには代償もあって、圧力に耐え切れない肌の一部が裂け、負荷が強くかかる腕や肩の関節部分が嫌な音を立てて軋《きし》んでいる。

だが、それでもアルトは脱出しようともがくのを止めない。

「うそ、ちょっと待って……アルトっち」

信じられない。そんな感情を示すようアントワネットの声色が震える。

「チョー痺れるじゃん♪」

「――んがっ⁉　こ、こなくそっ……‼」

何とか足まで引っ張り出すも、今度は更に左右から挟み込むよう肉壁が盛り上がり、アルトの身体を再び拘束した。手加減の一切ない潰すような圧力に、顔は出ているが身体全体が圧迫され息ができない上に、過剰な圧に全身がミシミシと音を立てる。

万事休す。

流石《さすが》に絶望感が過《よぎ》りながらも肉塊に飲み込まれまいと、必死に挟まれるのを逃れた左手を伸ばしたその瞬間、指に巻いていた一本の髪の毛が風もないのに揺れた。テイタニアがお守りと称して巻いた髪の毛だ。

刹那、稲妻の如き轟音《ごうおん》を響かせ、肉の天井を貫き白い閃光が落下、アルトの伸ばした左手に吸い込まれるよう納まった。穢れなき真っ白い刀身の柄のない片刃の剣が、挫《くじ》けかけた心に殴りつけるような活を入れる。

竜翔白姫だ。

「――なにごとぉ⁉」

「……へっ」

驚くアントワネットの声に呼応して、竜翔白姫の飛来に貫かれ、焼かれて香ばしい匂いを上げる肉壁は、瞬く間に盛り上がり修復していくが、そんな面倒な状況ですら手の中に感じる頼もしい感覚の前には、鼻で一笑する程度の児戯にしか感じられなかった。

「今日ほどこいつが頼もしいと思ったことは……」

逆手に握った剣を肉壁に突き立て、なけなしの魔力を流し込んだ。

「――なかったぜっ‼」

刀身から放出される魔力と共に竜翔白姫を真下に斬り下ろす。弾力があっても、魔力を受けて鋭さを帯びた刃を阻むまでには至らず、一気に両断されていくと圧が薄くなった隙間から身体を引っ張りだした。切断された肉塊から血が噴き出し地面を転がるアルトを汚すが、血を浴びる程度で怯《ひる》むような人間ではなく、すぐさま立ち上がり両手で竜翔白姫を翳《かざ》した。

「血腥《ちなまぐさ》い肉の中はもうウンザリだ、そろそろお天道様の下に帰して貰うぜ！」

短く息を吸い込み握る両手に力を込めた。魔力を帯びた刀身が再び輝き、正面に振り下ろすと同時に溜めた魔力を放出した。白い魔力の波動が斬撃となって薄暗い肉塊の内部を照らし、阻もうと膨張する肉壁などモノともせず蹴散らす。何処《どこ》からかアントワネットの悲鳴に似た叫び声が聞こえた気がしたが、竜翔白姫から放射される魔力斬撃の轟音《ごうおん》が肉塊と一緒にそれも吹き飛ばした。

閃光《せんこう》が肉壁を引き裂いた。

こぢんまりとした雰囲気のある外観だったアントワネットの工房は、いつの間にか不気味な剥き出しになった肉の塊に変化していた。涼やかな森の中に存在するには、明らかに異質な脈動する肉塊は、内側から爆《は》ぜるよう閃光が斬り裂き、中から全身を血で汚したアルトが飛び出すよう現れた。

「――ぐっ⁉　ぺっ、うげっ⁉　気持ち悪ぃ、少し、飲んじまった」

竜翔白姫を片手に地面に着地したアルトは、顰《しか》めた顔で舌を突き出し、脱出する際に口内に入ってしまった、血だか体液だかわからないモノを必死で吐き出す。背後ではびちゃびちゃと濃い色の血液を傷口から撒《ま》き散らしながら、肉塊は痛みでも感じているかのよう左右に大きく揺れ小刻みに脈動していた。

地面に四つん這いになって、げぇげぇと吐いていると不意に頭上に影がかかった。

「大丈夫、だった？」

「げほ……ああ、正直、助かったぜ……ってか、お前が来るのかよ。ロザリン」

見上げる先に立っていたのは、まだ見慣れない大人の姿のロザリン。彼女は大傘を片手に心配そうな表情でアルトを見下ろし右手を差し出す。アルトは差し出された手に応じようとするが、自分が血や体液で汚れていることを思い出して躊躇《ちゅうちょ》する。しかし、ロザリンは構わず「ん」と主張するよう右手を伸ばした。

「やめとけ、汚れるぞ」

「失礼。気にする、わけない」

背恰好《せかっこう》に不釣り合いな幼い表情で頬を膨らませ、引っ込めようとした手を強引に取る。

「うっ……ヌメヌメ、する」

「だから言っただ、ろっと！」

確《しっか》り手を掴《つか》んで立ち上がった。粘度の高い粘液はまとわりついているが、あれだけ被ったわりに血の痕《あと》や血腥《ちなまぐさ》さは殆《ほとん》どなかった。

「やれやれ。全身、血塗《まみ》れって状態は免れたみてぇだが、戻ったら洗濯が大変そうだぜ」

「新しい服、貰った方が、早いかも」

「メイドに怒鳴られそうだけどな。ま、その前に……」

二人の睨《にら》む視線が同時に建物の方へ向けられた。

竜翔白姫の一撃で斬り裂かれた部位は再生し、建物全体を覆う肉塊は周辺の木や花壇、井戸や桶などを飲み込み増殖を続ける。喰《く》らう物体の全てを血肉に変える肉塊は、全体の規模を更に大きく膨れ上がらせると、蔓《つる》のように伸びた先端に肉でできた不気味でおぞましい大輪の花を咲かせた。滴《したた》るのは朝露ではなく薄く濁った血液。大輪の肉の花の真ん中には、上半身だけ生やすようアントワネットの姿があった。脱いだのか溶けたのか、そもそもにして本体ではないのか、露わになる上半身は裸で恥ずかしげもなく乳房を晒《さら》している。けれども、そこに全くの性的魅力を感じさせないのは、置かれている状況があまりにも狂気的で常軌を逸しているからだろう。

アントワネットは屋外なのにも拘《かか》わらず、妙に反響する声を響かせた。

『上手に逃げれたじゃんかアルトっち。完全にあーしが勝ったって思って、この後のスケジュールも考えてたのになぁ。凄いじゃんアルトっち。意外性の塊で、流石《さすが》は学園長ちゃんが期待するだけあるって感じ……でもさぁ』

ギロッと血走った瞳を隣のロザリンに向けた。

『折角、二人で楽しんでたところに横やりを入れるっつーのは、ぶっちゃけあり得ないっていうか、マジでムカつくよね』

「横やりで、負けるようなら、そもそも、詰めが甘い」

『へぇ、偉そうなことを言うじゃん。そもそもアンタ誰？　アルトっちの姉かなにか？』

「強いて言えば、恋人？」

「どさくさに紛れて嘘の関係を捏造《ねつぞう》すんな」

頭は、身長差で叩けないので、脇腹の辺りを肘で強めに突いた。

完全な軽口（ロザリンは本気だろうが）なのにも拘《かか》わらず、アントワネットは一笑で受け流すことはなく、むしろロザリンを見下ろす視線がいっそう冷たいモノになる。これは明らかに敵意が籠もった目つきだ。

視線を受けたロザリンは、すぐに怪訝《けげん》な表情でアルトを横目に見る。

「女の子の、姿でも、モテモテだね」

「そろそろ、素直に喜べるモテ方をしてぇもんだ」

グルっと首を解《ほぐ》すよう回してから、アルトは竜翔白姫を構える。

「聞きたいことはあるが全部後回しで、あの肉の塊を吹っ飛ばすのが先だ。お前の見立ては？」

前髪を掻《か》きあげると既にロザリンの右の魔眼は発動していた。

「周囲の、動植物を餌に、魔力を喰って、肉に変換、してる」

ロザリンの魔眼が捉えたのは禍々《まがまが》しい肉塊の本性。元の場所にあった建物は既に吸収され、肉の一部に変換されているが、地上に出ている肉の花の他にも地下に伸びるよう、肉の根が細かく広がり地中から、いや土壌そのものから栄養素を吸い取っている。本体の大部分を維持しているのは、アルトが地下で見た囚《とら》われの少女達なのだろうが、未だ膨張を続ける肉の花の影響で、地面の土は徐々に水分を失うかのよう砂地化していき、小さな雑草などは既に枯れ始めていた。

『心配しなくっても平気だって。三流の魔術師じゃあるまいし、ちゃんと術式の制御はできてっから、暴走してガーデンを飲み込むような真似はしないし自滅もあり得ない。ちゃ～んとアルトっちを捕まえて骨抜きにしたら、元に戻す算段はできてるんだから……あ、そこの傘の人は興味ないから、ひん剥いて何かしらの実験に使おうかな』

言葉が終わると足元が急に大きく振動する。危うくバランスを崩しかけるアルトの腕をロザリンが掴《つか》んで支えるが、振動は徐々に大きくなっていったかと思うと、勢いよく地面を割って肉の根っこが複数出現、此方《こちら》を狙うようウネウネと気味の悪い動きを見せる。

アルトは構え直しながらロザリンに確認を取る。

「狙うならおっぱいか？」

「えっち。多分、無理。本体が、どれかじゃなくて、全部が本体。原理的に、言えば、肉塊が一個、残ってても、再生は可能」

「つまり別の方法を考えろってことか。んじゃま、それは任せた」

「任された」

特に深く相談することなく互いの意思が通じる。これまでの経験の賜物だろう。

「何秒だ」

「三十秒。それで、じゅうぶん」

「あいよ」

短いやり取りを終えた途端、アルトは地面を蹴った。

一直線に向かうは肉の花。腰を低く落とし疾走するアルトに、肉の根も狙いを定めたらしく、天高く伸ばした先端を上から突き刺すよう降らせてくる。一本一本が丸太のように太い肉の根の先端は尖《とが》り、さながら鉄杭が落ちてくるようにも思えるが、一切怯《ひる》むことなく残り僅《わず》かな魔力を注いだ竜翔白姫で次々と肉の根を斬り払う。一瞬でもタイミングが狂えば、僅かでも力負けすれば、肉の根の圧に押し切られ磨《す》り潰されるであろう攻勢も、アルトは涼しい顔付きで手早く処理していく。その姿にはクイーンビーに苦戦し、ムクロに翻弄され、地下で追い詰められていた少女の面影はなく、何処《どこ》の誰かもわからない何者かが急に現れたかのような、そんな錯覚をアントワネットに植え付けた。

『う、うそ……明らかに動きがさっきまでと違う⁉』

「そいつは当然だぜピンク頭の露出狂女！」

動揺する声に応答すると、アルトは切断されて怯むよう縮こまった肉の根に向かって飛ぶと、それを足場に次々と跳躍しながらアントワネットがいる花の部分にまで迫る。その最中も肉の花自身の防衛本能なのか、触手や枝のような物が伸びてくるが、竜翔白姫を手にしたアルトを止めるまでには至らず、ただの肉片と化していく。

これまで余裕の態度を崩さなかったアントワネットに焦りが宿る。

『止まらない、止められない⁉　そんなっ、まるで別人じゃない⁉』

「ったりめぇだ馬鹿野郎！」

正面へ乱れ飛ぶ斬撃が肉の花の茎を斬りつける。切断までには至らないが、激しく血を噴き出しバランスを崩したのか花の部分が大きく揺れる。

動揺もあってか攻勢が緩い、アルトは一気に本体がいる部位にまで辿《たど》り着く。

「覚えておきやがれ。こいつが俺……野良犬騎士のアルト様だぜッ‼」

阻むモノは何もなく振り上げた竜翔白姫の一撃は、驚愕に目を見開くアントワネット諸共、肉の花を一刀両断にする。脳天から眉間を通って二つに断たれるアントワネット。噴き出す血液と重力に引かれ、分断されて行きながらも、肉塊自体の力なのか意識がハッキリ残っているアントワネットは、竜翔白姫を振り抜くアルトを嘲笑する。

分かたれた唇は動かず声帯を通さなくとも、アントワネットの声は鮮明に響く。

『この程度で倒せるって思った？　お生憎《あいにく》さま、ちょっとビックリしたけど真っ二つにされたくらいじゃ……』

「倒せないのは、わかってるから、もう手は打って、ある」

言葉を遮ったのはロザリンだ。『えっ？』と視線を落とす先には同じ位置に佇《たたず》む彼女の姿があった。しかし、明確に違うのはその足元で、光で形成された魔法陣がいつの間にか敷地全部に展開していた。既に発動直前となっている術式を感じ取っただけで、それが何の意味を持つのか、聡《さと》いアントワネットは血で汚れていてもわかるくらい顔色を青くする。

「そ、それは……こっ、こんな短時間で、嘘だ嘘だ嘘だぁぁぁ!?」

半狂乱で肉の根をロザリンに向かって飛ばすが、落下しながら空中を蹴ったアルトがそれを切り伏せ迎撃する。

最後の詰めを押すように、ロザリンは傘の先端で地面を突いた。

「チェックメイト。恥ずかしくても、我慢、してね」

『──まっ!?』

何かを叫ぼうとしたアントワネットの声は、眩《まばゆ》いばかりの輝きを放つ魔法陣に掻《か》き消され、肉塊に転写された術式が動きを完全に拘束する。次の瞬間、抗う間も与えず生々しかった肉塊の色が一気に赤茶けていき、その色も徐々に灰色に色褪《あ》せていった。花にいるアントワネットの姿も石化するよう固まっていて、真下の地面に降り立ったアルトは一息つく間もなく、竜翔白姫を両手で握り思い切り振り被った。

「こいつで……トドメだっ!!」

全力で肉塊、今や石の塊と化した物体を叩くと、打撃を受けた地点から一気にひび割れが全体に広がった。蜘蛛《くも》の巣でも張るような模様が行き渡った後、一瞬の間を置いてから決壊、細かい砂と化してサラサラと流れるように崩れていった。さながら砂の城。吐き気を催すほどの不気味さを誇りながらも、その最後は驚くほどの静けさに満ちていた。

崩れる砂に飲まれないよう、ロザリンのいる位置まで飛び退《の》いたアルトは、竜翔白姫を肩に担ぎながら、ようやく残心を解き一息を入れる。

「終わったみたいだな……やれやれ、散々な一日だったぜ」

大きく肩を上下させながら、血や粘液に塗《まみ》れた髪の毛を掻《か》き上げると、固まり始めているらしく、ごわごわとした洗ってない犬のような感触があった。花の塔での戦いから旧校舎の監禁を経て、危うく肉塊の一部にされそうだった今日一日は、波乱万丈を地《じ》で行くアルトの人生においても、指折りでハードな一日だったと言えるだろう。

「しかし、上手《うま》いこと見つけて貰ったが、やっぱり要因はこれか？」

そう言って見せたのは右手の人差し指に巻かれている、テイタニアの髪の毛だ。ロザリンは頷《うなず》いてから。

「色々と、調べてる最中、アルが負けたって、聞いて。助けに行ったら、テイタニアと布袋を、被った娘がいたから、事情を聞いて、追い掛けてきた」

「そりゃご苦労だったな、助かったぜ」

「でも、あのテイタニアって、女の人、何者？」

「……どういう意味だ」

言葉の意図が上手く掴《つか》めず怪訝《けげん》な顔をする。

「普通、髪の毛一本じゃ、人は探せない。けど、アルは見付けられた……テイタニアって人、かなり特殊な力を、持ってるっぽい」

「なるほど、な」

彼女に関してわかっていることは、魔剣を扱うことぐらいで、知らないことの方が多い。一応、敵対する意思はなさそうなのだが、つい先ほど同じような感想を懐《いだ》いた相手と戦ったばかりなので、その手の憶測は意味を持たないのだろう。

「いずれにせよ、あいつとはキッチリ話をしなきゃならねぇが、これで行方不明事件は解決だ。元の身体に戻るのに、ようやっと一歩前進したな」

「あっと、それと、言い忘れたけど……」

なんだよと再び眉根を狭めると、ロザリンは崩れた砂の山を指さした。

「あの術者の人、生きてるよ。他にも何人か、命の気配が視《み》える」

「マジかよ」

指先を追うようにして砂山を見るアルトの表情が引き攣《つ》る。建物丸々一つと周辺の魔力を吸収した末に生まれた砂山は、ちょっとした小高い丘のようになっていて、そこからアントワネットや、実験台になった少女達を掘り起こすのは中々に骨が折れる作業だ。

「俺、正直全身がバッキバキに痛くて疲れてんだけど」

「でも、時間が経つと、窒息しちゃう、よ？」

「助けを呼ぶ暇はねぇってわけか。ああ、ちくしょう！」

ごわつく頭を乱暴に掻《か》き乱してから、意を決するよう砂山に足を向ける。

「あのピンク頭め、最後まで手間かけさせやがって……やるぞロザリン。今はお前の方がでかいんだから、サボるんじゃねぇぞ」

「うん、頑張る」

二人そろって小走りに砂山に駆け寄り、多少、乱暴な手段を取りながらも、救出作業は急ピッチで進められた。普通の人間なら危ういが、アントワネットを含め女学園で鍛えられた女生徒達なら、あの肉塊の中でも生き延びれたのだから、大量の砂に生き埋めにされた程度では、直《す》ぐにどうにかはならないだろう。

その希望が確信と安堵《あんど》に変わるのは、それから数時間後のことだった。

エピローグ　外敵の因子

生徒会長であるウツロの住居は花の塔の中にある。階層の何処《どこ》に存在するのか、いつそこに戻っているのか、生徒会役員ですら足を踏み入れたことのないウツロの私室は、燭台の明かりだけが薄暗く照らしていた。

制服姿のままのウツロが横長のソファーに座す室内は、簡素の一言に尽きる。

一人で暮らす、しかも学生に与えられる部屋としては、十分な広さを持つ室内は足元に紺色の絨毯《じゅうたん》が敷き詰められているが、それ以外に目につく物と言えば、ウツロが腰掛けるソファーと燭台が置かれているテーブルくらいだろう。窓があると思われる個所には、厚手のカーテンがかけられているので、外からの光が差し込むことはなく、良い言い方をするならば十分に蝋燭《ろうそく》の細い灯りを楽しむことができる。他には出入り口以外に扉がもう一つ存在するのだが、そこはウツロの寝室に続くモノというだけ。アントワネットのように悪趣味な物を飾っていたりはしない。

ただ、悪趣味というならば燭台の他にもう一つ、テーブルに乗せられている物体がある。水の張られた小さな水槽に沈むのは骨、人間の頭蓋骨だった。

『生徒会の一角が崩れたな。これもお前にとっては計算の内か？』

男の声が聞こえると同時に水槽の水に泡が立つ。

『それとも意外だったか？　いや、彼女の動向を鑑みれば手間が省けたやもしれんな』

続けた言葉は理知的ではあるが、何処《どこ》か胡乱《うろん》な印象とシニカルさがある。声の主は頭蓋骨で、よく見れば眼窩《がんか》の部分には青白い炎のようなモノが灯り揺らめいていた。問いかけに対して直《す》ぐには答えず、ウツロは気怠《けだる》げな様子で足を組み直す。

「特別、驚くこともほくそ笑むこともないでしょう。彼女は彼女の都合で負けた、そこにワタシや生徒会の意思が差し込まれる理由はないわ」

『相も変わらずの冷徹さだ』

音としては聞こえなかったが、小刻みに泡立つ様子は笑っているように感じられた。

『だが、これで連中は一歩前進した。我らの事情を殆《ほとん》ど知らないとはいえ、鉄壁の生徒会に風穴を空けたのだ。あの女の悪行が表沙汰になれば、学園長やクルルギもいよいよ本気にならざるを得まい……勝算はあるのだろうな？』

これもウツロは直ぐには答えない。目線はそもそも頭蓋骨を注視しておらず、その名の如《ごと》く薄暗い部屋に虚ろな視線を彷徨《さまよ》わせていた。頭蓋骨もそんなウツロの反応は慣れているのだろう、特に返事を急《せ》かす様子もなく黙って次の言葉を待っている。

ウツロは自身の顎のラインに指を這わせる。

「問題はないわ。どう転がっても、ワタシの勝ちは揺るがない」

語気を強めることなく、当然といった口調で言い切った。

「既に状況は詰んでいる。今更、直接関わり合いのない駒が一つ脱落したところで、盤上の勝敗に影響はないわ……もっとも、まだ舞台に上がっていない者達も存在するから、いいえ、それでも結果は変わらない」

肯定か否定か嘲笑か、コポッと水槽の中に大きな泡が立つ。

「ワタシは十分に時間を費やした。河原の石ころを一つ一つ積み上げるように、慎重に根気よく……」

宙を彷徨《さまよ》わせていた視線が、ようやく水槽の中の頭蓋骨に向けられる。

「覚えておきなさい、そして肝に銘じておきなさい。貴方《あなた》の存在が何かしらの意義を、ワタシに与えた訳では決してありません。傍観者に徹しているのならそれで良し、高みの見物で愉悦に浸るだけならば、ワタシも無下にすることなく許容しましょう。しかし、盤上に上がるつもりなら……貴方は安くない対価を払うことになる」

『脅しのつもりか？　心外だな。これでも君に、色々と幸運が舞い込むよう骨を折ったつもりだったのだが、いや、折るべき骨は持たないけれどね』

軽い冗談を口にするが、ウツロはくすりともしなかった。

『やれやれ、お堅い性格だ。カリスマを正しく扱いたいのなら、もっとユーモアを磨くべきだと思うがね』

「興味ないわ。それと心得違いをしないで」

　スッとウツロの視線が細くなる。

「ワタシと貴方《あなた》は友人でもなければ仲間でもない、ただの共犯者よ」

　ゴボゴボと笑うよう大きく泡立ち水槽の中を埋め尽くす。

『わかっている、理解しているとも。僕の目的と君の目的は違う、利害だって一致していない。我らは単純に互いの邪魔にならないだけ、唯一の共通点があるとすれば、邪魔になる者達が同じというだけ』

　興奮しているのか眼窩《がんか》に灯る炎が激しく点滅する。

『敵、倒すべき障害であり得るべき報酬。僕は水の神を、君は……愛の女神を』

「いい加減、黙れ、ボルド＝クロフォード。貴方の持って回った語り口調は不快よ」

　ほんの僅《わず》かに眉根を顰《ひそ》めたウツロを、楽しむように水槽が泡で塗《まみ》れた。だが、言いたいことだけを言って満足したのか、想定していた以上にウツロが言葉を発したことが喜ばしかったか、大きく眼窩の発光を激しくした後、沈黙するように泡と炎を消して喋《しゃべ》らなくなった。

　室内に沈黙が宿る。眼窩の炎が消えた所為《せい》もあって薄暗さも増していた。

　ウツロは笑わない、ほくそ笑みもせず、嘲笑も浮かべない。その名の通りただ虚ろに、その場に存在することすら疑わしく思えるほど、ソファーに座する少女は何を思うか窺《うかが》うことすら難しい面持ちで、ゆっくりと瞳を閉ざした。

〈『小さな魔女と野良犬騎士7』完〉

この作品に対するご感想、ご意見をお寄せください。

●あて先●

〒101-0052 東京都千代田区神田小川町3−3
主婦の友インフォス　ヒーロー文庫編集部

「麻倉英理也先生」係
「西出ケンゴロー先生」係

ヒーロー文庫

ヒーロー文庫

小《ちい》さな魔女《まじょ》と野良犬騎士《のらいぬきし》 7

麻倉英理也《あさくらえりや》

2022年1月10日　第1刷発行

発行者　前田起也

発行所　株式会社　主婦の友インフォス
〒101-0052 東京都千代田区神田小川町3-3
電話／03-6273-7850（編集）

発売元　株式会社　主婦の友社
〒141-0021
東京都品川区上大崎3-1-1 目黒セントラルスクエア
電話／03-5280-7551（販売）

印刷所　大日本印刷株式会社

ISBN 978-4-07-450499-2